LEONID ZYPKIN

EIN SOMMER IN BADEN-BADEN

Roman

Aus dem Russischen
von Alfred Frank

Mit einem Vorwort
von Susan Sontag

Büchergilde Gutenberg

Die Arbeit des Übersetzers an diesem Buch wurde
vom Deutschen Übersetzerfonds e.V. gefördert.

www.buechergilde.de

Lizenzausgabe für die Büchergilde Gutenberg,
Frankfurt am Main, Wien und Zürich
Mit freundlicher Genehmigung der
Berlin Verlag GmbH, Berlin
Die Originalausgabe erschien 2003 unter dem Titel
Ljubit Dostojewskowo
bei Nowoje Literaturnoje Obosrenije, Moskau

Typographie: Birgit Thiel
Gesetzt aus der Sabon
Druck und Bindung: Ebner & Spiegel, Ulm
Printed in Germany 2006
ISBN 978-3-7632-5764-5

SUSAN SONTAG

DOSTOJEWSKI LIEBEN

Die Literatur der zweiten Hälfte des 20. Jahrhunderts hat man ausgiebig erforscht, und daß es in ihr, zumal in einer der großen, aufmerksam beobachteten Sprachen, noch immer Meisterwerke geben könnte, die auf ihre Entdeckung warten, ist ziemlich unwahrscheinlich. Und doch stieß ich vor ungefähr zehn Jahren beim Stöbern in einem Kasten mit abgegriffenen Taschenbüchern vor einem Buchladen an der Londoner Charing Cross Road auf ein solches Buch – *Ein Sommer in Baden-Baden* –, das ich heute zu den schönsten, anregendsten und originellsten literarischen Werken des vergangenen Jahrhunderts zählen würde.

Warum dieses Buch unbekannt blieb, ist nicht schwer zu ergründen. Zunächst einmal war der Verfasser kein Berufsschriftsteller. Leonid Zypkin war Mediziner, ein angesehener Forscher, der in der Sowjetunion und anderen Ländern im Laufe der Zeit an die hundert Aufsätze in wissenschaftlichen Zeitschriften veröffentlicht hat. Aber anders als Tschechow und Bulgakow hat dieser russische Arzt und Autor zu seinen Lebzeiten nie auch nur eine Seite seines literarischen Œuvres gedruckt gesehen.

Die Zensur und die Einschüchterung, die von ihr ausgeht, erklären dies nur zum Teil. Selbstverständlich kam Zypkins Literatur für eine offizielle Publikation nicht in Frage. Aber sie zirkulierte auch nicht im Samisdat, denn Zypkin hielt sich – aus Stolz, aus eigensinniger Schwermut und weil er eine Ablehnung durch das inoffizielle literarische Establishment nicht riskieren wollte – von den unabhängigen oder im Untergrund agierenden literarischen Kreisen fern, die während der sechziger und siebziger Jahre des 20. Jahrhunderts in Moskau aufblühten – zu jener Zeit, als er »für die Schublade« schrieb. Für die Literatur selbst.

Daß sich *Ein Sommer in Baden-Baden* überhaupt erhalten hat, grenzt tatsächlich an ein Wunder.

Leonid Zypkin kam 1926 in Minsk als Kind russisch-jüdischer Eltern zur Welt, beide Mediziner. Die Mutter, Vera Poljakowa, hatte sich auf Lungentuberkulose spezialisiert, der Vater, Boris Zypkin, auf orthopädische Chirurgie. Im Jahre 1934, zu Beginn des Großen Terrors, wurde er auf Grund der üblichen bizarren Anschuldigungen verhaftet. Dank der Fürsprache eines einflußreichen Freundes ließ man ihn jedoch wieder frei, nachdem er versucht hatte, sich durch einen Sprung von einer Treppe im Gefängnis das Leben zu nehmen. Auf einer Bahre mit gebrochener Wirbelsäule kehrte er nach Hause zurück, blieb jedoch kein Invalide, sondern erholte sich und arbeitete weiter als Chirurg, bis er 1961 mit vierundsechzig Jahren starb. Zwei Schwestern und ein Bruder von Boris Zypkin wurden während des Terrors ebenfalls verhaftet und kamen um.

Minsk fiel eine Woche nach dem deutschen Angriff auf die Sowjetunion im Jahre 1941, und Boris Zypkins Mutter, eine weitere Schwester und zwei kleine Neffen wurden im Ghetto ermordet. Boris Zypkin, seine Frau und der fünfzehnjährige Leonid verdankten ihre Rettung aus der Stadt einem Kolchosvorsitzenden, einem früheren Patienten, der aus Dankbarkeit dafür sorgte, daß einige Fässer mit sauren Gurken von einem Lastwagen wieder abgeladen wurden, um Platz für den verehrten Chirurgen und seine Familie zu schaffen. Im Jahr darauf begann Leonid Zypkin sein Medizinstudium, und nach dem Ende des Krieges kehrte er mit den Eltern nach Minsk zurück, wo er 1947 an der medizinischen Fakultät sein Examen ablegte. 1948 heiratete er die Ökonomin Natalja Michnikowa. Michail, das einzige Kind der beiden, kam 1950 zur Welt. Damals forderte die antisemitische Kampagne, die Stalin im Jahr zuvor in Gang gebracht hatte, immer mehr Opfer, und Zypkin tauchte im Team eines psychiatrischen Krankenhauses auf dem Lande unter. 1957 bekam er die Erlaubnis, mit Frau und Sohn nach Moskau zu ziehen, wo ihm am renommierten Institut für Poliomyelitis und virusbedingte Enzephalitis eine Stelle als Pathologe angeboten worden war. Er gehörte dort zu der Arbeitsgruppe, die die Polio-Schutzimpfung in der Sowjetunion einführte; seine weitere Arbeit an diesem Institut zeugt von vielfältigen Forschungsinteressen. Unter anderem befaßte er sich mit der Reaktion von Tumorgewebe auf tödliche Virusinfektionen und mit der Biologie und Pathologie der Affen.

Zypkin hatte sich seit jeher für Literatur begeistert und schon immer ein bißchen für sich geschrieben, sowohl Prosa als auch Poesie. Als er Anfang Zwanzig war und sein Medizinstudium sich dem Ende näherte, hatte er mit dem Gedanken gespielt, die Medizin aufzugeben und statt dessen Literatur zu studieren, um sich schließlich ganz dem Schreiben zu widmen. Ihn trieben jene großen Fragen um, die auch das russische Geistesleben des 19. Jahrhunderts bewegt hatten (Wie soll man ohne Glauben, ohne Gott leben?), und so hatte er zunächst vor allem Tolstoi verehrt, an dessen Stelle dann schließlich Dostojewski trat. Zypkin hatte auch cineastische Vorlieben: Antonioni zum Beispiel, aber nicht Tarkowski. Anfang der sechziger Jahre hatte er mit dem Gedanken gespielt, Abendkurse an der Filmhochschule zu belegen und Regisseur zu werden. Später erklärte er, die Notwendigkeit, für den Unterhalt seiner Familie zu sorgen, habe ihn von diesem Plan abgebracht.

Zu Beginn der sechziger Jahre begann für Zypkin auch eine neue, intensivere Phase seiner schriftstellerischen Arbeit: Es entstanden Gedichte, die stark von Zwetajewa und Pasternak beeinflußt waren. Porträts der beiden hingen über seinem kleinen Arbeitstisch. Im September 1965 entschloß er sich, das Risiko einzugehen und Andrej Sinjawski etwas von seiner Lyrik zu zeigen. Doch wenige Tage vor dem vereinbarten Treffen wurde Sinjawski verhaftet. Zypkin und Sinjawski, der ein Jahr älter war, sind einander später nie begegnet, aber Zypkin wurde nun noch vorsichtiger. (»Mein Vater«, so berichtet Michail Zypkin, der heute in Kalifornien lebt, »sprach nicht gern von Politik und dachte auch nicht viel darüber nach. In unserer Familie herrschte stillschweigende Einigkeit darüber, daß das Sowjetregime der Inbegriff des Bösen war.«) Nach mehreren erfolglosen Versuchen, einige Gedichte zu veröffentlichen, hörte Zypkin eine ganze Weile auf zu schreiben. Viel Zeit widmete er nun der Fertigstellung seiner naturwissenschaftlichen Dissertation: »Morphologische und biologische Eigenschaften von Zellkulturen trypsinisierter Gewebe«. (In seiner ersten philosophischen Doktorarbeit hatte er sich mit dem Wachstum mehrfach operierter Hirntumore befaßt.) Nach der erfolgreichen Verteidigung seiner zweiten Dissertation im Jahre 1969 bekam Zypkin eine Gehaltserhöhung, so daß er die Nachtarbeit als Teilzeit-Pathologe in einem Krankenhaus aufgeben konnte. Er hatte inzwischen die Vierzig überschritten und begann wieder zu schreiben – keine Poesie, sondern Prosa.

In den dreizehn Jahren, die ihm noch blieben, schuf Zypkin ein kleines Werk von zunehmender Reichweite und Komplexität. Auf eine Reihe kurzer Skizzen folgten längere, komplizierter gebaute Erzählungen, zwei autobiographische Novellen, *Die Brücke über den Neroch* und *Norartakir*, und dann sein letztes und längstes literarisches Werk, *Ein Sommer in Baden-Baden*, eine Art Traumroman, in dem der Träumer, Zypkin selbst, das eigene Leben und dasjenige Dostojewskis in einem leidenschaftlichen Erzählstrom heraufbeschwört. Die Niederschrift war eine vereinsamende, kräftezehrende Arbeit. »Von Montag bis Freitag«, so erzählt Michail Zypkin, »machte sich mein Vater um Punkt Viertel vor acht auf den Weg zur Arbeit im Institut, das in einem weit entfernten Vorort von Moskau lag, in der Nähe des Flughafens Wnukowo. Um sechs Uhr abends kam er heim, aß etwas, schlief ein wenig und setzte sich dann hin, um zu schreiben – entweder an seiner Prosa oder an seinen Forschungsberichten. Bevor er um zehn Uhr zu Bett ging, machte er manchmal noch einen Spaziergang. Meistens verbrachte er auch das Wochenende am

Schreibtisch. Mein Vater nutzte jede sich bietende Gelegenheit zum Schreiben, aber es war eine schwere, qualvolle Arbeit. Er rang mit jedem Wort und korrigierte unendlich lange in seinen handgeschriebenen Manuskripten herum. Wenn die Überarbeitung dann abgeschlossen war, tippte er den Text auf einer uralten glänzenden deutschen Schreibmaschine, einer ›Erika‹, die ihm ein Onkel im Jahre 1949 geschenkt hatte, einem Beutestück aus dem Zweiten Weltkrieg. Und in dieser Form haben sich seine Schriften erhalten. Er schickte seine Manuskripte nicht an Verlage und wollte auch nicht, daß seine Prosa im Samisdat zirkulierte, weil er fürchtete, Probleme mit dem KGB zu bekommen und seine Stelle zu verlieren.« Schreiben ohne jede Hoffnung oder Aussicht auf Veröffentlichung – wieviel Glaube an die Literatur ist dazu vonnöten? Zypkins Leserschaft ging über seine Frau, seinen Sohn und ein paar von dessen Moskauer Kommilitonen kaum je hinaus. Wirkliche Freunde in einer der literarischen Welten von Moskau hatte er nicht.

In Zypkins unmittelbarer Verwandtschaft gab es allerdings eine Person, die eine enge Beziehung zur Literatur hatte, die Literaturwissenschaftlerin Lidia Poljakowa, eine jüngere Schwester seiner Mutter, und die Leser des Romans *Ein Sommer in Baden-Baden* machen ihre flüchtige Bekanntschaft gleich am Anfang des Buches. Im Zug nach Leningrad schlägt der Erzähler ein Buch auf, ein kostbares Buch, dessen Einband samt dem kunstvoll verzierten Lesezeichen liebevoll beschrieben wird, ehe wir erfahren, dass es sich um das Tagebuch von Dostojewskis zweiter Frau, Anna Grigorjewna Dostojewskaja, handelt und daß dieses Exemplar, das »schon fast zerfiel, so zerlesen war es«, als es Zypkin in die Hand bekommt, einer nicht näher benannten Tante gehört, die nur Lidia Poljakowa sein kann. Zypkin hatte das Buch neu binden und beschneiden lassen, denn er hatte das Buch, so schreibt er, »von meiner Tante ausgeborgt, die eine große Bibliothek besaß, fest entschlossen, es ihr nicht zurückzugeben«.

Wie Michail Zypkin berichtet, enthalten mehrere Erzählungen seines Vaters versteckte Anspielungen auf Lidia Poljakowa. Ein halbes Jahrhundert lang gehörte sie der Moskauer Intelligenzija an, hatte seit den dreißiger Jahren eine Forschungsstelle am Gorki-Institut für Weltliteratur, und selbst als sie bei den antisemitischen Säuberungen zu Beginn der fünfziger Jahre ihre Dozentenstelle an der Moskauer Universität verlor, konnte sie ihre Position an diesem Institut halten, wo schließlich auch Sinjawski zu ihren jüngeren Kollegen gehörte. Lidia Poljakowa hatte zwar das Treffen zwischen Zypkin und Sinjwaski arrangiert, das dann doch nicht zustande kam, aber von der Schriftstellerei ihres Neffen hielt sie offenbar nicht viel und behandelte ihn mit einer Herablassung, die dieser ihr nie verzieh.

1977 beschlossen Michail Zypkin und seine Frau Jelena, Ausreisevisa zu beantragen. Natalja Michnikowa arbeitete zu dieser Zeit in einer Abteilung des Staatlichen Komitees für materiell-technische Versorgung (Gossnab), die praktisch alle Sektoren der Sowjetökonomie, auch den militärischen Bereich, mit schwerem Gerät für Bau- und Straßenbauarbeiten belieferte. Sie fürchtete, durch ihre Arbeit, für die eine Sicherheitsüberprüfung erforderlich war, die Aussichten ihres Sohnes auf ein Visum zu beeinträchtigen, und gab ihre Stelle auf. Die Visa wurden erteilt, und Michail und Jelena Zypkin reisten in die USA aus. Kaum hatte der KGB diese Information an den Direktor des Instituts für Poliomyelitis und virale Enzephalitis, Sergej Drosdow, übermittelt, da wurde Zypkin innerhalb der Hierarchie dorthin zurückgestuft, wo er zwanzig Jahre zuvor begonnen hatte – unter die einfachen wissenschaftlichen Mitarbeiter ohne Doktortitel (dabei besaß er deren zwei). Sein Gehalt, nunmehr die einzige Einnahmequelle des Ehepaares, wurde um fünfundsiebzig Prozent gekürzt. Zypkin ging weiter Tag für Tag ins Institut, wurde jedoch von der Forschungsarbeit im Labor, die stets in Arbeitsgruppen lief, ausgeschlossen. Keiner seiner Kollegen wollte mehr mit ihm zusammenarbeiten. Alle fürchteten, der Kontakt mit einem »unerwünschten Element« könnte ihnen schaden. Es wäre zwecklos gewesen, sich nach einer anderen Forschungsstelle umzusehen. Bei jeder Bewerbung hätte er angeben müssen, daß sein Sohn das Land verlassen hatte.

Im Juni 1979 stellten Zypkin, seine Frau und seine Mutter ebenfalls einen Ausreiseantrag und warteten dann fast zwei Jahre auf Antwort. Im April 1981 wurde ihnen mitgeteilt, ihr Antrag sei als »unzweckmäßig« befunden und deshalb abgelehnt worden. (1980 kam die Auswanderung aus der UdSSR praktisch zum Erliegen, als sich die Beziehungen zu den Vereinigten Staaten infolge der sowjetischen Invasion in Afghanistan verschlechterten und klar wurde, daß die Sowjetunion für ihre Bereitschaft, sowjetische Juden ausreisen zu lassen, auf absehbare Zeit keine Zugeständnisse von seiten Washingtons mehr erwarten konnte.) In dieser

Zeit schrieb Zypkin den größten Teil von *Ein Sommer in Baden-Baden*. Begonnen hatte er 1977, und er beendete die Arbeit 1980. Der Niederschrift waren Jahre der Vorbereitung vorausgegangen: Zypkin hatte in Archiven recherchiert und hatte Orte, die mit Dostojewskis Leben in Verbindung standen oder an denen er seine Gestalten agieren läßt, fotografiert – und zwar zu den Jahres- und Tageszeiten, wie sie in den Romanen angegeben sind. (Zypkin war ein leidenschaftlicher Amateurfotograf und besaß seit den frühen fünfziger Jahren eine Kamera.) Nachdem er *Ein Sommer in Baden-Baden* beendet hatte, schenkte er dem Dostojewski-Museum in Leningrad ein Album mit diesen Fotografien.

Auch wenn an eine Veröffentlichung seines Romans in Rußland nicht zu denken war, bestand doch die Möglichkeit, ihn im Ausland herauszubringen, wie es damals die besten Schriftsteller mit ihren Büchern taten. Zypkin beschloß, einen Versuch zu machen, und bat Asari Messerer, einen befreundeten Journalisten, dem die Ausreise für Anfang 1981 erlaubt worden war, eine Kopie des Manuskripts und einige Fotos aus der Sowjetunion hinauszuschmuggeln. Messerer gelang dies mit Hilfe eines befreundeten amerikanischen Ehepaars, der Moskau-Korrespondenten der Nachrichtenagentur United Press International.

Ende September stellten Zypkin, seine Frau und seine Mutter erneut Ausreiseanträge. Am 19. Oktober starb Vera Poljakowa im Alter von sechsundachtzig Jahren. Die Ablehnung aller drei Anträge kam eine Woche später; diesmal hatte die Entscheidung nicht einmal einen Monat auf sich warten lassen.

Anfang März 1982 suchte Zypkin den Chef der Moskauer Visa-Abteilung auf, der ihm sagte: »Doktor, Sie werden niemals eine Ausreisegenehmigung bekommen.« Am 15. März, einem Montag, teilte Sergej Drosdow Zypkin mit, daß er nicht länger am Institut arbeiten könne. Am gleichen Tag rief Michail Zypkin, der an der Graduate School in Harvard studierte, in Moskau an, um seinem Vater mitzuteilen, daß er am Samstag zuvor ein »veröffentlichter Schriftsteller« geworden sei. Asari Messerer war es geglückt, *Ein Sommer in Baden-Baden* bei der *Nowaja gaseta*, einer in New York erscheinenden Wochenzeitung für russische Emigranten, unterzubringen. Illustriert mit einigen von Zypkins Fotos, war die erste Folge am 13. März erschienen.

Am Samstag, dem 20. März, seinem sechsundfünfzigsten Geburtstag, setzte sich Zypkin frühmorgens an den Schreibtisch, um an der Übersetzung eines medizinischen Textes aus dem Englischen ins Russische weiterzuarbeiten – das Übersetzen war eine der wenigen Möglichkeiten, sich einen Lebensunterhalt zu verdienen, die den sogenannten *Otkasniks* (also jenen Sowjetbürgern, meist Juden, deren Ausreiseantrag abgelehnt worden war und die ihre bisherige Arbeit verloren hatten) offenstand – da wurde ihm plötzlich übel (es war ein Herzanfall), er legte sich hin, rief noch nach seiner Frau und starb. Genau sieben Tage lang war er ein »veröffentlichter Schriftsteller« gewesen.

Anders als J. M. Coetzees wunderbares Buch *Der Meister von Petersburg*, ist *Ein Sommer in Baden-Baden* keine Dostojewski-Phantasie. Es ist aber auch kein Dokumentarroman, obwohl Zypkin es als Ehrensache ansah, daß alles Faktische in seinem Buch den geschilderten Verhältnissen und den realen Lebensgeschichten entsprach. Vielleicht hat sich Zypkin vorgestellt, daß *Ein Sommer in Baden-Baden*, wenn es je als Buch erscheinen würde, einige seiner Fotos enthalten sollte – gleichsam in Vorwegnahme des eigentümlichen Verfahrens von W. G. Sebald, der in seine Bücher ebenfalls Fotos einstreut und so die schlichte Idee von Wahrscheinlichkeit mit Rätselhaftigkeit und Pathos füllt.

Was für ein Buch ist *Ein Sommer in Baden-Baden*? Von Anfang an entfaltet es sich auf zwei Erzählebenen. Es ist Winter, Ende Dezember, keine Datumsangabe – eine Art »Jetzt«. Der Erzähler sitzt im Zug nach Leningrad (dem früheren und künftigen Sankt Petersburg). Und zugleich ist es Mitte April 1867. Die Dostojewskis, Fjodor (»Fedja«) und seine junge Frau, Anna Grigorjewna, haben Sankt Petersburg verlassen und sind auf dem Weg nach Dresden. Die Reisen des Ehepaars Dostojewski – in Zypkins Roman werden sie sich nämlich die meiste Zeit im Ausland aufhalten und keineswegs nur in Baden-Baden – sind sorgfältig recherchiert. Die Abschnitte, in denen der Erzähler – Zypkin – sein eigenes Tun und Lassen schildert, sind ganz und gar autobiographisch. Da sich Phantasie und Faktizität im allgemeinen leicht voneinander abgrenzen lassen, neigen wir dazu, sie zu Gattungsmerkmalen zu erheben, und trennen erfundene Geschichten (Fiktion) von Geschichten aus dem wirklichen Leben (Chronik, Autobiographie). Aber dies ist nur eine Konvention – unsere Konvention. In der japanischen Literatur gehört der sogenannte »Ich-Roman« (*shishosetsu*) – eine im wesentlichen autobiographische Erzählhandlung, die aber auch erfundene Episoden enthält – zu den maßgeblichen Romanformen.

In einem halluzinatorischen Assoziationssturm werden in *Ein Sommer in Baden-Baden* mehrere »reale« Welten wachgerufen, beschrieben, nachgeschaffen. Die Originalität von Zypkins Roman besteht in der Art, wie er zwischen der autobiographischen Erzählung des ungenannt bleibenden Erzählers, der sich auf eine Reise durch die düstere Landschaft der zeitgenössischen Sowjetunion begeben hat, und dem Leben der Dostojewskis auf ihrer Wanderschaft hin und her wechselt. Durch den kulturellen Verfall der Gegenwart schimmert die fiebrig pulsierende Vergangenheit. Zypkin reist nicht nur nach Leningrad, er reist auch in die Seelen und Körper von Fedja und Anna. Dabei beweist er ein erstaunliches, geradezu unheimliches Einfühlungsvermögen.

Zypkin wird für einige Tage in Leningrad bleiben: Es ist eine Wallfahrt zu Dostojewski (sicherlich nicht die erste), und zwar (wie zweifellos üblich) eine einsame, die mit einem Besuch des Hauses enden wird, in dem Dostojewski gestorben ist. Die Dostojewskis ihrerseits stehen noch am Anfang ihrer von ständigen Geldnöten beschwerten Reise; vier Jahre lang werden sie in Westeuropa bleiben. (Es sei daran erinnert, daß der Verfasser des Romans *Ein Sommer in Baden-Baden* selbst nie ins Ausland reisen durfte.) Dresden, Baden-Baden, Basel, Frankfurt, Paris – ihr Los ist eine ständige Unruhe, die einerseits aus dem Dilemma und den Demütigungen ihrer bedrückenden finanziellen Lage erwächst, in der sie es mit einem ganzen Chor anmaßender Fremder zu tun bekommen (Kofferträger, Kutscher, Vermieterinnen, Kellner, Ladenbesitzer, Pfandleiher, Croupiers) und die sich andererseits aus den Anfällen von Launenhaftigkeit und allen möglichen flüchtigen Gefühlsaufwallungen ergibt. Das Spielfieber. Das moralische Fieber. Das Fieber der Krankheit. Das sinnliche Fieber. Das Fieber der Eifersucht. Das Fieber der Bußfertigkeit. Die Angst ...

Im Kraftzentrum von Zypkins fiktionaler Nachbildung von Dostojewskis Leben steht nicht das Glücksspiel, nicht das Schreiben, nicht die Frömmigkeit, sondern die brennende, großzügige Absolutheit (womit nichts über ihren befriedigenden Charakter gesagt ist) der ehelichen Liebe. Wer wird das »Schwimmen« des Liebespaares – dieses einzigartige Bild für den Liebesakt – je vergessen können? Annas alles verzeihende und doch stets würdige Liebe zu Fedja entspricht in gewisser Weise der Liebe, die der literarische Jünger, Zypkin, für Dostojewski empfindet.

Nichts ist erfunden. Alles ist erfunden. Die Rahmenhandlung ist die Reise, die der Erzähler zu den Schauplätzen von Dostojewskis Leben und seinen Romanen unternimmt und die (wie wir nach und nach begreifen) zu den Vorarbeiten für das Buch gehört, das wir in Händen halten. *Ein Sommer in Baden-Baden* gehört zu einer seltenen, sehr anspruchsvollen Untergattung des Romans: dieses Buch verwebt die Lebensgeschichte einer realen Person von großer Bedeutung mit einer Geschichte, die in der Gegenwart angesiedelt ist – der Geschichte des grübelnden Schriftstellers, der sich Zugang zum Innenleben einer Person zu verschaffen sucht, der das Schicksal nicht nur historische Bedeutung, sondern Monumentalität beschieden hat. (Ein anderes Beispiel hierfür und zugleich eines der ganz großen Bücher der italienischen Literatur des 20. Jahrhunderts ist *Artemisia* von Anna Banti.)

Zypkin verläßt Moskau auf der ersten Seite des Buches und kommt nach ungefähr zwei Dritteln auf dem Moskauer Bahnhof in Leningrad an. Er weiß zwar, daß irgendwo in der Nähe des Bahnhofs »ein ganz gewöhnliches graues Petersburger Haus« steht, in dem Dostojewski seine letzten Lebensjahre verbrachte, er geht mit seinem Koffer aber weiter durch die eiskalte, dunstige Finsternis, überquert den Newski-Prospekt, kommt an anderen Orten vorbei, die mit Dostojewskis letzten Jahren in Verbindung stehen, und taucht schließlich dort auf, wo er jedesmal unterkommt, wenn er in Leningrad ist, in dem Teil einer heruntergekommenen Gemeinschaftswohnung, der von einer zärtlich geschilderten Freundin seiner Mutter bewohnt wird, die ihn willkommen heißt, ihm zu essen gibt, ihm ein altes Sofa zurechtmacht, auf dem er schlafen kann, und die ihm wie jedesmal die Frage stellt: »Liest du immer noch so gern Dostojewski?« Nachdem sie sich schlafen gelegt hat, versenkt sich Zypkin in einen Band, den er zufällig aus der noch vor der Revolution erschienenen Ausgabe von Dostojewskis Gesammelten Werken in ihrem Bücherregal gegriffen hat, das *Tagebuch eines Schriftstellers*, und schläft schließlich in Gedanken über Dostojewskis rätselhaften Antisemitismus ein.

Nach einem Morgen, den er mit der liebenswürdigen alten Freundin verplaudert und an dem er wieder einmal Geschichten aus der Schreckenszeit der Blockade von Leningrad zu hören bekommt, bricht Zypkin auf – der kurze Wintertag geht schon in Dämmerung über –, streift in der Stadt umher und fotografiert »›das Haus Raskolnikows‹ oder ›das Haus der alten Wucherin‹ oder ›das Haus Sonetschkas‹ oder die Häuser, in denen der Autor gewohnt hatte, ... wo er die finsterste Zeit seines Lebens verbracht hatte, ... in den ersten Jahren nach der Rückkehr aus der Verbannung ...«. Geleitet »von einem inneren Gefühl«, hat sich Zypkin »genau richtig orientiert, mein Herz schlug höher vor Freude und einem noch vagen anderen Gefühl« und steht plötzlich vor dem vierstöckigen Eckhaus, in dem Dostojewski gestorben ist und in dem sich heute das Dostojewski-Museum befindet; die Beschreibung des Besuchs (»geradezu kirchliche Stille herrschte in den Museumsräumen«) geht über in die Schilderung eines Sterbens, die eines Tolstoi würdig ist. Durch das Prisma von Annas herzzerreißendem Leid läßt Zypkin die langen Stunden auf dem Sterbebett in diesem Buch neu erstehen, einem Buch, das letztlich von der Liebe handelt, von der ehelichen Liebe und der Liebe zur Literatur – zwei Arten der Liebe, die nicht miteinander verknüpft oder verglichen werden, jede für sich aber Würdigung erfahren und ihre eigene Glut beisteuern.

Was soll man, wenn man Dostojewski liebt, mit dem Wissen anfangen, daß Dostojewski die Juden gehaßt hat? Was soll ein Jude mit diesem Wissen tun? Wie soll man den bösartigen Antisemitismus eines Mannes erklären, »der in seinen Romanen solche Sensibilität menschlichem Leid gegenüber beweist«, der ein »hingebungsvolle[r] Fürsprecher der Erniedrigten und Beleidigten« ist? Und wie kann man »diese besondere Anziehungskraft, die Dostojewski auf die Juden ausübt« verstehen?

Der kraftvollste Denker unter den jüdischen Dostojewski-Liebhabern, Leonid Grossman (1888–1965), steht ganz oben in einer langen Reihe anderer, die Zypkin nennt. Grossman ist für Zypkins Reimagination von Dostojewskis Leben eine wichtige Quelle, und das gleich zu Beginn des Romans *Ein Sommer in Baden-Baden* erwähnte Buch ist die Frucht von Grossmans wissenschaftlichen Arbeiten. Er war es, der die erste Auswahl aus den *Erinnerungen* von Anna Dostojewskaja herausgegeben hat, die 1925, sieben Jahre nach ihrem Tod, erschien. Zypkin spekuliert darüber, daß sich das Fehlen von »Jidden« und anderen eigentlich zu erwartenden Bezeichnungen in den Memoiren von Dostojewskis Witwe möglicherweise damit erklären lasse, daß sie bei ihrer Niederschrift am Vorabend der Revolution Grossman schon kannte.

Zypkin muß die vielen wegweisenden Aufsätze Grossmans über Dostojewski gekannt haben – etwa *Balzac und Dostojewski* (1914) und *Dostojewskis Bibliothek* (1919). Vielleicht auch Grossmans Roman *Roulettenburg* (1932), der Dostojewskis Erzählung über die Spielleidenschaft kommentiert. (*Roulettenburg* war der ursprüngliche Titel seines Romans *Der Spieler*.) Aber Grossmans längst vergriffenes Buch *Bekenntnis eines Juden* (1924) wird Zypkin kaum gelesen haben. Es erzählt die Lebensgeschichte des faszinierendsten und zugleich bemitleidenswertesten aller jüdischen Dostojewski-Liebhaber, die von Arkadi Kowner (1842–1909), der im Ghetto von Wilna aufgewachsen war und mit dem Dostojewski einen Briefwechsel begonnen hatte. Kowner, ein unermüdlicher Autodidakt, war in den Bann des großen Schriftstellers geraten und hatte sich von *Schuld und Sühne* zu einem Diebstahl inspirieren lassen, um einer verarmten, kränkelnden jungen Frau zu helfen, die er liebte. Im Jahre 1877, bevor er zu vier Jahren Zwangsarbeit nach Sibirien deportiert wurde, schrieb Kowner aus seiner Zelle in einem Moskauer Gefängnis an Dostojewski und griff ihn wegen seiner Abneigung gegen die Juden an. (Das war sein erster Brief; der zweite betraf die Unsterblichkeit der Seele.)

Letztlich gibt es keine Lösung für das quälende Problem von Dostojewskis Antisemitismus – ein Thema, das in *Ein Sommer in Baden-Baden* zur Sprache kommt, kaum daß Zypkin Leningrad erreicht. Es erschien ihm, so schreibt er, »in höchstem Maße sonderbar«, daß Dostojewski »nicht ein Wort der Verteidigung oder der Rechtfertigung für Menschen gefunden hat, die jahrtausendelangen Verfolgungen ausgesetzt sind ... für die Juden hatte er nicht einmal die Bezeichnung Volk übrig, er sprach nur von einem Stamm ... diesem Stamm gehören auch ich und meine zahlreichen Bekannten und Freunde an, mit denen ich über subtile Probleme der russischen Liteartur spreche ...« Die Juden hat dies jedoch nicht davon abgehalten, Dostojewski zu lieben. Wie läßt sich das erklären?

Zypkin hat keine andere Erklärung als die Leidenschaft der Juden für die russische Literatur – was uns daran erinnern könnte, daß auch die Goethe- und Schiller-Verehrung in Deutschland zum großen Teil von den Juden ausging – bis in die Zeit hinein, als Deutschland anfing, seine Juden zu ermorden. Dostojewski lieben heißt die Literatur lieben.

Ein Sommer in Baden-Baden, eine Art Schnellkurs zu allen großen Themen der russischen Literatur, wird durch die Originalität und das Tempo seiner Sprache zusammengehalten, die kühn und rasant zwischen erster und dritter Person – dem Handeln, den Erinnerungen und Grübeleien des Erzählers (»ich«) und den Dostojewski-Szenen (»er« – »sie«) – und zwischen Vergangenheit und Gegenwart wechselt. Aber Zypkins Gegenwart während seiner Wallfahrt zu Dostojewski ist in sich ebensowenig aus einem Guß wie die Vergangenheit der Dostojewskis zwischen 1867 und 1881, dem Todesjahr des Schriftstellers. Dostojewski überläßt sich in dieser Vergangenheit einer Unterströmung von Erinnerungen an Szenen und Leidenschaften aus früheren Augenblicken seines Lebens; und der Erzähler in der Gegenwart beschwört Erinnerungen an seine eigene Vergangenheit herauf.

Mit jedem Absatz beginnt ein langer, sehr langer Satz, der durch Bindewörter zusammengehalten wird: zahllose »und«, ziemlich viele »aber«, außerdem »obwohl« und »wogegen« und »als ob« und »weil« und dazu immer wieder Gedankenstriche. Ein richtiges Schlußzeichen steht nur dort, wo der Absatz endet. Im Verlauf dieser leidenschaftlich in die Länge gezogenen Absatz-Sätze schwillt der Strom der Empfindungen an und durchflutet die Erzählung von Dostojewskis und Zypkins Leben: ein Satz, der mit Fedja und Anna in Dresden beginnt, kann auf Dostojewskis Sträflingsjahre zurückblenden oder auf einen früheren Anfall von Spielleidenschaft während seiner Romanze mit Polina Suslowa, und daran wiederum kann sich eine Erinnerung des Erzählers an die Tage seines Medizinstudiums und eine Reflexion über einen Vers von Puschkin anschließen.

Zypkins Sätze erinnern in ihrer ausufernden Struktur an José Saramago, der Dialog mit Beschreibung und Beschreibung mit Dialog verflicht, und sie sind gespickt mit Verben, die sich weigern, einheitlich in der Vergangenheit oder im Präsens zu verweilen. In ihrer Unaufhörlichkeit haben Zypkins Sätze etwas von der Kraft und der hektischen Autorität der Sätze Thomas Bernhards. Aber Zypkin kann die Bücher von Saramago und Bernhard nicht gekannt haben. Für seine ekstatische Prosa hatte er andere Vorbilder in der Literatur des 20. Jahrhunderts. Er liebte den frühen, nicht den späten Pasternak – *Geleitbrief*, nicht *Doktor Shiwago*. Er liebte Zwetajewa. Er liebte Rilke – zum Teil weil Zwetajewa und Pasternak Rilke geliebt hatten; er hatte wenig Literatur aus anderen Ländern gelesen, und wenn, dann nur in Übersetzungen. Unter den Autoren, die ihm dabei begegnet waren, hatte ihn Kafka, den er durch einen Mitte der sechziger Jahre in der Sowjetunion veröffentlichten Erzählungsband entdeckte, am meisten ergriffen. Aber den verblüffenden Zypkin-Satz hat er ganz und gar selbst entwickelt.

Zypkins Sohn erzählt, sein Vater sei detailbesessen und von einem zwanghaften Ordnungssinn geprägt gewesen. Im Zusammenhang mit der Frage, warum er sich für die Pathologie als medizinisches Fachgebiet entschied und nie als klinischer Arzt praktizierte, fällt seiner Schwiegertochter ein, daß er »sich sehr für den

Tod interessierte«. Vielleicht konnte nur ein obsessiver, vom Tod besessener Hypochonder, wie Zypkin einer gewesen zu sein scheint, eine Satzform ersinnen, die auf so originelle Weise frei ist. Seine Prosa ist ein ideales Transportmittel für die emotionale Spannung und den Empfindungsreichtum seines Themas. In einem relativ schmalen Buch bedeutet der lange Satz assoziatives Ineinanderverwobensein, die leidenschaftliche Spannkraft eines in vielerlei Hinsicht von unerbittlicher Härte durchdrungenen Temperaments.

Neben der Interpretation des unvergleichlichen Dostojewski bietet Zypkins Roman auch eine außergewöhnliche geistige Reise durch die russische Wirklichkeit. Die Leiden der sowjetischen Ära von der Zeit des Großen Terrors der Jahre 1934–1937 bis in die Gegenwart des suchenden Erzählers betrachtet das Buch, wenn man dies so sagen darf, als selbstverständliche Gegebenheit: ihr Pulsieren ist auf jeder Seite spürbar. *Ein Sommer in Baden-Baden* ist zugleich auch ein gedankenreicher Abriß der russischen Literatur in ihrer ganzen Spannweite. Puschkin, Turgenjew (es gibt eine Szene, in der Dostojewski und Turgenjew heftig aneinandergeraten) und die großen Gestalten der Literatur und der geistig-moralischen Auseinandersetzungen des 20. Jahrhunders, Zwetajewa, Solshenizyn, Sacharow, Bonner – sie alle treten im Laufe der Erzählung in Erscheinung.

Aus der Lektüre des Romans *Ein Sommer in Baden-Baden* geht man geläutert, erschüttert, gestärkt hervor, man atmet ein wenig tiefer und ist dankbar dafür, was die Literatur alles in sich bergen, was sie alles veranschaulichen kann. Leonid Zypkin hat kein dickes

Buch geschrieben. Aber er hat eine große Reise gemacht.

Susan Sontag, Juli 2001
Aus dem Englischen von Reinhard Kaiser

Klara Michailowna Rosental gewidmet

»Und wer weiß ..., vielleicht besteht
jegliches Ziel der Menschheit auf Erden
überhaupt nur in diesem pausenlosen Prozeß,
anders gesagt, im Leben selbst und
nicht eigentlich in dem Ziel ...«
Fjodor Dostojewski,
Aufzeichnungen aus dem Untergrund

»Und wie aufdringlich, wie dreist bringen
Sie Ihre Überspanntheiten vor,
obwohl Sie gleichzeitig Angst haben!«
Fjodor Dostojewski,
Aufzeichnungen aus dem Untergrund

Es war ein Tageszug, aber es war mitten im Winter – Ende Dezember, zudem fuhr der Zug nach Leningrad – nordwärts, deshalb wurde es draußen rasch dunkel – mit hellen Lichtern leuchteten nur die vorbeigleitenden, wie von unsichtbarer Hand hingeworfenen Stationen auf – verschneite Haltepunkte in den Erholungsgebieten hinter Moskau mit blinkenden Laternen, die zu einem Feuerband verschmolzen – die Stationen glitten unter dumpfem Geratter vorbei, als fahre der Zug über eine Brücke – gedämpft wurde das Rattern durch die den Wagen fast hermetisch abschließenden Doppelfenster, deren trübe Scheiben halb zugefroren waren, doch die Lichter der Stationen durchdrangen sie trotzdem und zeichneten ihren Feuerstreifen, und dahinter waren unübersehbare Schneeweiten zu erahnen, der Wagen schaukelte heftig, besonders zum Gangende hin, und als es draußen völlig finster geworden war und nur noch das vage Weiß des Schnees blieb und keine Datschen mehr kamen und im Fenster sich zusammen mit mir der Wagen samt allen Deckenlampen und den in ihm sitzenden Fahrgästen spiegelte, entnahm ich meinem über mir im Gepäcknetz liegenden Koffer ein Buch, das ich bereits in Moskau angefangen und mit Bedacht mitgenommen hatte, um es auf der Fahrt nach Leningrad zu lesen, und schlug es an der Stelle auf, an der ein chinesisch beschriftetes Lesezeichen mit einer zarten Vignette östlicher Machart drinlag – das Buch hatte ich mir von meiner Tante ausgeborgt, die eine große Bibliothek besaß, fest entschlossen, es ihr nicht zurückzugeben – ich hatte es neu binden lassen, da es schon fast zerfiel, so zerlesen war es – der Binder hatte die Seiten schön gleichmäßig beschnitten, mit einem festen Einband versehen und das Titelblatt aufgeklebt – es war das *Tagebuch* Anna Grigorjewna Dostojewskajas, herausgegeben in einem liberalen Verlag, wie sie zu der Zeit noch existierten, Wechi vielleicht oder Nowaja shisn – mit Datumsangaben neuen und alten Stils, mit Wörtern und ganzen Sätzen auf deutsch oder französisch ohne Übersetzung, unter obligatorischer Einfügung des mit gymnasiastenhafter Beflissenheit verwendeten Zusatzes »Mme.« – die Niederschrift der stenographischen Aufzeichnungen, die sie im ersten Sommer nach ihrer Heirat im Ausland gemacht hatte.

Die Dostojewskis verließen Petersburg Mitte April 1867 und waren bereits am nächsten Morgen in Wilna. Im Hotel liefen ihnen auf der Treppe fortwährend Jidden über den Weg, die sich ihnen aufdrängten und sogar hinter der Droschke herliefen, um Anna Grigorjewna und Fjodor Michailowitsch, die darin saßen, Zigarettenmundstücke aus Bernstein zum Kauf anzubieten, bis sie von ihnen verjagt wurden, und abends konnte man in den alten engen Straßen diese Jidden mit Peies sehen, wie sie ihre Jiddenweiber spazierenführten. Ein, zwei Tag später trafen sie erst in Berlin und dann in Dresden ein, und es begann die Suche nach einem Logis, denn die Deutschen, besonders die weiblichen Geschlechts, alle möglichen Fräuleins, die Inhaberinnen von Pensionen waren oder einfach möblierte Zimmer vermieteten, nahmen die russischen Neuankömmlinge unbarmherzig aus und verpflegten sie schlecht, die Kellner, und nicht nur diese, hauten sie mit dem Wechselgeld übers Ohr, im übrigen waren die Deutschen ein stupides Volk, zeigten sie sich doch außerstande, Fedja zu erklären, wie er zu dieser oder jener Straße kam, und schickten ihn ständig in die entgegengesetzte Richtung – nicht etwa mit Absicht? Diese Jidden waren Anna Grigorjewna übrigens schon früher aufgefallen – als sie zum erstenmal zu Fedja in das Olonkinsche Haus kam, wo er *Schuld und Sühne* geschrieben hatte und das sie, wie sie später festhielt, sofort an das Haus erinnert habe, in dem Raskolnikow wohnt, die Jidden begegneten ihr hier zwischen anderen hin und her laufenden Hausbewohnern ebenfalls auf der Treppe. (Der Gerechtigkeit halber sei angemerkt, daß Anna Grigorjewna in ihren kurz vor der Revolution, möglicherweise auch erst nachdem sie Leonid Grossman kennengelernt hatte, geschriebenen *Erinnerungen* keine Jidden auf der Treppe erwähnt.) Auf dem in das *Tagebuch* eingeklebten Foto war eine noch ganz junge Anna Grigorjewna mit etwas schwerem, düsterem Blick – halb Fanatikerin, halb Frömmlerin – zu sehen. Der schon in die Jahre gekommene, nicht eben große Fedja machte mit seinen kurzen Beinen den Eindruck, als wäre er, stünde er von seinem Stuhl auf, kaum größer als im Sitzen – die Erscheinung eines einfachen Mannes aus dem Volk, dem anzumerken war, daß er sich gern fotografieren ließ und inbrünstig zu beten pflegte. Wie kam es also, daß ich mit solcher Ehrfurcht (ich scheue das Wort nicht) das *Tagebuch* durch ganz Moskau trug, bis ich einen Binder fand, während der Fahrt begierig die altersschwachen Seiten durchblätterte auf der Suche nach Stellen, die ich vorausgesehen zu haben schien, und dann, nachdem ich das gewichtig gewordene Buch vom Neubinden zurückbekommen hatte, es auf meinen Schreibtisch legte, wo es Tag und Nacht liegenblieb wie die Bibel? Wie kam es, daß ich jetzt nach Petersburg fuhr – ja, nicht nach Leningrad, sondern nach Petersburg, durch dessen Straßen dieser kurzbeinige, eher kleinwüchsige (wie wohl die meisten Leute im vorigen Jahrhundert) Mann mit dem Gesicht eines Küsters oder eines Soldaten im Ruhestand gegangen war? Wie kam es, daß ich dieses Buch jetzt, in diesem Wagen sitzend, im unsicheren, flackernden, in Abhängigkeit von der Fahrgeschwindigkeit des Zuges und der Arbeit der Dieselmotoren bald heller brennenden, bald fast verlöschenden Lampenlicht las, gestört durch das fortwährende Klappen der Türen, wenn Raucher wie Nichtraucher die Plattform betraten und verließen, ein Glas in der Hand, um Kindern zu trinken zu bringen oder Obst zu waschen oder einfach um zur Toilette zu gehen – erst klappte die Tür der Plattform, dann die der Toilette –, durch das Klappen und Zuschlagen dieser

Türen, durch das Schlingern des Wagens, das mir das Buch fortwährend seitlich wegzog, den Geruch von Kohle und Dampflokomotiven, die es längst nirgends mehr gab, deren Geruch sich jedoch eigenartigerweise hielt? Sie quartierten sich bei Mme. Zimmermann ein, einer großen hageren Schweizerin, doch schon am ersten Tag nach ihrer Ankunft, abgestiegen in einem Hotel in der Stadtmitte, gingen sie in die Galerie – vor dem Gebäude des Puschkinmuseums in Moskau hatte sich eine lange Schlange gebildet, man ließ schubweise ein, und da, irgendwo auf einem Treppenabsatz zwischen den Etagen, hing die *Sixtinische Madonna*, davor stand ein Milizionär – viele Jahre später wurde im selben Museum Leonardos *Gioconda* gezeigt, hinter speziell beleuchtetem doppeltem Panzerglas, die gewundene Schlange der Leute »mit Beziehungen« rückte langsam an das Bild heran, genauer gesagt, an das Glas, hinter dem sich, wie ein einbalsamierter Leichnam im Sarkophag, das Gemälde mit der Madonna vor einer Landschaft befand, ihr Lächeln war tatsächlich rätselhaft, ein Eindruck, der allerdings auch auf die landläufigen Beschreibungen zurückzuführen sein mochte, und neben dem Bild stand ebenfalls ein Milizionär, der die Schlange, da es sich angeblich um lauter Fachleute oder Besucher mit entsprechenden Einladungen handelte, sanft zum Weitergehen drängte: »Nehmen Sie Abschied, nehmen Sie Abschied« – vor dem Bild trachteten die Leute zu verweilen, und dann, von der sich entfernenden Schlange wieder aufgenommen, sahen sie sich immer noch einmal nach dem Bild um, verrenkten sich den Hals, drehten den Kopf um fast hundertachtzig Grad – die *Sixtinische Madonna* hing zwischen zwei

Fenstern, so daß das Licht seitlich einfiel, zudem war es ein trüber Tag – Dunst schien auf dem Gemälde zu liegen. Die Madonna schwebte in Wolken, die wie ein luftiger Saum ihres Gewandes wirkten oder mit ihm verschmolzen – und von unten links blickte ehrerbietig ein Apostel mit sechs Fingern – ich habe sie nachgezählt, es sind wirklich sechs – zur Madonna auf – ein Foto dieses Gemäldes, das Dostojewski viele Jahre nach dieser Reise, schon kurz vor seinem Tod, zum Geburtstag geschenkt bekam, da es als sein Lieblingsbild galt, obwohl das vielleicht eher *Toter Christus* von Holbein dem Jüngeren war, ein Foto von Raffaels *Madonna* im Holzrahmen also hängt über dem Lederdiwan, auf dem Dostojewski starb, im Dostojewskimuseum in Leningrad – eine luftige Madonna hält in halb sitzender Haltung einen ebenfalls luftig gewindelten Säugling schräg im Arm, als gebe sie ihm nach Zigeunerinnenart vor aller Augen die Brust, ihr Gesichtsausdruck allerdings ist ebenso schwer deutbar wie bei der Gioconda – und das gleiche Foto, nur kleiner und wahrscheinlich von schlechterer Qualität, da schon in unserer Zeit gemacht, steht, wie mit vorsätzlicher Nachlässigkeit dort belassen, in einem Bücherregal meiner Tante hinter Glas. Die Dostojewskis gingen täglich in die Galerie, so wie man in Kislowodsk in die Wandelhalle geht, um Narsan-Brunnen zu trinken oder sich mit jemandem zu treffen oder einfach so dazustehen und die Leute zu beobachten, und danach gingen sie Mittag essen – es hieß ein möglichst preiswertes Restaurant zu finden, wo man gut essen konnte und die Kellner einen nicht allzusehr betrogen – ständig nahmen sie den Dostojewskis zwei, drei Silbergroschen zuviel ab, denn die

Deutschen waren allesamt eindeutig Spitzbuben, einmal gingen die beiden nach ihrem Galeriebesuch auf der malerisch über der Elbe gelegenen Brühlschen Terrasse zu Mittag essen – der Kellner war ihnen schon beim letztenmal aufgefallen, seines Aussehens wegen hatten sie ihn »Diplomat« getauft, außerdem hatten sie ihn dabei ertappt, wie er für die Tasse Kaffee das Doppelte verlangte – fünf statt zwei Silbergroschen, doch sie überlisteten ihn, nicht fünf Silbergroschen Trinkgeld schob ihm Anna Grigorjewna hin, sondern die zwei, die er ihnen anstelle einer Fünf-Silbergroschen-Münze herausgegeben hatte – diesmal waren sie sehr hungrig, besonders Fedja, aber statt ihre Bestellung entgegenzunehmen, kümmerte sich der »Diplomat« eifrig um einen nach ihnen gekommenen sächsischen Offizier, den die rote fleischige Nase und die gelblichen Augen als Trinker auswiesen – Fedja rief nach dem Kellner, doch der fuhr unbeirrbar fort, den Offizier zu bedienen, der sich die gestärkte Serviette hinter den engen Kragen seiner Uniformjacke steckte – der »Diplomat« rächte sich ganz offensichtlich für ihren letzten Besuch – Fedja klopfte mit dem Messer auf den Tisch – endlich bequemte sich der »Diplomat« zu ihnen, doch nur um im Vorbeigehen fallenzulassen, daß er sie auch so höre und das Geklopfe unnötig sei – Fedja bestellte Huhn und Kalbskoteletts – nach einer geraumen Weile brachte der »Diplomat« lediglich eine Portion Huhn, und auf Fedjas Frage: »Was soll das heißen?« erwiderte er betont höflich, sie hätten nur eine Portion Huhn bestellt, das wiederholte sich dann auch mit den Kalbskoteletts – nebenan spielten vier Lakaien Karten, und in dem Raum, in dem sie speisten, saßen nur ein paar Gäste –

es war offenkundig, daß sich der Kellner mit Absicht irrte – Fedjas Gesicht überzog sich mit roten Flecken – er sagte laut zu seiner Frau, wenn er allein hier wäre, dann würde er es ihnen schon zeigen, und fuhr sie sogar an, als läge es allein an ihr, daß sie zu zweit hergekommen waren – er hob sein Besteck hoch und ließ es fallen, klirrend fiel es auf den Teller und zerschlug ihn fast – schon blickte man zu ihnen herüber – sie verließen das Restaurant, ohne sich umzusehen – im Davongehen warf Fedja einen ganzen Taler statt der dreiundzwanzig Silbergroschen, die sie zu zahlen hatten, auf den Tisch und knallte die Tür zu, daß die Scheiben klirrten – sie gingen die mit Kastanien bepflanzte Allee entlang, er voran, mit energischem Schritt, sie, dahinter, konnte kaum folgen – wäre sie nicht dabeigewesen, hätte er die Sache zu Ende gebracht und sich behauptet, statt dessen mußte er das Feld räumen, gedemütigt von diesem schuftigen Lakaien, denn alle Lakaien sind Schufte, die Verkörperung der niedersten Eigenschaften der menschlichen Natur, aber diese verfluchte lakaienhafte Veranlagung sitzt in uns allen – hatte er nicht selbst jenem Schuft von Platzmajor[1] kriecherisch in die Augen gesehen, als der, betrunken, mit roter Nase und gelbem Luchsblick – ah, jetzt wußte er, an wen ihn dieser sächsische Offizier erinnert hatte! –, begleitet von der Wache, in die Baracke stürmte und, als er einen

[1] Assistent eines Festungs- oder Garnisonskommandanten; hier: Direktor des Zuchthauses in der Festung von Omsk, in dem Dostojewski, zunächst zum Tode verurteilt, eine vierjährige Strafe abbüßen mußte (1850–1854). (Anm. d. Übers.)

Häftling in Grau-Schwarz, das gelbe Karo auf dem Rücken, auf der Pritsche liegend vorfand, weil er sich an diesem Tag elend fühlte und deshalb nicht zur Arbeit hatte antreten können, aus Leibeskräften losbrüllte: »Aufstehen! Her zu mir!« – dieser Häftling war er gewesen, der Mann, der jetzt die Kastanienallee entlangging, fort von diesem Restaurant und dieser malerischen Terrasse über der Elbe – er hatte das damals, im Straflager, wie ein Außenstehender erlebt, als wäre es ein Traum oder geschehe nicht ihm, sondern einem anderen – einmal war er im Wachlokal Zeuge einer Züchtigungsaktion geworden, der Sträfling lag reglos unter den Rutenschlägen, die blutige Spuren auf Rücken und Gesäß hinterließen, danach stand er stumm auf, knöpfte sorgfältig seine Häftlingskleidung zu und ging davon, ohne den daneben stehenden Kriwzow eines Blickes zu würdigen – ob es wohl ihm gelingen würde, ebenso stumm zu bleiben und würdevoll das Wachlokal zu verlassen? – er sprang von der Pritsche auf, zog fieberhaft mit zitternden Händen seine grau-schwarze Jacke zurecht und ging auf Kriwzow zu, der in der Barackentür stand – er ging mit gesenktem Kopf – nein, er ging nicht, er rannte beinahe, was an sich schon erniedrigend war, und als er vor dem Platzmajor stand, sah er ihn nicht mit festem, sondern mit flehendem Blick an – er spürte das allein daran, wie raubtierhaft sich Kriwzows Pupillen weiteten – die Pupillen seiner gelben Luchsaugen, die nicht nur deshalb Luchsaugen waren, weil sie den Augen des Luchses ähnelten, sondern auch weil sie ständig in Bewegung waren, nach Beute luchsten – bereits damals, als er so vor ihm stand, hatte er diesen Gedanken gehabt, und es war ihm seltsam erschienen, daß er ihm in so einem Augenblick kommen konnte – doch was war daran eigentlich lakaienhaft?! – Angst war das, ganz normale Angst, und macht nicht die Angst den Menschen zum Lakaien? – Anna Grigorjewna holte Fedja ein, hakte ihn mit ihrer behandschuhten Linken unter und sah ihm schuldbewußt in die Augen – wäre sie nicht dabeigewesen, hätte er es diesem Lakaien gezeigt, allesamt hätte er sie in die Schranken gewiesen! – langsam richtete er seinen Blick von ihrem Gesicht auf ihre Hand, die jetzt auf seiner Schulter lag – »Mit solchen Handschuhen herumzulaufen steht meiner Ansicht nach einer Frau, die etwas auf sich hält, nicht an!« sagte er scharf, und sein Blick kehrte zu ihrem Gesicht zurück – ihre Lippen erbebten, und ihre Augenlider schwollen merkwürdig an, sie ging noch neben ihm her, doch rein mechanisch und weil sie meinte, das beziehe sich nicht auf sie – es konnte nicht sein, daß *er* ihr so etwas sagte – sie ließ ihn allein und bog rasch, fast im Laufschritt in eine ebenfalls mit Kastanien bepflanzte Seitenallee ein – als sie sich kurz umblickte, sah sie durch das Laub und ihre Tränen hindurch seine weiterhin entschlossen ausschreitende Gestalt – er trug den dunkelgrauen, fast schwarzen Anzug, den sie in Berlin gekauft hatten – ihr dort zu sagen, sie möge sich neue Handschuhe kaufen, war ihm nicht in den Sinn gekommen, obwohl die Nähte bereits aufgingen und sie sie schon auf der Herfahrt in seiner Anwesenheit zweimal ausgebessert hatte – jetzt machte er ihr noch Vorwürfe, dabei verdankten sie ihr Reisegeld der Verpfändung von Sachen ihrer Mutter – sie eilte dicht an den Häusern entlang, mit heruntergelassenem Schleier, damit man ihr von den Tränen geschwollenes Gesicht nicht sah, ihr kamen reputierliche Deutsche mit Melone und ihren deutschen Frauen entgegen, ihre Gesichter waren rosig und selbstzufrieden, an der Hand führten sie adrett gekleidete Kinder, sie brauchten sich keine Gedanken darüber zu machen, womit sie das heutige Mittag- oder Abendessen bezahlen sollten, und sie erhoben nicht die Stimme gegeneinander wie Fedja, der sie vorhin im Restaurant angefahren hatte. Sie schlüpfte ins Haus, darauf bedacht, unbemerkt zu bleiben, betrat ihre Zimmer, zunächst das große, das ihnen als Eßzimmer diente, mit Öldrucken an den Wänden, die mal einen Fluß – wahrscheinlich den Rhein – mit sich spiegelnden Bäumen am Ufer, mal irgendwelche Schlösser auf Bergeshöhen vor dem Hintergrund eines unnatürlich blauen Himmels darstellten, dann das zweite, ihr Schlafzimmer, mit zwei riesigen Betten, und das dritte, das kleinste – Fedjas Zimmer mit einem Schreibtisch, darauf ordentlich gestapeltes weißes Papier und Papirossahülsen mit verstreutem Tabak, und plötzlich begriff sie, daß sie auf dem Weg hierher insgeheim gehofft hatte, er sei schneller gewesen als sie und erwarte sie schon zu Hause – sie beschloß, auf der Post nachzusehen, die Fedja öfter aufsuchte, doch dort traf sie ihn nicht an, und Briefe waren auch keine gekommen – sie kehrte wieder heim – jetzt mußte er schon dasein – Mme. Zimmermann, die sie auf der Treppe traf, sagte, Fedja sei hiergewesen, aber dann irgendwo hingegangen – sie lief hinaus und sah ihn plötzlich – er kam ihr entgegen, bleich, schuldbewußt, ja sogar mit einem irgendwie einschmeichelnden Lächeln – wie sich herausstellte, war er umgekehrt in der Annahme, sie sei zu der Terrasse zurückgegangen, um ihre Unabhängigkeit zu betonen, und hatte dann in der Lesehalle nach ihr gesucht – sie gingen kurz zu Hause vorbei, um sich umzuziehen, da es nach Regen aussah – als sie auf die Straße traten, goß es in Strömen, doch schließlich mußten sie ja etwas essen – sie entschieden sich für das Hotel Victoria, wo sie drei Gerichte bestellten, die sie zwei Taler und zehn Silbergroschen kosteten – ein Schandpreis, zwölf Silbergroschen für ein Kotelett, wo gab es denn so etwas! – es war ein richtiger Unglückstag – als sie das Restaurant verließen, war es schon acht Uhr abends und dunkel, es regnete, und sie spannte ihren Regenschirm auf, aber nicht so, wie es umsichtige Deutsche tun, weshalb sie einen Passanten streifte – Fedja schrie sie an, weil ihre Ungeschicklichkeit von diesem Deutschen falsch interpretiert werden konnte, und wieder schwollen ihre Augenlider an, doch Gott sei Dank sah das niemand in der Dunkelheit, und dann gingen sie schweigsam, wie Fremde nebeneinander nach Hause – hier gerieten sie beim Tee abermals aneinander, als ob sie sich nicht schon genug gezankt hätten, dann wollte sie etwas wegen seiner geplanten Fahrt nach Homburg wissen, und wieder schrie er sie an, und sie schrie ebenfalls und zog sich ins Schlafzimmer zurück, während er sich im Arbeitszimmer einschloß, in der Nacht aber kam er zu ihr sich verabschieden – das tat er jede Nacht, besonders wenn es Streit und Zank gegeben hatte, so daß das »sich verabschieden« durchaus auch in anderem Sinne verstanden werden konnte – zärtlich weckte, streichelte und küßte er sie, weil sie ihm gehörte und es in seiner Macht lag, sie unglücklich oder glücklich zu machen, und dieses Bewußtsein seiner uneingeschränkten Macht über diese junge unerfahrene Frau, mit der er alles hätte tun können, was ihm beliebte, glich wahrscheinlich dem, was ich für kleine Hunde mit weichem Fell empfinde, die schon beim Anblick einer Hand, die sich ihnen entgegenstreckt, und sei es, um sie zu streicheln, ängstlich und gefügig mit dem Schwanz zu wedeln beginnen, sich an den Boden drücken und zittern – er umarmte sie, küßte ihren Busen, und sie schwammen los – sie schwammen in langen Zügen, gleichzeitig die Arme aus dem Wasser tauchend, gleichzeitig ihre Lungen mit Luft füllend, immer weiter weg vom Ufer, auf die tiefblaue Meereswölbung zu, doch fast jedesmal geriet er in eine Gegenströmung, die ihn zur Seite und sogar ein wenig rückwärts trug – er konnte mit ihr nicht mithalten, während sie ihre Arme unverändert rhythmisch durch das Wasser zog und sich irgendwo in der Ferne verlor, und er hatte den Eindruck, daß er nicht mehr schwimme, sondern, mit den Füßen Grund suchend, lediglich im Wasser strample, und diese Strömung, die ihn zur Seite abtrieb und nicht mit ihr zusammen schwimmen ließ, verwandelte sich auf seltsame Weise in die gelben Augen des Platzmajors mit den raubtierhaft geweiteten Pupillen, in die Hast, mit der er seine Sträflingskleidung aufknöpfte, um sich auf den von Hunderten von Leibern glattgescheuerten niedrigen Eichenholztisch zu legen, der in der Mitte des Wachlokals stand, in das Stöhnen, das er nicht unterdrücken konnte, als die Rutenhiebe auf seinen Körper niedersausten und er das Gefühl hatte, durch seine Muskeln und Knochen werde glühender Draht gezogen, in die nach der Züchtigung bei ihm einsetzenden Krämpfe, in die spöttischen oder mitleidigen Blicke der Anwesenden, in das verächtliche Lächeln des Platzmajors, als er anordnete, den Arzt zu holen, bevor er eine Kehrtwendung machte und das Wachlokal verließ, und genauso war es ihm mit den anderen Frauen ergangen, weil sie alle, wie Anja, unsichtbar seine Bestrafung miterlebt hatten – sie sahen durch die vergitterten Fenster, durch die geöffnete Tür des Wachlokals, versuchten hereinzukommen, um ihm beizustehen, aber man ließ sie nicht – sie alle waren Zeugen seiner Erniedrigung, und er haßte sie dafür, denn es hinderte ihn daran, seine Empfindungen voll auszuleben, und heute mischte sich in all das noch der freche Blick dieses Lakaien von Kellner, der sich über ihn lustig gemacht hatte, und das Gesicht des sächsischen Offiziers, das ihn an das des Platzmajors erinnert hatte. Lange schon war er in dem Raum, in dem die *Sixtinische Madonna* hing, auf den Polsterstuhl mit der gebogenen Rückenlehne aufmerksam geworden, der gesondert von den übrigen Stühlen stand, auf die sich die Galeriebesucher setzten, um auszuruhen oder den Anblick des Bildes zu genießen – auf ihn setzte sich aus irgendeinem Grund niemand – möglicherweise war er für den Museumswärter bestimmt, vielleicht besaß er auch historischen Wert – als ihm zum erstenmal der Gedanke kam, überrieselte ihn ein Schauer, so unrealisierbar und dreist erschien er ihm. Im Vorbeigehen nahm er innerlich Anlauf, einmal konnte er der Versuchung kaum widerstehen, aber der Raum war voller Menschen, und der Museumswärter, mit Uniformjacke, lehnte gelangweilt an der Wand. Doch vielleicht sollte er es gerade vor allen Leuten und vor allem vor den Augen des Museumswärters tun, dessen Aufgabe es ja war, ihn daran zu hindern. Wenn er sich dem Stuhl näherte, stockte ihm das Herz, und er hielt eine kurze Sekunde inne, als überlege er, von welcher Seite er am besten einen Bogen um ihn machte, bevor er weiterging und die Madonna mit übertriebenem Interesse betrachtete. Doch in dieser Nacht, in der Anja so weit von ihm wegschwamm und er irgendwo in Ufernähe herumstrampelte und keinen Grund finden konnte – in dieser Nacht nahm er sich fest vor, es zu tun. Als sie am Morgen wie gewohnt die Galerie betraten, ging er geradewegs in den Raum, in dem die *Sixtinische Madonna* hing, sein Herz pochte, daß es ihm in den Ohren klang – das Bild wurde von einer Menschentraube umlagert, einige standen oder saßen etwas weiter weg, Fernrohre in den Händen, mit denen man besser sah, da der Blick sich voll auf das Bild konzentrierte – im ersten Moment konnte er den Stuhl nicht entdecken, sein Herz hörte sofort auf zu pochen und zu flattern, und daran erkannte er seine Erleichterung. Doch wie sich herausstellte, war der Stuhl einfach von Besuchern verdeckt, und auch den Museumswärter sah er nun, in voller Uniform, einer Livree mit vergoldeten Knöpfen – Fedja ging entschlossenen Schritts auf den Stuhl zu und drängte sich durch die Besucher – Anna Grigorjewna, die zusammen mit ihm in den Raum gekommen war, stand irgendwo abseits und griff wohl auch nach ihrem Fernrohr – er setzte einen Fuß auf den Stuhl, mit geschlossenen Augen, oder sah er in diesem Augenblick bloß nichts, dann stellte er auch das zweite Bein darauf – seine Schuhe sanken in dem weichen Sitz ein – über die Köpfe der Besucher hinweg war das Bild besonders gut zu betrachten – die in den Wolken schwebende Madonna, das Kind auf dem Arm, der ehrfurchtsvoll zu ihr aufblickende Apostel und die Engel oben im Bild – deshalb war er ja eigentlich auch auf den Stuhl gestiegen, das würde seine Erklärung sein, sollte dieser Lakai versuchen, ihn herunterzuzerren – »Fedja, was fällt dir ein!« – Anna Grigorjewna stand neben ihm, sah erschrocken zu ihm herauf und zog ihn vorsichtig am Ärmel – er überragte jetzt alle Besucher, sie waren allesamt Pygmäen, auch der auf ihn zueilende Museumswärter – da, wo eben noch das Gemälde gehangen hatte, tauchte das Gesicht des Platzmajors auf, mit Stiernacken und einem wuchtigen Kinn, das auf dem steifen Uniformkragen aufsaß, er lächelte verlegen, ja sogar einschmeichelnd, und nicht mehr nur seine Physiognomie war zu sehen, sondern seine ganze irgendwie gebrechliche und Bücklinge machende Gestalt, und die Köpfe der das Bild betrachtenden Besucher waren dem Meer gewichen – er schwamm mit seiner Frau in diesem Meer in die bläuliche Ferne, sie machten rhythmisch ihre Armzüge, holten gleichzeitig Luft und entfernten sich immer weiter vom Ufer, während der Platzmajor fast völlig entschwand, in der Ferne seine jämmerliche gebeugte Gestalt gerade noch auszumachen war – die Gestalt eines um ein Almosen bittenden Bettlers – »Mein Herr, bei uns ist es verboten, auf Stühle zu steigen«, sagte der Museumswärter mit strengem Blick zu dem gutgekleideten Mann, der auf dem Stuhl stand – er trat dichter heran und hob den Arm, als wolle er ihn dem auf dem Stuhl Stehenden als Stütze anbieten – der stieß den Arm des Museumswärters weg, als er geradezu heruntersprang, und bemerkte in einer Ecke des Raums Anna Grigorjewna – sie hatte sich dorthin zurückgezogen und tat, als betrachte sie das

Bild sehr konzentriert durchs Fernrohr, doch ihre Hände zitterten dabei – »laß uns um Himmels willen von hier fortgehen«, sagte sie mit vor Erregung heiserer Stimme, als er sich zu ihr gesellt hatte – die Besucher sahen sich nach ihnen um und tuschelten – sie hakte ihn unter und zog ihn zu der in einen anderen Raum führenden Tür – er hätte trotz der Zurechtweisung durch diesen Lakaien auf dem Stuhl stehenbleiben müssen, doch statt durchzuhalten, war er heruntergestiegen – das jetzt im breiten Fenster des Raums erscheinende Gesicht des Platzmajors lächelte dreist, seine Hand, dick und fleischig, strich verwegen und siegesgewiß den Schnurrbart glatt, und durch die Fenster des Wachlokals sahen Leute herein, gute Bekannte des Delinquenten und Frauen – ihre Blicke waren voll Mitgefühl und Anteilnahme, er lag mit heruntergelassenen Hosen auf dem Tisch, und der Wächter schlug methodisch auf ihn ein – er machte sich brüsk von Anna Grigorjewnas Arm los – sie ging mit gesenktem Kopf entschlossen in den Nebenraum hinüber – der Stuhl durfte nicht leer bleiben, ein leerer Stuhl, das war unnatürlich – mit raschen Schritten erreichte er die Mitte des Raums, und schon versanken seine Füße wieder in dem weichen Polster, spürten die Sprungfedern unter sich – jetzt würde er hier stehenbleiben, so lange es ihm beliebte, er mußte dieses entwürdigende Gefühl einem Lakaien gegenüber bezwingen, sollte er wirklich nicht imstande sein, diese Scheidelinie zu überschreiten? – im Raum war es still geworden wie vor dem Aufgehen eines Theatervorhangs – das dreiste Gesicht des Platzmajors, das wieder die Stelle des Bildes eingenommen hatte, zwinkerte ihm zu – er holte weit aus und versetzte ihm eine saftige Ohrfeige, und das Gesicht verschwand, der Platzmajor lag nun auf dem Fußboden neben dem glattgescheuerten Tisch – der Häftling, den er soeben zu bestrafen versucht hatte, stand, einen Fuß auf dem Leib des Platzmajors, in Siegerpose da, die zu den Fenstern hereinblickenden Zuschauer applaudierten laut, und die Frauen, besonders die, denen er nahestand, betrachteten ihn begeistert und warfen ihm Kußhände zu – er stieg ohne Eile vom Stuhl, nein, er sprang nicht, sondern stieg herunter und ging langsam zum Nebenraum – in der Tür traf er mit dem Museumswärter zusammen, der sich offenbar kurz entfernt hatte, und dieser Lakai gab ihm ehrerbietig den Weg frei, in der Nacht dann, als er zu Anja kam, um sich zu verabschieden, schwammen sie wieder zusammen los, mit rhythmischen Armzügen, gleichzeitig die Köpfe aus dem Wasser hebend, um Atem zu holen, und die Strömung trieb ihn nicht ab – sie schwammen auf den zurückweichenden Horizont zu, in eine unbekannte blaue Ferne, und dann küßte er sie wieder – das dunkle Dreieck war mit seinem Gipfel abwärts gerichtet, und dieser Gipfel erschien ihm immer unzugänglich wie der eines extrem hohen, in die Wolken tauchenden Berges, auch wenn der Gipfel, zu dem er hinstrebte, eben abwärts gerichtet war – es handelte sich wohl eher um den Grund eines Vulkankraters – dieser Gipfel und dieser unerreichbare Grund bargen die schreckliche und zugleich wonnevolle Lösung eines Rätsels, etwas, was er nicht benennen, ja sich nicht einmal vorstellen konnte, und sein Leben lang, selbst in seinen Briefen an sie, sollte er ständig bestrebt sein, an diesen Gipfel oder Krater heranzukommen, der jedoch unzugänglich blieb – hatte er auf dem Stuhl in dem Raum, in dem die Madonna hing, nun so lange gestanden wie gewollt? – der Museumswärter war ja nicht anwesend gewesen, als er zum zweitenmal auf dem Stuhl stand, deshalb konnte er nicht behaupten, er habe dem Museumswärter getrotzt, obwohl er ja beschlossen hatte, so lange stehenzubleiben, bis sie ihn hinausbrachten – hätten sie ihn doch ruhig hinausgebracht, der Museumswärter und vielleicht auch ein Polizist, ihn durch den ganzen Saal geschleppt vor aller und vor Anjas Augen, alles wäre den Berg hinabgerollt, schneller und schneller, er hätte sich nicht mehr von dem glattgescheuerten Tisch erhoben, auf dem seine Strafe vollstreckt wurde, das Gesicht des Platzmajors hätte über ihm geschwebt als blaurote Kugel, einem mit Blut vollgesogenen Mückenleib gleich, und sein ganzes Leben hätte sich in eine süße Folter verwandelt, denn solche Erniedrigung mußte einem den Atem benehmen, doch weder das eine noch das andere war geschehen – er war heruntergestiegen, zwar aus freien Stücken, aber ohne den Museumswärter abzuwarten, er hatte es nicht zum Eklat kommen lassen – der ihm verwehrte Gipfel des Dreiecks, der sich in den Wolken verbarg und zugleich ins Erdinnere hinunterführte, womöglich bis zum Mittelpunkt der Erde, wo ständig Lava glüht, dieser Gipfel blieb unzugänglich – Anja streichelte zärtlich sein Gesicht, doch er ging, ohne ihr auch nur wie üblich gute Nacht zu sagen, in sein Zimmer, und eine halbe Stunde später erwachte sie von einem sonderbaren Geräusch, halb Röcheln, halb Glucksen, sie zündete mit zitternden Händen eine Kerze an und stürzte zum Bett ihres Mannes – er lag am äußersten Rand, mit verbogenem Körper, als wollte er sich aufsetzen, doch ein unsichtbarer Strick, mit dem er an das Bett gebunden war, hindere ihn daran, mit blau verfärbtem Gesicht, Schaum vor dem Mund – unter Aufbietung all ihrer Kräfte zog sie ihn zur Mitte des Betts, damit er nicht herunterfiel, kniete sich hin und wischte ihm mit einem Handtuch den Schaum von den Lippen und den Schweiß, der ihm von der Stirn rann – jetzt lag er ruhig, mit totenbleichem Gesicht – gegen den unsichtbaren Strick war er nicht angekommen, hatte sich nicht aufzusetzen vermocht – war das wirklich ihr Mann, dieser Mensch mit dem bläulich verfärbten Gesicht, der, gegen einen unsichtbaren Widerstand ankämpfend, versucht hatte, sich im Bett aufzurichten, mit sprudelndem Schaum auf den Lippen, mit diesem struppigen, schief stehenden spärlichen Bart? – war es wirklich der, zu dem sie vor gut einem halben Jahr die steile schmale und schummrige Treppe hinaufgestiegen war, dabei ihre Mantille zurechtziehend, mit vor Aufregung pochendem Herzen, das das Klappern ihrer Schuhe übertönte, mit stockendem Atem, sich zum hundertstenmal vergewissernd, daß die soeben im Kaufhof besorgten Bleistifte und das Päckchen Schreibpapier auch in ihrer Tasche lagen, daß sie nichts verloren hatte? – eine Stunde war sie ihrer Lehrgangsfreundin, mit ihr zusammen die Beste von allen, zuvorgekommen, denn als sie erfahren hatte, daß *er* eine Stenographin brauchte, war alles um sie herum ins Schaukeln und Schleudern geraten wie auf einem Schiff bei Sturm – eine ungeheure Woge riß die gesamte Takelage und selbst die Reling fort – ein einziger Mast blieb übrig, und alle, die sich auf Deck befanden, suchten zu ihm hinzugelangen und ihn mit den Armen zu umfangen, damit nicht auch sie ins Meer gespült wurden, doch an diesem Mast Halt finden konnte nur einer, und dieser eine mußte sie sein – er begrüßte sie im Vorraum, den Kopf leicht zur Seite geneigt, als betrachte er ein ihm unbekanntes Insekt, während sich in einer anderen Tür ein ungepflegter junger Mann mit mürrischem Gesichtsausdruck zeigte – sein Stiefsohn[2], der sie arrogant und dreist anlächelte, genauso lächelte er auch bei ihren folgenden Besuchen und nickte ihr nur kurz zu – *er* führte sie in ein kleines Zimmer, in dem ein Schreibtisch, ein rundes Tischchen und mehrere Stühle mit ausgeblichenen Bezügen standen, und begann, nachdem er sie an das runde Tischchen gesetzt hatte, mit dem Diktat – an diesem Tag schenkte er ihr keinen Blick mehr, während er im Zimmer hin und her ging und mit dumpfer unangenehmer Stimme diktierte, und sie scheute sich, ihn etwas wiederholen zu lassen, da sie glaubte, er werde sie sofort wegschicken, sie mußte sich behaupten, vor den anderen den Mast zu fassen kriegen, und sie kam, auch wenn sie das Gleichgewicht verlor und stürzte, immer näher an diesen Mast heran – am dritten oder vierten Tag fing sie seinen lebhaften und forschenden Blick auf, einen kurzen Moment lang hatte sie den Eindruck, daß er im Begriff sei, näher zu treten und etwas zu sagen oder zu fragen, doch sie senkte streng ihre Augen und tat, als konzentriere sie sich auf ihr Stenogramm – der Mast war schon zum Greifen nahe, aber sie durfte sich nicht

[2] Pawel Alexandrowitsch (Pascha), Sohn von Dostojewskis erster Ehefrau Maria Dmitrijewna Issajewa. (Anm. d. Übers.)

überhasten, um nicht im letzten Moment das Gleichgewicht zu verlieren – jedesmal kam er dichter heran – jetzt schritt er nicht mehr von Zimmerecke zu Zimmerecke wie anfangs, sondern kreiste um sie, und diese Kreise wurden von Mal zu Mal enger – eine Spinne, die sich einer Fliege nähert –, und etwas Verboten-Süßes lag in diesen immer enger gezogenen Kreisen, für ihn wie für sie, etwas Atemberaubendes, doch sie schloß weiter streng, jetzt sogar asketisch die Augen, wich seinem Blick aus, aber spann nicht sie selbst dieses Netz, arbeiteten sie womöglich gemeinsam daran? – die Spinnweben hingen durch und drohten in gewissen Momenten zu reißen – dann, wenn die Tür aufging und sich der Kopf des Stiefsohns mit frechem, arrogantem und sie bezichtigendem Grinsen hereinschob, woraufhin der Diktierende von den Kreisen wieder zu Diagonalen zurückkehrte – von Ecke zu Ecke – und die Stenographin anzusehen vermied, was über seine Kräfte ging, während sie den Stiefsohn mit festem düsterem Blick fixierte, vielleicht rührte er daher, dieser Blick auf dem in das *Tagebuch* eingeklebten Foto – dieses Netzspinnen endete schließlich, womit es enden mußte: Er versetzte seinem Opfer einen süßen Stich, während sie den Mast packte und sich mit ihrem ganzen Körper daran preßte, damit sie nicht weggespült wurde und niemand anders ihn zu fassen bekam. Er erzählte ihr alles: von der Katorga und von seiner Fallsucht und von seiner Geldnot (die sie schon geahnt hatte). Und von seinem Vertrag mit Stellowski, der ihn verpflichtete, seinen neuen Roman bis zum Dreißigsten dieses Monats abzuliefern – andernfalls fielen seine gesamten Publikationsrechte an Stellowski –, er saß ihr an dem runden Tischchen gegenüber und bewirtete sie mit Tee und Brezeln, die er selbst von der Feinbäckerei am Wosnessenski-Prospekt mitgebracht hatte – Leckereien kaufte er mit Vorliebe selbst, und auch hier in Dresden besorgte er auf dem Rückweg von der Post oder der Galerie allerlei Naschwerk, das sie mochte, dazu Obst – vom Fenster aus sah sie, wie er sich dem Haus näherte, beladen mit Einkäufen, die er in beiden Händen trug, sie erwartete ihn an der Tür, er hatte es gern, die Einkäufe abgenommen zu bekommen, und ärgerte sich jedesmal, wenn sie ihm nicht rechtzeitig entgegenging – in seiner Petersburger Wohnung mit ihr an dem runden Tischchen sitzend, schenkte er selbst den Tee ein und erzählte mit brüchiger Stimme von sich – sie schlug nicht mehr die Augen nieder, sondern sah ihn an, und dieser feste düstere Blick erschien ihm klar und sanft, was er sicherlich auch war – hin und wieder zupfte er an seinem Bart, und wenn er aufstand und in die Küche ging, um neuen Tee zu holen, bewegte er die Beine irgendwie eigenartig, fast ohne die Knie zu beugen, als trüge er noch Ketten an den Füßen, und dann begann er sie zu Hause in Peski zu besuchen, und ihre liebe Mutter deckte mit eifrigem Bemühen den Tisch, einmal fuhren sie zusammen in der Droschke – sie mußte irgendwohin, und er begleitete sie –, und als der Kutscher an einer belebten Kreuzung die Pferde jäh zügelte, zog es ihren Oberkörper nach vorn, und obwohl keine Gefahr bestand, daß sie herausfiel, faßte er sie um die Taille, legte sogar kurz den Arm um sie, und ihr schoß das Blut in den Kopf, und später, schon nach der Hochzeit, fuhren sie nach Moskau und stiegen im Hotel Dusseau ab, bezogen ein kleines Zimmer im zweiten

Stock mit Blick auf die schneebedeckten Kuppeln der Moskauer Kirchen und auf verschneite Straßen mit Schlittenspuren, vom Hotel aus unternahmen sie, in eine warme Pelzdecke gehüllt, fast täglich Schlittenfahrten zu seiner Schwester, die in der Staraja Basmannaja wohnte, unterwegs machten sie am Menschikowturm und anschließend an der Mariä-Entschlafens-Kirche in der Pokrowka Halt, um für ein paar Minuten auszusteigen und um die Kirche herumzugehen – sie war das erstemal in Moskau, und er zeigte ihr alles, wie ein Hausherr, der stolz seinen Besitz vorführt – wenn sie vom Schlitten stiegen und auf die Kirche zugingen, hielt er inne, nahm die Pelzmütze ab und bekreuzigte sich unter Verbeugungen, und sie bekreuzigte und verbeugte sich ebenfalls, in der Wohnung seiner Schwester dann fing sie die feindseligen Blicke der Hausangehörigen auf, die vorgehabt hatten, Fedja mit einer ihrer Verwandten zu verheiraten, und damit gescheitert waren, sie beantwortete sie mit düsteren Blicken, wenn Fedja aber ins Nebenzimmer ging oder lebhaft mit den jungen Fräuleins plauderte, schien der Mast, den sie jetzt fest umklammert hielt, so fest, daß sie bereits vergessen hatte, daß sie sich an ihm festhielt, plötzlich ihren Armen entgleiten zu wollen, sie senkte die Augen und tat, als streiche sie die Rüschen ihres Kleides glatt, doch ihre Finger knüllten mechanisch den Stoff, und sie erhob sich leicht von ihrem Stuhl, um die Krinoline zurechtzuziehen, und in ihrem Hotelzimmer, wenn es im Flur still geworden war, kam er wie hier in Dresden zu ihr sich verabschieden, und sie schwammen los mit langen Zügen, sie schwammen so weit, daß sich die Umrisse des Ufers verloren, nach Petersburg zurückgekehrt, sah sie sich wieder den feindseligen Blicken des Stiefsohns und der Frau seines toten Bruders, Emilia Fjodorownas, einer vertrockneten Dame mit stechenden kohlschwarzen Augen, ausgesetzt, sie alle wollten ihn ihr wegnehmen, und in ihrer Wohnung erschienen fortwährend Gläubiger, wohlgenährte und selbstgefällige Kaufleute mit dicken Goldringen an dicken, kurzen Fingern, mit Berlocken an schweren Goldketten, die ihnen aus der Westentasche hingen – sie alle verlangten Begleichung der Schulden aus der pleite gegangenen Tabakfabrik seines Bruders und der Zeitschriftenredaktion, die beiden Brüdern gehört hatte, und er führte mit ihnen endlose Verhandlungen, dann erschien der Revieraufseher mit hellblau umrandeter Mütze, schlug die Hacken zusammen und erklärte, morgen werde er die Pfändung ihres Vermögens vornehmen, daraufhin fuhr sie zu ihrer Mutter, und die sagte, nachdem sie sie bekreuzigt und auf beide Wangen geküßt hatte, sie werde ein paar Stücke aus ihrem Familienbesitz versetzen – so kauften sie sich zeitweilig von den Gläubigern frei, wendeten die Pfändung ab und verließen Petersburg, um ins Ausland zu fahren, weit weg von diesem ganzen Graus, den feindseligen Blicken, dem Stiefsohn, den Gläubigern, und als sie sich in den Zug setzten, glaubte sie, jetzt beginne für sie beide ein neues Leben – er lag da, versuchte nicht mehr, sich aufzusetzen, sein Atem blieb unruhig, ging stoßweise, die Luft brach zischend zwischen seinen zusammengepreßten Zähnen hervor und trieb Schaum auf seine Lippen, irgendwo dort in seiner Kehle brodelte und gluckste es, als hätte er den Mund voll Wasser und gurgele – sie kniete weiter vor seinem Bett, wischte ihm mit dem Handtuch den

Schaum und den Schweiß weg, berührte seine jetzt ebenso wie das ganze Gesicht bleich gewordene Stirn und sah ihm in die Augen – sie waren geöffnet, mit auf sie gerichtetem Blick, aber er erkannte sie nicht, und an der Wand tanzte der vom flackernden Kerzenlicht geworfene Schatten seines zerzausten Bartes, der einem zotteligen Ungeheuer glich – plötzlich wurde ihr unheimlich zumute, und sie stürzte zur Tür, um Mme. Zimmermann oder wenigstens ein Dienstmädchen zu holen oder einen Arzt kommen zu lassen, doch er rief sie leise und deutlich artikuliert zu sich, und schon kniete sie wieder vor ihm, sah ihm in die Augen, streichelte seine Stirn, er ertastete ihre andere Hand und führte sie an seine Lippen – dreizehneinhalb Jahre später führte er ihre Hand genauso an seine Lippen, nachdem sie die von ihm wahllos aufgeschlagene Stelle aus dem Evangelienbuch vorgelesen hatte, und bat sie, die Kinder hereinzuholen, damit er von ihnen Abschied nehmen könne – er lag in seiner Petersburger Wohnung auf dem Lederdiwan unter dem Foto der *Sixtinischen Madonna*, die er zum Geburtstag geschenkt bekommen hatte – so hat ihn Kramskoi[3] auf seinem Bild festgehalten – sein erhöht liegender Kopf ist in das Kissen eingesunken, aber nur ganz leicht, so daß auf dem Kissen von seinem Kopf strahlenförmige Falten ausgehen, die Augen sind geschlossen, der Gesichtsausdruck ist streng und zugleich friedvoll, wie bei fast allen Toten, und der lange dunkle Bart ringelt sich – einen ebensolchen Bart sehe ich beinahe jeden Morgen, er gehört

3 Iwan Nikolajewitsch Kramskoi (1837–1887), Porträt- und Genremaler. (Anm. d. Übers.)

einem alten Mann, der an der Haltestelle vor einem gepflegten Zweigeschosser mit stets zugezogenen Gardinen und einer Tafel mit der Aufschrift »Rat für Religionsangelegenheiten beim Ministerrat der UdSSR« rüstigen Schritts in den Obus einsteigt – der Alte hat eine aufrechte Haltung, in der Hand hält er einen dicken knorrigen Stock, und auf seinem Kopf sitzt eine altmodische Schirmmütze, wie sie seinerzeit Krämer oder überhaupt Kleinbürger trugen – wahrscheinlich stammt sie auch aus jener Zeit, seine Kleidung ist ebenfalls irgendwie altmodisch, eine Art Russenhemd, darüber ein Jackett – alles abgetragen, aber sauber und ordentlich – wenn er sich hinsetzt, legt er beide Hände auf den Stockknauf – eine auf die andere –, auch seine Hände sind gepflegt und groß, sein Gesicht hat einen strengen und mürrischen Ausdruck, der Bart steht leicht vor – ich vermeide es aus irgendeinem Grund, in sein Blickfeld zu geraten, und beobachte ihn verstohlen – er steigt zusammen mit mir aus, an derselben Haltestelle, geht aber nicht zur Metro, sondern weiter – er geht schnell, überholt mich, biegt um die Ecke und strebt einer Kirche zu, in der in wenigen Minuten der Frühgottesdienst beginnen muß.

Der Zug donnerte über eine Brücke, ich riß mich von meinem Buch los und drückte das Gesicht ans Fenster, mit scheuklappenartig angelegten Händen, um mich gegen das helle Licht abzuschirmen – durch das trübe Weiß der Winternacht, das heißt, eigentlich war es erst Abend, zudem noch nicht später, blinkten irgendwo in der Ferne zahlreiche Lichter – die Plattformtüren klappten, Fahrgäste mit Koffern in den Händen strebten dem Ausgang zu, ihnen entgegen kamen Kinder und junge Mädchen, Gläser und Thermosflaschen in den nassen Händen, die sie schüttelten, damit die Luft sie trocknete, denn auf der Toilette gab es wahrscheinlich kein Handtuch, oder aber es war so feucht und schmutzig, daß man es nicht mehr benutzen konnte. Der Zug näherte sich Kalinin. Hinter dem Fenster leuchteten die Lichter der Häuser rund um den Bahnhof auf, irgendwo dahinter – in der Ferne sich verlierende Ketten von Straßenlaternen, ein Schlagbaum mit einem erhellten Wärterhäuschen, abgeblendete Scheinwerfer von wartenden Autos, wieder Lichter, schon stärker, dann glitt direkt vor dem Fenster langsam ein hoher verschneiter Bahnsteig vorbei, mit menschlichen Gestalten in Wintermänteln und Pelzjacken, Koffer in den Händen, dann das Bahnhofsgebäude, mit hell erleuchteten Fenstern, hinter denen ebenfalls menschliche Gestalten zu sehen waren – im Restaurant, im Wartesaal, an den Fahrkartenschaltern, am Zeitungskiosk – der Wagen hielt kurz hinter dem Bahnhofsgebäude – wieder klappten die Türen, und von der Plattform schlugen frostige Dampfschwaden herein, auf dem Bahnsteig setzte ein lebhaftes Treiben ein – die einen suchten nach ihrem Wagen, die anderen liefen ohne Mantel los, um Bier, Piroggen und Zeitungen zu besorgen – auf der anderen Bahnsteig- und Bahnhofsseite stand genauso ein Zug mit roten Wagen, doch der fuhr in die Gegenrichtung, von Leningrad nach Moskau, hier in Kalinin trafen sie sich und hatten beide Aufenthalt – nach dem Kauf von Piroggen oder Zeitungen konnte man in der Eile die Züge leicht verwechseln und in der entgegengesetzten Richtung weiterfahren – irgendwo dort, zu beiden Seiten der nebeneinanderstehenden Züge, im nebligen Dunst der Schneelandschaft, reihten sich, allein von den in der Finsternis verblassenden spärlichen Laternenketten erhellt, die Häuser einer mir unbekannten Stadt – Dostojewski war aus Semipalatinsk, direkt aus der Verbannung, hierhergekommen, mit seiner ersten Frau, Maria Dmitrijewna, einer schwindsüchtigen Hysterikerin, zunächst hatten sie sich im Hotel einquartiert, ein paar Tage später in drei möblierten Zimmern nahe dem Postamt – es war Herbstanfang, aber bald kam der eigentliche Herbst, mit früh beginnenden Abenden, mit späten Tagesanbrüchen, mit Dauerregen – die Stadt versank im Morast, doch er hastete von einer Behörde zur anderen, dann zur Post, versandte alleruntertänigste Bittschreiben und ersuchte unter Beifügung ärztlicher Atteste um die Erlaubnis, in Sankt Petersburg zu wohnen, lief nachts auf den Bahnhof, um seinen von Petersburg nach Moskau fahrenden Bruder zu treffen, bei dessen Rückreise lief er wieder hin, um ihn zu sehen, dann war noch dieser oder jener auf der Durchreise in Twer[4], und abermals lief er nachts auf den drei Werst[5] vom Postamt entfernt liegenden Bahnhof – dabei war er nicht mehr jung, dieser Mann mit dem seit seiner Zeit als Unteroffizier, zu dem er auf Grund seines demütigen Verhaltens befördert worden war, noch nicht abrasierten unnatürlichen, wie gefärbt wirkenden kurzen schwarzen Schnurrbart, der mit wehendem abgetragenem Rock bald zu der einen, bald zu der anderen Seite des Bahnhofs eilte, zu den Twer sich nähernden Zügen

4 1939–1990 hieß die Stadt Kalinin. (Anm. d. Übers.)

5 Altes russisches Längenmaß = 1,067 km. (Anm. d. Übers.)

aus Moskau oder Petersburg, der sich ehrerbietig verneigte, laute, fordernde Reden hielt, hochgestellte Herren bei den Schößen ihres Fracks oder ihrer Uniform packte, sie bat, sie beschwor, ihn anzuhören, der sein Vorgehen schlau kalkulierte, um sich nicht zu billig zu verkaufen, fast wie jene Jidden, die sich ihm und Anna Grigorjewna später in Wilna mit ihren Diensten aufdrängten, der in einem Brief an seinen Bruder auf die Tränendrüsen drückte mit der flehentlichen Bitte, für Maria Dmitrijewna einen Hut zu besorgen, und zwar einen lilafarbenen, denn sie könne ja nicht barhäuptig herumlaufen, hier aber sei nichts zu bekommen – elf Jahre später, bei einem erneuten Aufenthalt mit Anna Grigorjewna in Dresden, wo sie sich wieder eine möblierte Wohnung suchten, im Eckteil des Hauses, da die Ecke der Gipfel des Dreiecks war, zu dem er immerfort hinstrebte, in dieser Wohnung sollten auf dem Schreibtisch mit der üblichen tropfenden Kerze und einem Glas starken Tees eines Nachts in fast kalligraphischer Kleinschrift erste Aufzeichnungen entstehen und aus dem Nebel allmählich die Gestalt des Fürsten[6] heraustreten, dieser Antithese seiner selbst, Verkörperung seines unerfüllbaren Traums, dieses Übermenschen mit dämonischen Gesichtszügen, mit festem diabolischem Gang schreitet er aus auf dem wackligen Steg einer in Morast und nächtlicher Dunkelheit versinkenden Straße der Gouvernementsstadt, in der er nach der Verbannung seinen Wohnsitz genommen hat, und neben

[6] In frühen Fassungen des Romans *Die Dämonen* figuriert Stawrogin als Fürst, so nennt ihn auch seine Frau, die Hinkende. (Anm. d. Autors.)

Stawrogin, nein, nicht neben, sondern hinter ihm, weil er sich nicht traut, mit ihm und dazu noch neben ihm auf einem Steg zu gehen, stakst durch den Morast Pjotr Stepanowitsch Werchowenski, zungenfertig, gewandt, schmeichlerisch und, wenn es sein muß, zur Mordtat fähig, mit gräulichem Gesicht und möglicherweise kurzgeschorenem Haar, er erinnert mich merkwürdigerweise an einen Bekannten – wir gingen zusammen zur Schule, und zwischen unseren Familien herrschte so etwas wie ein freundschaftliches Verhältnis – der Vater dieses Klassenkameraden besuchte uns oft – meist kam er zu meinem Großvater, obwohl fast gleichaltrig, war er ein Schürzenjäger und wechselte häufig seine Frauen, allesamt Russinnen, während er selbst natürlich Jude war – er war Pianist, ein drittklassiger, wie mir später klar wurde – ein ganz gewöhnlicher Lehrer am Konservatorium oder auch nur an einer einfachen Musikschule, doch da ich mich zu der Zeit im Komponieren versuchte, sah ich in ihm etwas Rätselhaftes und Unerreichbares, beinahe einen Gott, und als er sich einmal – ein einziges Mal, und dadurch wurde er für mich vollends zum Gott – bei uns ans Klavier setzte, den Deckel hochklappte, was sonst immer ich tat, und sacht die Tasten berührte, auf denen ich meine Etüden spielte, als er sich an unser im Eßzimmer stehendes leicht verstimmtes Klavier setzte und einen Walzer von Chopin zu spielen begann, den siebenten, mit dem ich mich vergeblich abmühte, und seine Hände mit den geschwollenen blauen Adern, Venen, wie ich später lernte, mit der Schnelligkeit von Schwalben auf der Klaviatur dahinflogen, darüber hinwegflatterten, stieg mir ein süßer Kloß in die Kehle, und wahrscheinlich traten mir sogar Tränen in die Augen – er war kleinwüchsig, hager und wendig und starb schon vor dem Krieg an einem Herzanfall mitten auf Straße, noch vor meinem Großvater, vermutlich war seine übermäßige Triebhaftigkeit die Ursache – sein Sohn, mein Klassenkamerad, den ihm seine letzte Angetraute geboren hatte, eine einfache füllige Frau mit rundem Gesicht, von der es bei uns hieß, sie sehe wie eine Köchin oder Hausangestellte aus – sie war anscheinend in unserem Hause nicht wohlgelitten, mag auch sein, daß er sie von sich aus nicht mitbrachte –, sein Sohn also, mein Klassenkamerad, wendig und draufgängerisch wie sein Vater, hatte ein gutes Gehör geerbt, für Musik aber nur Verachtung übrig, er war ein schwacher Schüler und ging nach der siebenten oder achten Klasse an eine Fliegerschule, später, nach dem Krieg, traf ich ihn noch ein paarmal – er war, wie sein Vater, von kleinem Wuchs, mit kurzgeschorenem Haar, das seine Glatze weniger auffallen ließ, redete schnell und viel mit sehr glatten Worten, hatte sich bereits scheiden lassen und, wiederverheiratet, in zweiter Ehe Kinder zugelegt, klagte jedoch über Herzbeschwerden, weswegen er nicht mehr flog, sondern als Flugleiter oder Lotse im Flughafen der Stadt unserer Kindheit arbeitete, als er erfahren hatte, daß ich hier auf der Durchreise sei, kam er zu mir in den Wartesaal und brachte mich dann noch zum Flugzeug, so daß wir durchgelassen wurden, ohne uns anstellen zu müssen, die Passagiere, die am Ausgang warteten, traten ehrerbietig zur Seite, als wir auf die eiserne Tür zuschritten, die aufs Flugfeld führte, er ging neben mir, kleinwüchsig, in der Uniform der Zivilluftfahrt mit mir unverständlichen Zeichen auf den Kragenspiegeln, in der Hand die hellblaue Uniformmütze mit dem goldfarbenen Emblem, mit gräulichem Gesicht und Glatze, und erzählte mir hastig etwas, es ging wohl darum, daß ihn diese Arbeit anödete, er habe all das so satt, daß er am liebsten alles hinschmeißen würde, dabei flocht er obszöne Wörter in seine Rede ein, doch auf merkwürdige Weise, ohne sie zu betonen, als gehörten sie ganz selbstverständlich dazu – in unserer Kindheit, als wir den Sommer in benachbarten Datschen verbracht hatten, war er auf den Zaun geklettert und hatte geschrien: »Halleluja, ich scheiß dir auf den Kopf!« – das erzählte meine Mutter viele Jahre später, und auch jetzt noch erinnert sie sich daran, sobald die Rede auf diesen Mitschüler kommt – Pjotr Werchowenski stakst hinter Stawrogin her, und dann versucht er wohl sogar ihn am Ärmel zu packen, um ihm etwas abzubetteln, doch der Fürst schleudert ihn beiseite mit in der Dunkelheit dämonisch aufblitzenden Augen, wie er auch Fedka, den Sträfling, beiseite schleudert, der ihm in einer finsteren verregneten Nacht auf einer Brücke auflauert, wieder blitzen seine Augen diabolisch und ebenso das Messer in der Hand Fedkas, der den Fürsten erstechen will, aber der entreißt es ihm kurzerhand und gibt es ihm großmütig zurück – der Fürst befindet sich auf dem Rückweg von Saretschje, nach einem Besuch bei der Hinkenden in Lebjadkins Haus – wenige Tage später, vielleicht auch schon in der darauffolgenden Nacht, während des skandalösen Balls beim Gouverneur, geht dieses Saretschje in Flammen auf – lag es nicht dort, dieses Saretschje, wo ich durchs Zugfenster die Lichter blinken sah? – direkt vom Ball und aus der ganzen Stadt laufen die Leute zum Brandort – scharenweise laufen sie, wie es bei Bränden immer zu sein pflegt, auch Stawrogin findet sich mit Lisa, dem nächsten Opfer seiner kalt berechnenden Leidenschaft, an der Brandstätte ein – ein Haus (nicht etwa das Lebjadkinsche?) brennt lichterloh, die Nachbarhäuser stehen ebenfalls in Flammen, die rotglühenden Balken krachen, sprühen Funken wie bengalisches Feuer – Stawrogin hält Lisas Hand, sie ist blaß und zittert natürlich, trotz der Hitze, die von der Feuersbrunst ausgeht – eben erst, vor einer halben Stunde, hat sie sich dem Fürsten hingegeben, und wie alle edlen Fräulein zittert sie danach und ist blaß – ach, wie träumt zähneknirschend von solchen Siegen auch der Verfasser der *Aufzeichnungen aus dem Untergrund* und der Erzähler aus den *Erniedrigten und Beleidigten* und der Held der *Weißen Nächte* und natürlich Makar Dewuschkin – der Brand, diese qualvoll-wonnige Feerie, bildet geradezu einen Kontrapunkt zum Roman – und im Vorfeld dieses Kontrapunkts erhebt sich die Kathedrale, natürlich auf dem Kathedralenplatz, und der Jidde Ljamschin steckt eine Maus hinter das Glas der in die Einfriedung am Haupteingang der Kathedrale eingelassenen Ikone der Gottesmutter von Kasan, wozu er vorher das Glas eingeschlagen hat, und tags darauf treten alle tugendhaften Bürger der Gouvernementsstadt vor die Kathedrale, stehen lange schweigend da, verurteilen nickend die Tat, gehen auseinander, aber schweigen – das ist es, und darin äußert sich gewiß die enorme Duldsamkeit der Orthodoxie, ja ihre messianische Bestimmung, der Jidde Ljamschin sorgt indessen für die Unterhaltung der Gäste, wenn sich »die Unsrigen« versammeln, spielt flink auf dem Klavier, imitiert Gänse, Schweine, verschiedene honorige

Leute, wahrscheinlich sogar den Gouverneur, und produziert sich überhaupt als Spaßmacher, nach dem Brand aber, im Augenblick des wichtigsten Kontrapunkts, des Mordes an Schatow, zu dem es an einem verregneten Herbstabend in einem abgelegenen schummrigen Teil des Stawroginschen Parks bei der Grotte am Ufer eines Teichs kommt, winselt und heult er hysterisch los und bleibt danach den ganzen Tag, vor Angst zitternd, unter seiner Decke liegen, mimt den Kranken und hofft, alle damit zu täuschen – die Gestalt des kürzlich noch Verbannten, soeben aus Semipalatinsk Zurückgekehrten mit dem wie schwarz gefärbt wirkenden Schnurrbart und dem wehenden Rock war bald hier, bald da, griff nach den Schößen und Kragenspiegeln von Uniformen und Fräcken mit Sternen, bat, beschwor, forderte, legte listig Fallen, um das Wohnrecht in Petersburg zu erlangen und seine literarische Karriere fortsetzen zu können – ich bin an dieser Grotte gewesen, die sich allerdings nicht in Twer, sondern in Moskau befindet, auf dem Gelände der ehemaligen Akademie von Petrowsko-Rasumowskoje, die heutzutage als Landwirtschaftliche Unions-Akademie den Namen Kliment Timirjasews trägt, am Ufer eines Teichs, eigentlich eines Sees, genauer gesagt, eines Stausees, eines in einer ganzen Kette dort entstandener Seen mit Sprungtürmen, mit Bootsstationen und mit Booten, die das Wasser dieser Seen in verschiedenen Richtungen durchschneiden und von denen bemüht fröhliches und heiseres Schreien kommt, von jungem Volk des Timirjasew-Bezirks, das sich da zerstreut oder einfach sonnt – mitten an diesem Sommertag zog plötzlich eine dunkelviolette Wolke auf, Wind erhob sich, die Boote steuerten schleunigst die

Bootsstation an, die Sonnenhungrigen schlüpften in ihre Sachen und beeilten sich, nach Hause zu kommen, auch das Grottendach, auf dem Halbwüchsige unter lautem Gebrüll Ball gespielt hatten, leerte sich – die Grotte hatte Säulen und ein Eisengitter, das den Zutritt verwehren sollte – dennoch waren hinten, im Dämmerlicht, deutlich menschliche Spuren zu erkennen, da half auch kein Gitter –, und die beiden Schrägen der Grotte hatte man, um ihr ein dekorativeres Aussehen zu verleihen, mit grobem Kies bestreut – es wurde fast so dunkel wie am Abend, und ich glaubte sogar die Baumwipfel rauschen zu hören, ein Wetter wie an jenem Herbstabend, da Schatow umgebracht wird und Ljamschin seinen hysterischen Anfall hat, angstschlotternd nach der Kleidung der den Ermordeten Umstehenden greift und fürchterliche Schreie ausstößt, so daß man ihn binden und knebeln muß – erste Regentropfen fielen, ein Blitz durchzuckte die violette Wolke, Donner krachte, und auch ich rannte schon die Parkallee entlang, um schnellstens zum Ausgang zu gelangen und mich vor dem heranziehenden Gewitter in Sicherheit zu bringen – vermutlich in einem der zwei oder drei Gebäude mit Säulen, deren Rückfronten dem Park zugewandt waren, während die Fassaden nach der Straße gingen, hatte Anna Grigorjewnas Bruder, Student der Akademie von Petrowsko-Rasumowskoje, gewohnt – sie hatte ihn hier an einem der Tage besucht, die sie gleich nach der Hochzeit mit ihrem Mann in Moskau verbrachte, wo sie im Hotel Dusseau abgestiegen waren und abends zur Schwester ihres Mannes in die Staraja Basmannaja fuhren, wo Anna Grigorjewna mit gesenkten Augen auf einem Stuhl saß und mit übertriebener

Sorgfalt die Falten ihres Rockes glattstrich und der Mast, an den sie sich klammerte, ihren Armen zu entgleiten schien – ihr Bruder hatte ihrer Beschreibung zufolge eine offene Art und ein einnehmendes Äußeres – jung, rosig, weißblond, fröhlich, mit einem Wort, genau das, was die Russen Milch mit Blut nennen – sie blieb länger bei ihm sitzen als vorgehabt, weil in das Zimmer, das er bewohnte, immer neue Studenten hereinkamen, die die Frau des Verfassers von *Schuld und Sühne* sehen wollten – jedenfalls schildert sie das so –, und der Etagenbediente trug einen Samowar nach dem andern herein – während sie bei ihrem Bruder saß, stand Fedja an der Straßenkreuzung neben dem Hotel Dusseau in der Dunkelheit des bereits angebrochenen Winterabends und starrte in die Gesichter der weiblichen Gestalten in den an ihm vorbeigleitenden Schlitten – ob er diese Grotte jemals gesehen hat, bleibt unklar – der Zug war, die blinkenden Lichter von Kalinin in Schnee und nebliger Finsternis hinter sich lassend, längst weitergefahren, mit der Geschwindigkeit nahm auch das Schaukeln zu, so daß ich das Buch fester halten mußte, damit es mir nicht aus den Händen fiel – in dem Buch fuhr auch ein Zug, mit Wagen, wie ich sie noch nie gesehen hatte – niedrigen, ähnlich denen ausländischer Züge, die nach Budapest oder Belgrad fahren, mit der Aufschrift »Vagon letti«, aber nicht Metall-, sondern Holzwagen, mit zahlreichen Türen, die jeweils in ein Abteil mit zwei einander gegenüberstehenden Plüschpolsterbänken führen, auf denen, sich wiegend im Takt der Bewegung des Kolbens der Maschine, die den Zug mit der Geschwindigkeit einer Posttroika fahren läßt, je drei Herren und Damen sitzen, mit runden Pappschachteln auf dem Schoß und Reisetaschen im Gepäcknetz – die Männer mit Zylinder und Spazierstock, die Frauen hohe breitkrempige Hüte mit Federn und ihr Gesicht verhüllendem Schleier auf dem Kopf und bekleidet mit Reisemantillen – als Fedja sich kurz entfernte, setzte sich irgend so ein Fritz auf seinen Platz – er war mit seiner Schwester, einer alten Frau, unterwegs und auf rührende Weise um sie besorgt, doch den Platz räumen wollte er nicht, weil Fedja seine Sachen nicht auf den Sitz gelegt habe, wie es sich gehöre, damit der Platz als besetzt gelten könne, sondern oben ins Gepäcknetz – als Fedja zurückkam, erklärte er, seinen Platz trete er nicht ab, setzte sich aber vorläufig ans Fenster auf den Platz der alten Frau, der aus irgendeinem Grund nicht besetzt war (vielleicht war sie kurz hinausgegangen?) – sie holten den Schaffner, der Deutsche wurde rot wie alle Deutschen, wenn sie ärgerlich werden oder etwas übel nehmen, und sagte, es sei »sein Recht« und den Platz gebe er nicht her, trotzdem setzte er sich dann um, neben Anna Grigorjewna, rempelte sie aber so, daß wieder Plätze gewechselt wurden, bis zu guter Letzt alle zufrieden waren. Die Dostojewskis fuhren von Dresden nach Baden-Baden, wo Fedja Roulette zu spielen und einen großen Geldbetrag zu gewinnen beabsichtigte, um seine Schulden begleichen zu können – vorher war er schon von Dresden nach Homburg gefahren, wobei er Anna Grigorjewna der Obhut von Mme. Zimmermann anvertraute, die mit ihr sogar eine Dampferfahrt auf der Elbe unternahm, doch meist ging Anna Grigorjewna allein spazieren, sah sich Ruinen alter Schlösser an und suchte mehrmals täglich das Postamt und den Bahnhof auf, aber Fedja ließ weiter auf sich warten, er schrieb, seine Rückfahrt verschiebe sich noch um einen Tag, und bat, ihm Geld zu schikken – das Gehen bereitete ihr noch keine Mühe, allerdings litt sie bereits unter Übelkeit, und unmittelbar vor seiner Abreise hatten sie, bevor sie losschwammen, von ihrem künftigen Mischa oder ihrer künftigen Sonja gesprochen – das war schon definitiv entschieden – einen Tag vor seiner Rückkehr aus Homburg öffnete sie versehentlich (oder vielleicht gar nicht so versehentlich) einen an ihn adressierten Brief von jener Frau, mit der er vor ein paar Jahren schon einmal hier und anschließend in Italien und Paris gewesen war, er hatte auch damals Roulette gespielt und den Namen dieser Frau der weiblichen Hauptfigur im *Spieler* gegeben, dem Roman, den er ihr im ersten Monat ihrer Bekanntschaft diktiert hatte – sie bemühte sich, möglichst schnell zu schreiben, und dann saß sie zu Hause bis spät in die Nacht und schrieb alles ins reine, damit er es tags darauf lesen konnte – sie mußten es bis zum Monatsende schaffen, damit er nicht unter Stellowskis Joch geriet, dank ihrer Hilfe schaffte er es auch – Mademoiselle Polina war natürlich eine unerreichbare Frau, was sie besonders auszeichnete, war neben ihren aristokratischen Manieren diese Fähigkeit, nichts wahrzunehmen, dazu kamen krankhafter, verletzlicher Stolz und ein starker Charakter, während bei Anna Grigorjewna die Bleistiftspitzen abbrachen, sie fühlte, wie sie unter seinem Blick rot wurde, zupfte verlegen an den Volants ihres fast noch gymnasiastenhaften Rocks, und die Stimme versagte ihr, wenn sie ihn etwas fragte, in solchen Momenten sah dann auch noch der Stiefsohn zur Tür herein, nachlässig gekleidet, mit nackter Brust unter dem offenen angeschmutzten Hemd, der ganze dreist grinsende Kerl war irgendwie speckig, unterdessen schwebte Polina in schrecklich unerreichbaren Höhen, und er lag vor ihr auf den Knien und war bereit, die Spuren ihrer Schuhe zu küssen, und nun war sie wieder präsent, aber nicht mehr im Roman, sondern in der Wirklichkeit, lebendig, mit ihrer Handschrift, die sie, Anna Grigorjewna, bisher nicht gekannt hatte, und wieder fühlte sie, wie der Mast ihren Armen entglitt – sie schritt im Zimmer auf und ab, die Hände an die Schläfen gelegt, als hätte sie Migräne oder müßte eine unaufschiebbare Aufgabe lösen – in ihrem Brief nannte diese Frau sie, Anna Grigorjewna, Brylkina, obwohl sie Snitkina geheißen hatte, und in dieser Lautnähe war etwas besonders Kränkendes und Verächtliches, als gäbe es nur Polina auf der Welt, als zählte nichts außer ihr und sie, Anna Grigorjewna, wäre ein bloßes Hindernis auf ihrem Weg, ein so unbedeutendes, daß es keine ernsthafte Erwähnung verdiente, so etwas wie eine schmutzige Pfütze oder eine sumpfige Stelle, die sich leicht umgehen ließ – sie legte den Brief auf seinen Tisch zu der übrigen Post, als sei er ohne größere Bedeutung, und als sie ihn endlich vom Bahnhof abholte und sie den Heimweg antraten, als er sie, untergehakt, behutsam die Straße entlangführte und prüfend betrachtete, ob bei ihr in seiner Abwesenheit nicht womöglich irgendwelche Veränderungen vor sich gegangen waren – während sie so gingen, im Gleichschritt, er die Tasche in der Hand, das Gesicht rußig von der Reise, Kragen und Hemdbrust ebenso, und sie daran dachte, wie sie sich gleich, zu Hause angekommen, ans Waschen und Bügeln seiner Wäsche machen würde – während sie so gingen, dachte sie nicht mehr an diesen Brief, doch als er sich an seinen Schreibtisch setzte, um die Post durchzusehen, preßte sie ihren Rücken an den Türpfosten und klammerte sich mit den Händen daran, als werde sie umfallen, wenn sie sich nicht festhielt – sie mußte mit eigenen Augen sehen, *wie* er das las – er faltete den Brief auseinander und beugte sich mit einer jähen Bewegung vor – er war in Paris angekommen und fuhr sofort zu ihr ins Hotel – sie öffnete ihm die Tür in einem langen Kleid, den schweren dunkelblonden Zopf um den Kopf gelegt, und er fiel ihr zu Füßen, weil er ihren Augen bereits abgelesen hatte, daß etwas geschehen war, und sie erklärte ihm, wie es nur in Romanen geschieht, daß sie einen anderen liebgewonnen habe, dieser andere war ein schöner Spanier von der Art, die man auf Modejournalen abgebildet findet, mit blauschwarzem schulterlangem Haar, blauen Augen und blendendweißen Zähnen, ein übersättigter, launenhafter Aristokrat, kurzum, ein Lebemann, der inzwischen schon mit ihr Schluß gemacht hatte, doch Fedja war zu allem bereit und bettelte ihr die Zusage ab, ihn auf der Reise zu begleiten – sie wohnten in den Hotels Wand an Wand, fuhren zusammen im Zug und in einer Schiffskajüte, hatten einander aber geschworen, lediglich Freunde sein zu wollen, genauer gesagt, war das sein Vorschlag gewesen, sonst hätte sie sich nicht bereit erklärt mitzukommen, er hatte den Vorschlag gemacht, obwohl er sich über die Absurdität dieser Idee von vornherein im klaren war und in der Tiefe seines Herzens die vage Hoffnung auf etwas anderes hegte und daran glaubte, und dieses andere, das sich indessen nicht erfüllte, beherrschte seine Träume – ihm träumte, sie schwämmen einem fernen blauen Horizont entgegen, mit ruhigen, rhythmischen Armbewegungen, im Gleichtakt ihrer Atmung – sein Atemzug war auch ihr Atemzug, doch beim Erwachen sah er sich am Ufer sitzen, in unbequemer Haltung, und von ihr war weit und breit nichts zu sehen – sei es, daß sie sich irgendwo hinter dem Horizont versteckt hielt, sei es, daß sie gar nicht in das Wasser gestiegen war – er eilte zu ihr ins Zimmer, ohne anzuklopfen, auf etwas hoffend – sie empfing ihn im Morgenkleid und hielt ihm, gnädig wie eine Königin, die Hand hin – ihr Bett war noch nicht gemacht, und er schloß für eine Sekunde die Augen, um sich wieder vorzustellen, wie er mit ihr im Meer schwamm, doch die gnadenlose italienische Sonne brach durch die nicht ganz zugezogenen Gardinen, und von der Straße waren die munteren Stimmen der Händler und das Rattern der Droschken zu hören – der Morgen endete mit nichts, und vor ihm lag ein von dieser gnadenlosen Sonne erfüllter Tag, aber noch qualvoller waren die Reisen in einer gemeinsamen Kajüte, wenn er aus seinen Träumen erwachte und im Morgengrauen die Umrisse ihres Körpers sah, die sich unter der leichten flauschigen Daunendecke abzeichneten – einmal warf er den Schlafrock über und setzte sich zu ihr – sie richtete sich, in ihren Haaren badend, auf und stieß ihn weg, er drückte sein Gesicht an die Decke, die ihre Knie verhüllte, und begann sie zu küssen, doch sie sagte, sie werde das Personal rufen, da rutschte er auf den Teppich und blieb vor ihrem Sofa sitzen – der Dampfer schaukelte leicht, und durchs Bullauge drang Möwengeschrei herein – auf Deck und im Restaurant hielt man sie für ein Liebespaar auf Reisen – auf dem

Teppich sitzend, küßte er den Rand des herabhängenden Bettlakens – »Sind Sie von Sinnen!« rief sie – sie saß zurückgelehnt, mit herabfließendem Haar, mit schreckgeweiteten Augen, die irgendwie an die Prinzessin Tarakanowa erinnerten, als müsse jeden Moment Wasser in die Kajüte schießen[7] – als er die Angst in ihren Augen bemerkte, begann er den auf dem Fußboden liegenden Teppich zu küssen – jetzt schien alles den Berg hinabzusausen, und bei diesem atemberaubenden Absturz gab es kein Halten mehr – sie mußte über ihn hinschreiten – mehr verlangte er nicht, denn wennschon stürzen, dann bis ganz unten – er betrachtete sich mit dem Blick des Außenstehenden – zu nächtlicher Stunde bäuchlings im Schlafrock auf dem Kajütenboden liegend, ein nicht mehr junger Mann mit sprudelndem Schaum auf den Lippen – hatte er nicht für eine Sekunde das Bewußtsein verloren, woher sonst kam dieser Schaum? – seine Hände, die den Brief hielten, zitterten leicht, als er die von ihr geschriebenen Zeilen las – Anna Grigorjewna klammerte sich so sehr an den Türpfosten hinter ihr, daß ihr die Finger weh taten; und sie hatte das Gefühl, daß das Zimmer jeden Augenblick ins Schwanken geraten und sie stürzen werde – der Zug eilte auf einem schmalen, bizarr

7 Anspielung auf das Gemälde *Prinzessin Tarakanowa* von Konstantin Dmitrijewitsch Flawizki (1864). Jelisaweta Tarakanowa (um 1745 bis 1775), gab sich als Tochter der Zarin Jelisaweta Petrowna aus und erhob Anspruch auf den Thron; 1775 wurde sie in St. Petersburg in der Peter-und-Paul-Festung inhaftiert. Entgegen der Legende, sie habe hier bei einer Überschwemmung den Tod gefunden, starb sie an Tuberkulose. (Anm. d. Übers.)

sich schlängelnden Schienenstrang dahin, zwischen runden Hügeln, bedeckt mit dunkelgrünem Wald: Buchen, Ulmen und anderen charakteristischen Bäumen der mitteldeutschen Breiten und Höhenzüge – des Schwarzwalds, des Thüringer Walds oder vielleicht auch anderer Berglandschaften – ein spielzeugartiger Zug mit kleinen Wagen und einer ebenso spielzeugartigen Dampflokomotive mit roten Speichen an den Rädern und einem langen Schornstein – heute werden solche Dampflokomotiven auf Sonderbriefmarkenserien zur Geschichte des Lokomotivbaus abgebildet –, und in einem Zweite-Klasse-Abteil dieser Spielzeugeisenbahn reiste ein nicht mehr junger Mann in einem dunklen Anzug Berliner Zuschnitts, mit schlichtem russischem Gesicht, gelichtetem Haar und graublondem Bart, und neben ihm saß eine blutjunge Frau mit Hut, Reisemantille und einem Pappkarton auf den Knien, die an eine Kursistin erinnerte, aber einen schweren düsteren Blick hatte – hin und wieder schlief, besser gesagt, dämmerte sie ein, den Kopf auf der Schulter ihres Mannes, und dann schielte er aufmerksam und argwöhnisch nach ihrem Gesicht, als suche er etwas aus ihm herauszulesen – vor kurzem sah ich ihn in der Ausstellung eines populären Malers, er war in der linken oberen Ecke eines Gemäldes dargestellt, vor dem besonders viele Leute standen, so daß der untere Teil verdeckt wurde, doch dann quetschte ich mich durch und erblickte, worauf ich nach den Berichten von Leuten, die das Bild bereits gesehen hatten, gefaßt gewesen war: drei fette Eber, rosig und zugleich irgendwie plakativ, weil sie genau so auf Bildern mit vorbildlichen Schweinezüchtern wiedergegeben werden, ein Stück weg, genauer gesagt, über ihnen, lag ein Kadaver, geköpft oder blutüberströmt, darüber, so daß man sie schon von weitem sehen konnte, ohne sich nach vorn zwängen zu müssen, stand eine lange Tafel, darauf die Reste eines Gastmahls, Trinkgefäße, gefüllt mit einer tiefroten Flüssigkeit, wahrscheinlich Blut, noch höher, etwas weiter links, also näher zum Verfasser der *Dämonen*, kniete vor einem schwarzhaarigen Mann, einer seltsamen Hybride von Bestarbeiter und Ackerbauer, ein Jüngling ohne Hemd, barfuß und nur mit einer Jeans bekleidet, das Gesicht ebenfalls halb Bestarbeiter, halb Bauer, und ganz oben links, hinter einer halbrunden Linie, die offenbar eine Art Gloriole darstellen sollte, wie sie üblicherweise Heilige gemalt bekommen, drängte sich ein Häufchen russischer Berühmtheiten: Lomonossow und Peter I. mit Perücken, Saltykow-Schtschedrin, Lew Tolstoi, noch einer von den Großen, und dazwischen der Verfasser der *Dämonen* – alle irgendwie körperlos, mit bleichen Gesichtern, wie herausgetreten aus Schulbuchseiten – das Bild hieß *Rückkehr des verlorenen Sohnes*, und daneben hing eine kleine Tafel, auf der, um Fehlinterpretationen vorzubeugen, in Großschrift erklärt wurde, was der Maler in seinem Werk zum Ausdruck bringen wollte – die Menge belagerte dieses Bild, ein Riesengemälde, das die halbe Wand einnahm, fast so wie *Christus erscheint dem Volk*[8], und hinter der Menge gingen ein paar Leute mit schlichten Gesichtern hin und her – solche, wie sie sich gern versammeln, um Domino zu spielen –, einer von ihnen, der anscheinend

8 Monumentalgemälde von Alexander Andrejewitsch Iwanow (1806–1858). (Anm. d. Übers.)

dazu noch beschwipst war, mit abstehender Jacketttasche, in der wahrscheinlich eine Halbliterflasche steckte, sprach alle an, fuchtelte mit den Händen, zeigte mit dem Finger auf das Bild – beim Betrachten der Fersen des Knienden in Jeans traten mir unwillkürlich die Fersen des vor seinem Vater knienden verlorenen Sohnes auf dem Bild von Rembrandt vor Augen – riesig, verschwommen, der Mittelpunkt des Gemäldes – die Spielzeugeisenbahn, in Rauchschwaden gehüllt, die aus dem langen Schornstein der Lokomotive quollen, setzte unterdessen ihren sich schlängelnden Weg zwischen Schwarzwald und Thüringer Wald fort – man hätte diesen Zug ohne weiteres mit allen seinen Wagen und Fahrgästen in die Hände nehmen können, so wie es Gulliver mit den Liliputanern tat, um diese Menschlein über den Tisch laufen zu lassen und sich dann damit zu verlustieren, daß man sie leicht anpustete wie eine Kerze, die man ausblasen will – wie wären sie bei diesem Orkan in Aufruhr geraten – wie Ameisen durch einen in ihren Ameisenhaufen gesteckten Stock oder auch nur ein einfaches Streichholz – wenn sie aufwachte und aus dem Fenster blickte, sah Anna Grigorjewna dunkelgrün bewaldete Hügel und Berge und auf ihren Gipfeln oder Plateaus je nach der Farbe des Steins, der Tageszeit und der Beleuchtung weiß, rot oder rosa sich präsentierende ehemalige Ritterburgen und die dazugehörigen zinnenbewehrten Türme – genau so hatte sie sich diese anhand der bei ihnen zu Hause im Wohnzimmer hängenden Bildern vorgestellt, und aus den dunklen Wäldern der Berghänge traten Schalmei blasende märchenhafte Trolle, und von Hang zu Hang hallten Jodler – holdrio! holdrio! –, dreitaktig, mit Betonung auf dem dritten Takt, mehrfach gebrochen wie ein Echo in den Bergen, und am Fuße der Hügel flossen friedliche deutsche Flüßchen dahin, an deren Ufern Herden wohlgenährter Kühe und Schafe weideten, Städte glitten vorbei, Backsteinhäuser mit Spitzdächern und gotischen Türmen – durch die Straßen dieser Städte spazierten gemächlich deren Bewohner, ihre schweren Schnürschuhe klapperten auf dem Kopfsteinpflaster – ein paarmal mußten Anna Grigorjewna und Fedja umsteigen – mal tagsüber, mal in der Nacht –, Fedja begleitete Anna Grigorjewna zur Damentoilette, weil sie an Übelkeit litt und sich einmal sogar übergeben mußte – Leipzig, Warburg, Frankfurt – in Frankfurt stiegen sie in einem Hotel gleich am Bahnhof ab, bestellten Kalbskoteletts und Bouillon und gingen anschließend die Stadt besichtigen – sie nahmen den Weg durch die Lange Straße, die zu Beginn eine große Allee mit weißblühenden Bäumen war – auf ihre Frage erklärte ihnen ein Deutscher, das seien Robinien – Anna Grigorjewna sah zum erstenmal blühende Robinien, und sie gefielen ihr sehr – dann gelangten sie zu einer an den Newski-Prospekt erinnernden breiten Straße mit unzähligen Geschäften, sie bekamen Herzens *Kolokol*[9] zu kaufen, mußten allerdings schrecklich viel dafür bezahlen, vierundfünfzig Kreuzer, Fedja kaufte sich auch noch eine Krawatte – zunächst wollte er eine rosafarbene mit Kringeln nehmen, entschied sich schließlich jedoch für eine blaue mit Pünktchen, die drei Gulden und fünf-

[9] »Die Glocke«, von dem Schriftsteller und Publizisten Alexander Iwanowitsch Herzen (1812–1870) herausgegebene Zeitung. (Anm. d. Übers.)

zehn Kreuzer kostete –, für Anna Grigorjewna aber fand sich in dem Laden kein passendes Tuch, entweder waren sie zu schmal oder zu breit oder überhaupt unschön, in einem anderen Geschäft sahen sie sich sehr hübsche Hüte an, denn Fedja sprach dauernd davon, daß sie einen neuen Hut brauche – weiter nahmen sie eine lange und heiße, zu dieser Stunde nahezu menschenleere Straße, in der fast alle Fensterläden geschlossen waren, so daß die Stadt wie ausgestorben wirkte, und über Nebenstraßen erreichten sie die Uferpromenade des Mains, der mit der Darstellung des Mains auf dem Bild in Anna Grigorjewnas Wohnzimmer eine erstaunliche Ähnlichkeit hatte – zu der dem Newski ähnelnden Straße zurückgekehrt, betraten sie noch einen Laden, in dem sich Anna Grigorjewna ein lila Tuch für zwei Gulden und zwölf Kreuzer kaufte, und dann probierte sie noch einen sehr hübschen Strohhut mit lila Samt, der es ihr schon angetan hatte, als sie das erstemal an diesem Laden vorbeigekommen waren, doch da hatte sie sich nicht getraut, Fedja zu bitten, mit ihr hineinzugehen, weil er die ganze Zeit zum Weitergehen drängte – dieser Hut kostete, wie sich herausstellte, zwanzig Gulden – einfach ungeheuerlich, gemessen an den Preisen in Dresden – dessenungeachtet machte Fedja eine Verbeugung und erklärte der Französin, von der sie sich hatten einiges zeigen lassen, sie wollten diesen Hut kaufen, denn sie halte sie sicherlich für Barbaren, für Wilde, worauf sie in überaus dreistem Ton erwiderte, es sei zu sehen, daß sie mitnichten Wilde seien, und in gebrochenem Russisch ein paarmal »gut, gut« hinzufügte, was Fedja endgültig aufbrachte und zu einer schroffen Replik provozierte – ohne einen

Hut gekauft zu haben, verließen sie das Geschäft und gingen weiter durch die Straßen, dann traten sie in einen Blumenladen, wo sie eine Weile brauchten, um Rosen auszusuchen, denn so richtig schön waren sie alle nicht – zu guter Letzt kauften sie doch zwei Stück zu je achtzehn Kreuzer und anschließend noch Sauerkirschen – für sechs Kreuzer das Pfund – über hundert Jahre später sollte auf dem Flughafen dieser Stadt mit einer Maschine der Aeroflot, deren Abflug sich wegen endloser Verhandlungen zwischen der Leitung des Lefortowo-Gefängnisses, dem Haus an der Lubjanka[10], dem Flughafen und diplomatischen Vertretern in Bonn um zwei Stunden verzögert hatte, ein von acht Zivilisten, jeder mit einer Pistole in der Gesäßtasche, bewachter Mann eintreffen – mittelgroß, mit einem Bart, der ihn deutlich älter machte, zwei langen kummervollen Falten, die seine Stirn furchten, und noch vollem Haar, mit einem Schafpelz Wjatkaer Machart bekleidet, die Pelzmütze mit Ohrenklappen in der Hand, stieg er, begleitet von einem Wachkommando, wie ein Staatsoberhaupt die Gangway hinunter, vor der sich in ehrerbietigem Halbkreis Foto-, Fernseh-, Film- und sonstige Korrespondenten drängten, schon klickten und surrten die Kameras, und als er herabgestiegen war und seinen Fuß auf den Asphalt setzte, umringte ihn diese Menge, noch heftiger klickten und surrten die Kameras, und die in den hinteren Reihen hoben ihre Apparate, um sie mit ausgestreckten Armen weiterklicken und -surren zu lassen – die Wachmannschaft

10 Sitz der Staatssicherheit (KGB) in Moskau. (Anm. d. Übers.)

kehrte in das Flugzeug zurück, während durch die nur langsam auseinandertretende Menge ein bekannter deutscher Schriftsteller in elegantem hellgrauem Mantel auf den Ankömmling zukam, und dann fuhren die beiden in der langen schwarzen Limousine des deutschen Schriftstellers die breite Autobahn entlang, die in die Stadt am Main führte, auf deren Uferstraße soeben der Mitte April 1867 aus Petersburg abgereiste russische Schriftsteller mit seiner Frau gebummelt war, ein paar Tage später brachte ein Flugzeug dem wichtigen Gast, dem ewiger Auslandsaufenthalt beschieden schien, seine junge Frau und ihre zwei kleinen Kinder nach – sie war wesentlich jünger als er, und wenn der russische Gast nachts in der Villa des deutschen Schriftstellers aufgewacht war, hatte er, wie gewohnt, seinen Arm ausgestreckt, um seine Frau zu umfassen, doch statt ihrer eine sonderbare Leere neben sich gefunden – sie befand sich irgendwo dort, weit weg von ihm, und er sah, wie man ihr die Arme verrenkte und ein Geständnis von ihr verlangte, doch eher war sie zu etwas anderem, Schlimmerem bereit, und schon bei dem Gedanken an diese Möglichkeit begann sein Herz zu pochen – er drehte das Kopfkissen auf die andere Seite, um sein brennendes Gesicht zu kühlen, knautschte es unter sich zusammen und sank wieder in den Schlaf, aber in einen irgendwie gewaltsamen, wie unter Narkose, und träumte, wie sie ihre Hände um seinen Hals legte, lächelnd den Kopf mit der schweren Haarfülle zurückwarf und ihn ansah, die Augen mit den langen Wimpern leicht zusammengekniffen – genauso hatte er, vor vielen Jahren, wenn er auf der Lagerpritsche einschlief, das Gesicht einer anderen gesehen, und als man ihr eines Tages erlaubte, ihn zu besuchen, und er mit ihr im Wachlokal saß, während der Bewacher neben ihnen ungeduldig auf und ab ging, und ihre beiden Hände hielt, hatte er das Gefühl, das sei ein Traum, so unwahrscheinlich mutete es ihn an nach so vielen wirklichen Träumen, und all die Jahre, die er dort verbringen mußte, ging sie den Instanzenweg und reichte Gesuche ein und stand Schlange, um vorgelassen zu werden, doch als er zurückkam, erschien sie ihm anders als in seinen Träumen und bei ihrem einzigen Besuch im Lager – die Haut um ihre Augen war faltig geworden, und ihr Haar durchzogen graue Strähnen, und wenn er sie küßte, sah er selbst mit geschlossenen Augen diese Falten und grauen Haare, und auf der Straße heftete sich sein Blick unwillkürlich an junge Frauen, er sah ihnen lange nach, und einige verhielten den Schritt und wandten sich ebenfalls um, außerdem war sie der Ansicht, daß er sein Leben anders gestalten müsse, und just zu dieser Zeit begegnete ihm diese Frau mit dem ihn erregenden Blick aus zusammengekniffenen Augen und dem dichten, herabfließenden Haar – alles an ihr war ungewöhnlich leicht, schwerelos, und diese Schwerelosigkeit teilte sich seinem Körper mit – er sprang jetzt mit einer schon für immer verloren geglaubten Leichtigkeit auf das Trittbrett der Straßenbahn oder des Autobusses, und beim Arbeiten spürte er die gleiche Leichtigkeit, und die Worte flogen ihm nur so zu, treffend und von frappierender Ausdrucksstärke – die gealterte Frau mit den grauen Haaren wurde ins Krankenhaus eingeliefert – die Ärzte hüstelten verlegen und sagten mit abgewandtem Blick, das sei bei ihr altersbedingt und werde sich geben – sie ging, im Morgenrock wie alle, mit schnellen Schritten im Krankenhausflur auf und ab, von einem Fenster mit Holzgitter zum anderen, und hatte das Gefühl, jeder sehe und wisse, weshalb sie hier sei – er fuhr fort, sich an die Öffentlichkeit zu wenden, zu appellieren, anzuklagen, zu beschwören, schriftlich und mündlich, und diese Anklagen und Beschwörungen wurden noch erbitterter und unversöhnlicher, denn das Opfer mußte sich irgendwie auszahlen, und er war verpflichtet, die innere Freiheit, die er um den Preis dieses Opfers gewonnen hatte, voll auszuschöpfen – die Vehemenz, mit der er seine Anklagen und Beschwörungen vorbrachte, sollte anscheinend seinen Schmerz dämpfen – bei seinen Predigten und Anklagen berief er sich oft auf den russischen Schriftsteller, der soeben mit seiner Frau die Uferstraße am Main entlangspaziert war – übrigens hatte einer der Gedanken dieses russischen Schriftstellers aus dem 19. Jahrhundert besagt, daß man das Glück, selbst das der Menschheit insgesamt, nicht auf den Leiden anderer aufbauen kann, nicht um den Preis eines einzigen Lebens, schon gar nicht eines zerstörten Kinderlebens – Kinder mit ausgestreckten Händen, die zitternd im feuchten Petersburger Nebel an der Wossenski-Brücke oder in der Gorochowaja-Straße stehen, vor allem Mädchen, bettelarm, mißhandelt oder entehrt, von irgendwoher tauchen sie aus der Dunkelheit wie auf einer Rolltreppe, einen Augenblick lang von einem Theaterscheinwerfer angestrahlt, um wieder von der Finsternis geschluckt zu werden, abgelöst von einer neuen ebensolchen kleinen Gestalt, noch erniedrigter und stolzer und deshalb bereit, sich noch furchtloser oder furchtsamer der Entwürdigung auszusetzen –

da ist Nelli, die der Erzähler von ihrer ehrlosen Herrin, welche sie an einen dieser Lüstlinge verkaufen wollte, befreit hat und die jetzt, verführerisch nahe, mit ihm in einem Zimmer wohnt, da ist Netotschka, eine Waise, die zunächst krankhaft in ihren Stiefvater verliebt gewesen ist und danach in Katja, mit der sie im Bett kuschelt, so daß man sich an Katjas Stelle jemand anders vorstellt, da sind die Mädchen aus dem Londoner (dieses Mal nicht Petersburger) Nebel in *Winteraufzeichnungen über Sommereindrücke*, die, sich anbietend, ihre schmutzigen kleinen Hände nach den Passanten ausstrecken, da ist auch Matrjoscha aus einem verdreckten Winkel Petersburgs, die von Stawrogin gewaltsam genommen wird und sich danach erhängt, um ihm später auf einem Foto in einem Geschäft in Frankfurt am Main wiederzubegegnen, durch das unlängst das Ehepaar Dostojewski bummelte, und da ist das Mädchen im Sarg, das Swidrigailow in der Nacht vor seinem Selbstmord im Hotelzimmer erscheint, dieses Mädchen, das ebenfalls entehrt worden ist – nicht etwa von Swidrigailow, diesem Semi-Stawrogin, diesem erst zur Hälfte umgesetzten Antithesentraum seines Schöpfers? – und dann ins Wasser geht – sind alle diese halbwüchsigen Mädchen, diese in verdreckten Winkeln hausenden Schmutzfinken bis hin zur schwachsinnigen Lisaweta Smerdjaschtschaja, mit der zu sündigen sicher einen besonderen Reiz hat, denn je hilfloser das Opfer, desto stärker ist der Genuß, den sich einer verschafft, wobei Schmuddeligkeit die Sache noch pikanter macht – sind alle diese halbwüchsigen Mädchen, diese von Nabokov in seiner *Lolita* offener gepriesenen »Nymphchen«, nicht aus des Verfassers Untergrund in Gottes

Welt gekommen, um das Gewissen ihres Schöpfers von etwas Schrecklichem und Geheimnisumwobenem zu befreien? – und ist das Beschuldigungspathos nicht deshalb so stark, weil es andere Gefühle in ihm unterdrücken soll? – vor dem Wagenfenster trat aus dem noch nicht gewichenen Morgennebel die Umgebung von Baden-Baden hervor – Anna Grigorjewna schlummerte, den Kopf auf der Schulter ihres Mannes – er schielte prüfend und argwöhnisch nach ihrem Gesicht – liebte diese Frau ihn auch wirklich? – als er sie zum erstenmal bei sich gesehen hatte, war es ihm unvorstellbar erschienen, daß dieses junge Mädchen, fast noch eine Gymnasiastin, mit dem taufrischen, von der Luft draußen leicht geröteten Gesicht für immer in seinem Haus bleiben, seine Frau werden und er das Recht haben könnte, sich ihr jederzeit zu nähern und sie auf den Nacken zu küssen, dort, wo sie ihre Haare hochsteckte, der Gedanke, daß er sie gern zu seiner Frau machen würde, war ihm jedoch schon beim allerersten Mal gekommen, als sie in seinem Arbeitszimmer an dem runden Tischchen saß und fleißig, den Kopf leicht zur Seite geneigt, stenographierte, was er mit seiner etwas dumpfen Stimme diktierte – an jenem Tag behandelte er sie absichtlich schroff und kühl, um sie die Macht nicht fühlen zu lassen, die sie bereits über ihn gewonnen hatte, doch wenn er sich während des Diktats vorstellte, wie er im flackernden Licht der niederbrennenden Kerze vor ihr kniete und ihre Füße küßte und sie nicht daran dachte, fortzugehen, weil sie seine Frau war, und er gleich die Kerze ausblasen und ihr beängstigendes und wonnevolles Schwimmen beginnen würde, wurde seine Stimme heiser, und er schloß die Augen, um sie nicht vor sich zu sehen, diese Gymnasiastin oder Kursistin, als die er sie lieber betrachtete, um seiner Phantasie nicht freien Lauf zu lassen, schließlich waren Kursistinnen dasselbe wie Seminaristinnen – ob sie ihn tatsächlich liebte? – manchmal schien ihm, daß sie ihm einfach etwas vormachte – war es nicht nur die Anziehungskraft seines Namens gewesen? – in Dresden hatte sie an der Schießbude neben ihm gestanden und leise gelächelt – sie dachte, er würde nicht treffen, und sagte es ihm sogar: »Du triffst nicht!« – vor ihm hatte ein Deutscher geschossen, der immerzu ins Schwarze traf, worauf jedesmal ein eiserner Türke aus dem Fußboden emporstieg – sie beobachtete hingerissen, wie der Deutsche schoß, und der erlaubte sich, ihr vielsagende Blicke zuzuwerfen, zu ihm aber sagte sie: »Du triffst nicht!« – doch er traf, gleich auf Anhieb, ihr zum Trotz, und der eiserne Türke mit dem roten Fez schnellte genauso empor wie bei dem Deutschen, und triumphierend zu ihr gewandt, sagte er laut, schrie es fast: »Na, habe ich getroffen?« – und jedesmal, wenn er traf, wandte er sich wieder zu ihr und rief: »Na?« – man sah bereits zu ihnen herüber, und ihr Gesicht nahm nach jedem seiner Schüsse und jedem triumphierenden Ausruf einen immer erschrockeneren und kläglicheren Ausdruck an, aber das stachelte seinen Eifer nur noch mehr an, und er rief sein »Na?« noch lauter – um sie herum bildete sich eine Ansammlung Neugieriger, und da er sich immerzu umdrehte, um ihr sein triumphierendes »Na?« zuzurufen, wurde ihr Gesicht fast häßlich, und ihre Stirn nahm einen gelblichen Hauch an – in diesen Minuten wünschte er sich, sie möge bald alt und so häßlich werden wie jetzt, damit Männer wie dieser Deutsche aufhörten, ihr Blicke zuzuwerfen, und sie ihre Macht über ihn verlor – in den Briefen an ihre Verwandten machte sie sich bestimmt lustig über ihn und erzählte womöglich Schauergeschichten über ihr gemeinsames Schwimmen – manchmal behauptete sie, nicht geschlafen zu haben, aber er wußte, daß sie geschlafen hatte – schon der Klang ihrer Stimme verriet es – war es denn nicht möglich, diese abendliche halbe Stunde bei ihm, neben seinem Schreibtisch, zu sitzen, wenn ihm das Nachdenken dann doch so leichtfiel? – nein, sie mußte partout in das andere Zimmer gehen, und er wußte genau, daß sie schlief, doch wenn er zu ihr hineinging und sie an der Schulter rüttelte, damit sie aufwache, versicherte sie, nicht geschlafen zu haben, obwohl sie die Augen kaum aufbekam, und dieses offenkundige Lügen brachte ihn am meisten in Rage – sie wollte einfach nicht mit ihm zusammensitzen, wie angeregt unterhielt sie sich dafür mit Madame Zimmermann, dieser hohlköpfigen und geschwätzigen Deutschen, über diverse Spitzen und sonstige Belanglosigkeiten – als er sie wieder einmal dabei ertappte, daß sie schlief, und sie wie immer behauptete, nicht geschlafen zu haben, kam sie doch zu ihm ins Arbeitszimmer und setzte sich neben seinen Schreibtisch – er brauchte sie gar nicht anzusehen, um zu spüren, daß ihr die Augen zufielen und sie dagegen ankämpfte – er hatte ihre Gefälligkeiten nicht nötig – draußen auf dem Kopfsteinpflaster fuhr mit klappernden Pferdehufen eine Droschke vorbei, irgendwo in der Ferne, hinter den Spitzdächern der roten Backsteinhäuser, ging die Sonne unter – seine Gedanken schweiften fortwährend ab, und er hatte das Gefühl, daß der Grund dafür sie war, die nicht aus freien Stücken, sondern gezwungenermaßen bei ihm saß, er sprang auf und schrie sie an, daß sie aus Rachsucht bei ihm säße, bloß um ihn zu ärgern, und je mehr ihm die Absurdität dieser Anschuldigung aufging, desto erregter schrie er – sollten es doch alle hören, vor allem diese Madame Zimmermann, mit der sie sich so gut verstand, ihre liebe Freundin! – er versetzte dem Stuhl einen Fußtritt und begann mit zitternden Händen nach seinen Papirossahülsen zu suchen. Anna Grigorjewna schlug die Hände vors Gesicht und rannte aus dem Zimmer – wutschäumend warf er die auf dem Schreibtisch liegenden Papiere und Bücher hin und her und zog die Schubkästen auf – die, wie er sich erinnerte, griffbereit an den rechten Tischrand gelegten Hülsen waren nicht da – vielleicht wußte sie, wo sie abgeblieben sein konnten? – er lief ihr nach in das andere Zimmer, daß er die Hülsen nur als Vorwand benutzte, war ihm bewußt – sie saß auf der Bettkante, das Gesicht immer noch in den Händen vergraben, ihre Schultern bebten – er kniete nieder und zog ihr die Hände vom Gesicht – Tränen flossen darüber, er bedeckte ihre Hände und Knie mit Küssen – sie drückte seinen Kopf an sich und lachte unvermutet auf – er befreite seinen Kopf aus ihren Händen und sah ihr fragend in die noch tränenfeuchten lachenden Augen – sie sagte, sie lache deswegen, weil ein schläfriger Mensch für seine Worte nicht verantwortlich gemacht werden könne, doch das tue er – am Abend kam er wie immer sich von ihr verabschieden – sie schwammen wieder sehr weit hinaus, so weit, daß das Ufer ihren Blicken entschwand, als hätte es nie existiert – rhythmisch atmend, tauchten sie bald in das Wasser ein, bald stießen sie sich leicht aus ihm heraus, um ihre Lungen mit Luft zu füllen, und als ihnen schon dünkte, dieses Schwimmen werde nie mehr enden, gleich würden sie sich vom Wasser lösen und nicht mehr schwimmen, sondern fliegen wie die Möwen, frei und leicht über dem Meer dahinschwebend, fiel ihm plötzlich wieder ihr lachendes Gesicht ein – natürlich lachte sie über ihn –, und eine Gegenströmung begann ihn seitlich wegzutreiben, und neben ihrem tauchte das aufgedunsene Gesicht des Platzmajors auf mit dem kugelförmig herabhängenden Kinn, als hätte sich diese Kugel mit Blut gefüllt wie ein Mückenleib, und neben diesem hochmütig grinsenden Gesicht erschienen die von Bekannten und Freunden, vor allem von Frauen – darunter jene, mit der zusammen er in einer Kajüte gereist war, ohne daß er sie zu berühren wagte, und jene allererste, der er einst, noch in jungen Jahren, vor seiner Verhaftung, im Salon der Wiljegorskis begegnet war, wo sich die Schriftsteller trafen – sie war so schön, so völlig unerreichbar in ihrem langen Kleid, dessen Schleppe ihr unhörbar folgte wie einer Königin, mit ihren hellen Locken, die ihr Gesicht umrahmten, so unglaublich unnahbar mit ihrem dezenten Parfumduft, daß er, als sie ihm die Hand reichte und für einen kurzen Moment in der seinen beließ – sie tat es, begriff er, damit er das zarte Weiß unter dem Schlitz ihres Handschuhs küßte –, seltsam taumelte, ja beinahe umgefallen wäre – wahrscheinlich hatte er kurz das Bewußtsein verloren – war das nicht der erste Vorbote seiner Krankheit gewesen? –, hinterher machten sich alle, die es miterlebt hatten, darüber lustig, und jemand bedachte ihn sogar mit einem verletzenden Vierzeiler, sie hingegen behandelte ihn unverändert ernsthaft und rücksichtsvoll, entzog ihm fortan nur rascher ihre Hand, jetzt allerdings lachte auch sie, jene aber, die damals in dem Salon dabeigewesen waren, wieherten geradezu, diese selbstgefälligen, aufgeblasenen Stümper, vor denen er sein Innerstes entblößt hatte und die es nun in ganz Petersburg herumtrugen mit Späßchen und Gewitzel – dabei hatte er geglaubt, sie griffen einfach seine Gedanken auf und bewunderten ihn – jetzt wieherten sie geradezu, da er bereits in Ufernähe strampelte, während Anja weit draußen schwamm, fast am Horizont, dort, wo die Bläue des Meers mit der des Himmels verschmolz – sie alle lachten gemeinsam über ihn, auch sie – er ließ sie dort jenseits des Horizonts weiterschwimmen, warf sich den Schlafrock über, ging ins andere Zimmer, zündete die Kerze an und setzte sich, den Kopf in beide Hände gestützt, an den Schreibtisch – ja, sie war sein natürlicher Feind, daran gab es keinen Zweifel, und tags darauf, als sie den Tisch mit dem Morgenkaffee unvorsichtig wegrückte und ihn dabei schmerzhaft mit dem Tischbein stieß, sagte er zu ihr, das habe sie absichtlich getan, und in den nächsten Tagen wiederholte er ein paarmal, sie sei böse und tue ihm mit Absicht weh – ihr Gesicht nahm in diesen Augenblicken den gleichen kläglichen und erschrockenen Ausdruck an wie neulich an der Schießbude, sie traute sich nicht mehr zu lachen und senkte den Kopf immer tiefer, als wolle sie ihr Gesicht vor ihm verbergen, und er warf sich vor ihr auf die Knie, umfaßte ihre Beine und bat, ihm zu verzeihen und vor allem nicht über ihn zu lachen, verärgert über seine Selbsterniedrigung, sprang er dann aber hoch und lief im Zimmer hin und her, diagonal von einer Ecke zur anderen, versetzte Stühlen, die ihm im Weg standen, Fußtritte und schrie, er verdiene ja wohl Achtung, auch wenn er kein Geld habe – sie, den Kopf noch tiefer geneigt und die Hände dagegengepreßt, als leide sie an Migräne, stand reglos mit versteinertem Gesicht – die ihm schon bekannte Umgebung Baden-Badens mit Häusern und Gärten glitt langsam vor dem Fenster vorbei, doch er blickte ihr nach wie vor angespannt ins Gesicht – sie schlief, den Kopf auf seine Schulter gelegt, und einen Moment lang glaubte er auf Stirn und Wangen wieder jenen gelblichen Hauch zu erkennen, der ihm an der Schießbude aufgefallen war – sie atmete ruhig und gleichmäßig – sie brauchte natürlich Schlaf, und das Gelbliche kam sicherlich auch vom künftigen Mischa oder der künftigen Sonja – daß er das nicht schon eher begriffen hatte? – er strich ihr über den Kopf, sie wachte auf und sah ihn an, wie gerade aufgewachte Kinder es tun – »Wir sind gleich da«, sagte er – vor dem Wagenfenster sah sie einen hohen bewaldeten Berg, durch die Bäume schimmerten weiße Häuser und rote Backsteinbauten, dazwischen gotische Kirchtürme, und über allem lag ein tiefblauer Himmel mit leichten dahinziehenden Wolken – genau so hatte sie sich diese Stadt vorgestellt, aber es wurde Zeit, daß sie sich fertigmachten und ihre Sachen einpackten – er saß zurückgelehnt auf der Polsterbank, die Hände auf die Knie gelegt, wie er es tat, wenn er fotografiert wurde, und betrachtete die näher kommende Stadt – durch das den Berghang bedeckende Grün der Gärten konnte er deutlich ein weißes zweigeschossiges Gebäude mit gotischem Dach erkennen, die schweren Samtvorhänge waren selbst am

Tag zugezogen, unter den Decken brannten im Tabaksqualm riesige Kristallüster und erhellten die mit grünem Stoff bespannten Säle, deren Ecken wegen des Qualms in Dämmerlicht getaucht waren, und in der Mitte jedes Saals, des großen Hauptsaals und der beiden kleineren Nebenräume, standen ebenfalls grün bezogene Tische und um sie herum Leute mit gelblichen Gesichtern, Zeichen mangelnden Schlafs – ihre Arme reckten sich nach den Tischen, auf denen Goldmünzen verstreut lagen – sie glänzten rötlich wie die Ikonenbeschläge in der Kirche beim Gottesdienst, wenn alle Kerzen angezündet sind und ihre Flammen in den Weihrauchwolken flackern – ganz in der Mitte der Tische, über dem Gold, hatten grünlichrot schimmernde Drehscheiben ihren Platz, und das war bereits der Altar oder sogar dessen heilige Pforte, denn Zugriff zu ihnen hatte allein ein Mann mit leidenschaftslosem Gesicht, der an diesen geheimnisvollen Scheiben mit den pechschwarzen und rubinroten Zahlen Zauberhandlungen zelebrierte, mit einer silbrigen Kugel, die Schicksale entscheidend dahinrollte, für niemanden erreichbar wie der Ball beim Lawntennis – die über den Tisch verstreuten Goldmünzen häuften sich von selbst an, als hätte eine unsichtbare Hand begonnen, sie zu sortieren und zusammenzulegen – der im Zug mit auf die Knie gelegten Händen sitzende Mann schloß die Lider – er gewann diese Goldmünzen haufenweise, doch sobald er die Hand nach ihnen ausstreckte, griffen fremde Hände danach und entzogen sie ihm – diese Hände gehörten Leuten mit gelblichen Gesichtern, die sich um den Tisch drängten – und plötzlich begriff er, warum diese Haufen ihnen zufielen – ihnen fehlte der Gipfel, er versuchte sie an sich zu bringen, bevor sie die Form des Dreiecks erlangt hatten, statt abzuwarten, bis sich der Gipfel bildete, damit das Geld in seinen Besitz übergehen konnte – er öffnete die Augen, als der Zug seine Geschwindigkeit verminderte – vor dem Fenster glitt langsam das makellose Backsteingebäude des Bahnhofs von Baden-Baden heran und kam schließlich zum Stehen – Anna Grigorjewna schmiegte ihr Gesicht an die Scheibe und betrachtete das Bahnhofsgebäude und die Leute, die den Bahnsteig entlangschlenderten, als würden sie von jemandem abgeholt – das war das lebendige, reale Baden-Baden, und sie sah sich schon mit ihrem Mann auf der Hauptstraße der Stadt flanieren, der Lichtentaler Allee, von der sie so viel gehört hatte, zwischen herausgeputzten Kurgästen – sie trug statt ihrer schwarzen Spitzenmantille ein schmuckes, mit Rüschen besetztes Kleid, denn das Glück mußte doch Fedja endlich einmal hold sein.

* * *

Wie schon in Dresden mieteten sie sich bei einer deutschen Pensionsbesitzerin ein, die ein Dienstmädchen hatte, das Marie hieß und mit seiner Lebhaftigkeit und seinem dunklen Teint wie eine Italienerin wirkte – Anna Grigorjewna schätzte sie auf etwa vierzehn Jahre, doch wie sich herausstellte, war sie achtzehn – ein sehr kindliches Wesen, fröhlich, lachlustig, mit einem durchs ganze Haus klingenden »ja«, aber erstaunlich schwer von Begriff wie übrigens alle Deutschen, ob männlich oder weiblich – sie kapierte einfach nicht auf Anhieb, was man ihr sagte, hundertmal konnte man sie auf etwas hinweisen, sie richtete sich doch nicht danach –

nie brachte sie den Löffel zum Mittagessen – unglaublich begriffsstutzig – im Hof des Hauses, in dem sie sich einquartiert hatten, war eine Schmiede, und ab vier Uhr früh wurde dort gehämmert, während in den Zimmern nebenan Kinder heulten und plärrten – dennoch glichen die ersten Tage ihres Aufenthalts in Baden-Baden einem klaren Sommermorgen, an dem man sich eilig auf den Weg macht – in der Nacht hat es geregnet, alles ist gewaschen: das Grün und der Asphalt und die Häuser und die Straßenbahnen, rot, wie frisch lackiert – und man geht, getrieben von der Aussicht auf etwas Außergewöhnliches, Großartiges, das sich heute bestimmt ereignen wird – so hatte ich in der Jugend, noch als Student, das Krankenhaus verlassen, in dem wir die ersten Jahre nach unserer Rückkehr aus der Evakuierung wohnten, denn die Stadt war fast völlig zerstört, und wir hatten ein Zimmer in dem Krankenhaus bekommen, in dem mein Vater arbeitete, gleich neben Toilette und Bad – das Gebäude war alt, mit massiven Wänden und rauchgeschwärzten gewölbten Decken – vor der Revolution hatte es entweder ein jüdisches Armenhospital oder ein Altersheim beherbergt – an unserem Zimmer vorbei hinkten geräuschvoll auf ihren Krücken, das Bein im schmutzigen Gipsverband nachziehend, Versehrte des Vaterländischen Krieges zur Toilette – morgens, wenn ich mich auf den Weg zum Institut machte und dabei den Krankenhausgarten durchquerte, gingen die Kriegsversehrten schon spazieren oder saßen auf Bänken an Holztischen, drehten sich Ziegenbeinchen[11] aus Zeitungspapier, rauchten oder spielten

[11] Selbstgedrehte Zigaretten. (Anm. d. Übers.)

Domino – ich hatte es eilig, die Pförtnerloge zu passieren und hinauszugelangen auf die bergan führende Straße, an der sich zwischen den wenigen stehengebliebenen Häusern mit Gras und Brennesseln bewachsenes Ödland ausbreitete und Ziegelhaufen emporragten, Überreste zerstörter Gebäude – die Krankenschwestern und selbst viele Ärzte grüßten mich von sich aus, da mein Vater Chefchirurg des Krankenhauses war, auch der Pförtner tat es – schon lief ich im Sturmschritt die Straße hinan, dorthin, wo die rotlackierten Straßenbahnen fuhren, einzelne Wagen, selten, daß mal zwei zusammengekoppelt waren – die Straßen, durch die sie fuhren, konnten auch nur unter großem Vorbehalt als solche bezeichnet werden – zu beiden Seiten der Gleise lagen mit Ziegelschutt übersäte und von Brennesseln überwucherte Ödflächen, zwischen denen vereinzelte wie durch ein Wunder unversehrt gebliebene Häuser standen oder bloße Mauern mit herabhängenden, vom Wind bewegten Tapetenstreifen, mit einem Wasserhahn oder einem Kachelofen an einer Wand irgendwo im zweiten Stock – nur schnell zur Straßenbahn, die mich zum Institut brachte, am Stadtrand gelegenen Klinikgebäuden, die der Zerstörung entgangen waren wie das Krankenhaus, in dem wir wohnten – die Deutschen hatten sie verschont, um sie nutzen zu können – durch ein halb geöffnetes Fenster der Straßenbahn wehte Wind herein, ich setzte mich an dieses Fenster, in Fahrtrichtung – mein Lieblingsplatz in Verkehrsmitteln – sicher nicht nur meiner –, um, das Gesicht an die Scheibe gelegt, nach vorn blicken zu können, manchmal stand ich sogar auf und lehnte mich hinaus, sehr vorsichtig, damit mir kein Staub ins Auge flog oder um nicht womöglich gegen einen Telegrafenmast zu prallen – in dem noch nicht zu sehenden Klinikgebäude, zu dem ich unterwegs war, weil dort Lehrveranstaltungen stattfanden, drängten sich im Arztzimmer oder im Flur um einen Assistenten Studenten und Studentinnen in weißen Kitteln, und unter ihnen war auch die mit dem goldfarbenen Haar, das unter ihrer Haube hervorquoll, jene Einzige, wie es sie für uns alle in diesen Jahren gibt, und oftmals nur in diesen, jene erträumte und zugleich reale Einzige mit den feinen blauen Äderchen an den Schläfen – dicht unter der zarten dünnen Haut liegenden Venen – und dem rhythmisch schlagenden Herzen, das frisches heißes Blut – heißes? – durch die noch von keinerlei Ablagerung, keinem Kalkkörnchen belasteten elastischen Arterien treibt – Blut, das der Haut und dem gesamten Körper jene erstaunliche rosige Färbung verleiht, die fleischfarben genannt wird und die man bei Strümpfen und Strumpfhosen – es ist noch nicht lange her, daß ich dachte, Strumpfhosen würden nur von Kindern getragen, bis eine Bekannte von uns, die Frau eines zu der Zeit noch aufstrebenden Schriftstellers erzählte, sie habe welche im Bett ihres Mannes entdeckt, ein eindeutiger Beweis seiner Untreue – und sogar bei Tapeten und Schirmen zu imitieren versucht, doch vergeblich: allein die Haut einer jungen Frau besitzt diese Farbe – in Gedanken, noch in der Straßenbahn sitzend, suche ich die Nähe dieser goldhaarigen Studentin, so daß ihre unter der Haube hervorquellenden Haare meine Wange kitzeln – ach, erst jetzt, da sich das Leben neigt, werden wir recht eigentlich sensibel für die Berührung weiblichen Haars, und in einem öffentlichen Verkehrsmittel fahrend, setzen wir unsere

Wange oder unseren kahl werdenden Schädel gern herabfließendem weiblichem Haar aus, und je zufälliger diese Berührung, desto stärker das sich einstellende Gefühl der Seligkeit, so daß wir, unsere Haut absichtlich diesem Wasserfall entgegenhaltend, uns einzureden suchen, daß diese Berührung zufällig sei, und desto qualvoller der zwangsläufig erfolgende Abschied von diesem von oben sich ergießenden kühlen goldfarbenen Strom, der von einer Wildleder- oder Jeansjacke eingehüllte Schultern sanft umfließt und unserer alternden Haut eine Elektronenladung zuführt, und auch dieser geheimnisvollen Elektronenladung wegen, die gar nicht auf uns gerichtet und deshalb besonders willkommen ist, pflegen wir uns morgens, wenn wir das Haus verlassen, so zu beeilen, erfüllt von einem Vorgefühl, von der Erwartung, etwas Ungewöhnliches zu erleben, obwohl wir in unserem Alter eher mit einer uns im öffentlichen Verkehrsmittel ereilenden Gefäßverstopfung rechnen müssen, gleichwohl beeilen wir uns, soweit Herz, Leibesfülle und Kurzatmigkeit das zulassen – in der ersten Zeit ihres Aufenthalts in Baden-Baden hatte Fedja einigermaßen Glück, und Anna Grigorjewnas Gürtel, ihre »Geldkatze«, wie sie ihn an einer Stelle nennt, in dem bei ihrer Ankunft achtzig Münzen eingenäht gewesen waren, füllte sich in wenigen Tagen beträchtlich und enthielt am zehnten Tag bereits hundertachtzig Münzen oder dreitausend Franken. Fedja pendelte manchmal zwischen der Pension und dem Kurhaus, wo sich das Roulette befand, mehrmals täglich hin und her, mal verlor, mal gewann er, meist allerdings hatte er Erfolg, daß er verlor, passierte mehr zufällig, wenn er, während er auf Rouge oder Noir, auf Pair oder Impair setzte, gerempelt wurde oder wenn jemand von den sich um den grün bespannten Tisch Drängenden zu stark nach Parfum roch, spielten doch hin und wieder auch Damen mit, oder wenn ihn irgendwelche Polen störten, die vor ihm herumzappelten und die roten Zahlen verdeckten, auf die er setzten wollte, weswegen er auf Schwarz setzte und natürlich verlor, manchmal nahm er Anna Grigorjewna mit, und dann störte sie ihn, er verlor ihretwegen und war ihr böse, so zog sie bald selbst den Schluß, daß sie ihm kein Spielglück bringe, und kam nicht mehr mit, obgleich er es verlangte und ihr nun böse war, weil sie ihn nicht begleiten wollte – sie machte lieber Spaziergänge durch die Stadt und die Umgebung, wobei sie die aufgedonnerten Russinnen mied, eines Tages jedoch beschloß sie, durch die Lichtentaler Straße bis zur Lichtentaler Allee zu gehen, kam aber ganz woanders an – bei einem katholischen Mönchskloster, sie betrat den Hof und machte sich, nachdem sie dort ein bißchen herumspaziert war, wieder auf den Rückweg, ein andermal nahm sie sich einen besonders langen Spaziergang vor, bei dem sie zwei oder drei Werst zurücklegte und erst zum Alten und dann zum Neuen Schloß hinaufstieg, am Eingang des einen hing eine Mattglaslaterne, und Anna Grigorjewna erschien das alles ungemein schön, doch war ihr ein wenig bange, so weit zu gehen, sie befürchtete, sie könne stolpern und stürzen und dabei die künftige Sonetschka oder den künftigen Mischa verlieren, und außerdem wartete Fedja sicherlich bereits in der Allee auf der Bank unter der alten Kastanie auf sie – schon von weitem, sobald sie ihn zu sehen bekam, erriet sie mit unfehlbarer Sicherheit, ob er verloren hatte oder nicht –

sein schwarzer Hut lag neben ihm auf der Bank, sein Gesicht war bleich, die Hände auf die Knie gestützt, wie im Begriff aufzustehen, hielt er unruhig Ausschau, spähte nach den in der Ferne, in der Tiefe der Allee auftauchenden Menschen – manchmal fand sie es einfach zu komisch, daß er sie nicht bemerkte, wenn sie sich schon der Bank näherte, und noch irgendwo in der Ferne nach ihr suchte, wobei er bisweilen eine Hand vom Knie löste, um sich mit einem Taschentuch die Schweißtropfen von den Schläfen und den großen kahlen Ecken über seinen Stirnhöckern zu wischen, die Maler und besonders Bildhauer mit teilweise übertriebener Sorgfalt darstellen – er sah sie an, ohne sie zu erkennen, sein Blick war immer noch in die Ferne gerichtet, als sie schon kurz vor ihm stand und fast losgelacht hätte – fast, denn er hätte meinen können, daß sie sich über ihn lustige mache – »Ich habe alles verspielt«, sagte er, indem er aufstand, während sie sich auf die Bank setzte, um ein wenig zu verschnaufen und sich mit dem Fächer Luft zuzufächeln – »Wo hast du denn gesteckt?« – mißtrauisch musterte er sie von Kopf bis Fuß wie eine Unbekannte – wenige Minuten später waren sie bereits auf dem Heimweg durch mustergültig gepflasterte, von mustergültig beschnittenen Bäumen gesäumte Straßen, vorbei an mustergültig instand gehaltenen deutschen Häusern mit ihren gegen die Mittagssonne geschlossenen Läden – er ein wenig voraus, in der Hand seinen schwarzen Hut, eine Melone – Anna Grigorjewna hatte ihn in Berlin zum Kauf gedrängt, aber jetzt war er zu warm und erinnerte ihn außerdem an den Hut in einer als freundschaftliche Scherzzeichnung ausgegebenen Karikatur, die der *Illjustrirowanny almanach* kurz nach Veröffentlichung seiner Erzählung *Herr Prochartschin* in Krajewskis Zeitschrift *Otetschestwennyje sapiski*[12] gebracht hatte – auf dieser Karikatur machte er vor Krajewski einen Kratzfuß, in der Hand genauso einen Hut – oder nein, den Hut hatte er wohl auf, schickte sich bloß an, ihn abzunehmen – auf der Zeichnung war der Hut ebenso unproportional groß wie sein Kopf, so daß der Körper und die betont kurz gehaltenen Beine mehr wie ein Anhängsel von Kopf und Hut wirkten – das sollte zweifellos als Anspielung auf seine überzogenen Vorstellungen von den eigenen geistigen Fähigkeiten und Talenten verstanden werden, und einige Jahre später, als er die Katorga[13] bereits hinter sich hatte und in der Verbannung lebte – selbst das gebot ihnen, Panajew[14], diesem Possenreißer mit dem ewig feuchten Hängeschnauzbart, und seinen Kumpanen, keinen Einhalt –, erschien im *Sowremennik* eine Notiz, der zufolge er, Dostojewski, Chefredakteur Nekrassow[15] gebeten habe, seine *Armen Leute* golden eingerahmt abzudrucken, eine komisch gehaltene, ja höhnische Darstellung – das schlimmste an der Sache war:

[12] »Vaterländische Schriften«, Zeitschrift. (Anm. d. Übers.)

[13] Schwerste, meist in entlegenen Landesteilen in Strafkolonien verrichtete Zwangsarbeit. (Anm. d. Übers.)

[14] Iwan Iwanowitsch Panajew (1811–1862), satirischer Schriftsteller und Journalist; gab seit 1847 zusammen mit Nekrassow die Zeitschrift *Sowremennik* (»Zeitgenosse«) heraus. (Anm. d. Übers.)

[15] Nikolai Alexandrowitsch Nekrassow (1821–1877/78), Lyriker und Publizist; gab 1847–1866 den *Sowremennik* und seit 1868 zusammen mit Saltykow-Schtschedrin die *Otetschestwennyje sapiski* heraus. (Anm. d. Übers.)

in einer Auseinandersetzung mit jemandem aus dem Panajew-Kreis hatte er sich in besinnungsloser Wut dazu hinreißen lassen, tatsächlich etwas in dem Sinne zu schreien, daß man ihn, gemessen an dem sonst so Veröffentlichten, auch gerahmt hätte drucken können, um den Lesern den Unterschied zwischen einem wahren literarischen Werk und plattem Geschreibsel zu verdeutlichen, und daß es einigen Schriftstellern und Kritikern nicht schaden würde, das zur Kenntnis zu nehmen – er spielte auf diesen selbstgefälligen Turgenjew an, der ihm anfangs mit dem Ausdruck fröhlicher Verwunderung, ja naiven Staunens zugehört hatte, als begegne ihm ein so originelles Urteil zum erstenmal – diese vermeintlich aufrichtige Anteilnahme war eine Aufforderung, noch einen Schritt weiterzugehen – es verlangte ihn danach, diesen etwas naiven großen Herrn in noch größeres Staunen zu versetzen, ihn mit seinen Ideen mitzureißen und zugleich mit ehrgeizigen Träumen sein Selbstgefühl zu stärken – weiter, immer weiter, sein Innerstes rückhaltlos bloßlegend, denn in Gedanken sah er sich schon weit oben in höheren Regionen, zusammen mit Turgenjew, seinem Herzensfreund, der solche Verehrung genoß, daß sein Ruhm als junger, aber bereits namhafter Schriftsteller auch zu seinem Ruhm wurde und sein, Dostojewskis, Ruhm, der eines noch am Anfang stehenden, aber schon bekannten Autors, auf Turgenjew zurückwirkte, und so, aufeinander ausstrahlend mit ihrem Ruhm, sich gemeinsam darin sonnend, schwebten sie über allen, und alle bewunderten ihre außergewöhnliche Freundschaft, diese unglaubliche, beispiellose seelische Übereinstimmung, bis Turgenjew ihm zum erstenmal ein Bein stellte, auf den ersten Blick so harmlos, daß es schien, es sei rein zufällig geschehen, absichtslos oder sogar versehentlich – für Dostojewski wurde jedoch von Mal zu Mal offenkundiger, daß er in ein raffiniert aufgebautes Labyrinth hineingeraten, im Begriff war, sich in unsichtbar ausgelegten Netzen zu verfangen, und hilflose Anstrengungen unternahm, sich aus ihnen zu befreien – plötzlich sah er sich vor diesem dünkelhaften Herrn auf einem Stuhl sitzen, er rutschte hin und her und versuchte, die Hände gegen die Knie gestemmt, aufzustehen, doch sein Körper gehorchte ihm nicht – er blieb sitzen, wurde bald bleich, bald rot, und ringsum lachten alle – über ihn! über seine Freundschaft! – und Turgenjew, sein Idol, den Ellbogen lässig auf die Rückenlehne seines Sessels gestützt, hielt sich die kalt glänzende Lorgnette vor die Augen, lachte mit den anderen und strich sich mit der Hand über den gepflegten Bart – seine Anspielung in der Kontroverse mit jemandem aus dem Panajew-Kreis richtete sich auch gegen Nekrassow und sogar gegen Belinski[16], die neuerdings bei literarischen Abenden Preferance spielten – was für eine stumpfsinnige Beschäftigung –, wozu sie sich an einen abseits, vor einer Nische, stehenden Kartentisch setzten, als existierte er, Dostojewski, gar nicht – er ging den Abend über absichtlich mehrmals zu ihnen hin, sah ihnen in die Karten, so daß es ihm selbst schon peinlich wurde, hüstelte auch, doch sie hoben nicht einmal den Kopf, nahmen keine Notiz von ihm – einmal, bei Belinski

[16] Wissarion Grigorjewitsch Belinski (1811–1848), Literaturkritiker, publizierte u. a. in *Otetschestwennyje sapiski* und *Sowremennik*. (Anm. d. Übers.)

zu Gast, bot er sich ihm und Nekrassow sogar als Partner an, doch kaum daß er Anstalten machte, Platz zu nehmen, erhoben sie sich und gingen in die gegenüberliegende Ecke des Raums, wo sich ein lebhaftes Gespräch über das neueste Verhältnis der Fürstin Wolkonskaja entsponnen und sogar ein kleiner Kreis gebildet hatte – er saß da, die Brust gegen den Kartentisch gelehnt, und preßte die Hände zwischen den Knien zusammen, daß seine Finger knackten und weh taten – war das wirklich derselbe Nekrassow, der ihn damals zu später nächtlicher Stunde oder am frühen Morgen aufgesucht hatte? – draußen war es hell, die Zeit der weißen Nächte – völlig außer Atem erschien er bei ihm, als wäre er den ganzen Weg von seiner Wohnung bis zur Grafski-Gasse, in der Dostojewski wohnte, gerannt, und hielt das Manuskript der *Armen Leute* hinter seinem Rücken versteckt wie ein Geschenk – und war das wirklich derselbe Belinski, der ihn nach der Lektüre des Manuskripts zu unpassender Zeit hier im Arbeitszimmer seiner Wohnung empfangen hatte, der ihn Platz nehmen ließ vor dem riesigen, mit Papieren überhäuften Schreibtisch und darauf bedacht war, seinen Mentorenton beizubehalten, was ihm jedoch nicht gelingen wollte, der aufsprang, mit raschen Schritten im Zimmer hin und her lief und hitzig redete und gestikulierte, dessen hitzige Rede, diese in Frohlocken übergehende Begeisterung ihn, Dostojewski, und seinen Roman betraf? – eine Stunde später stand er am Newski vor dem Haus, in dem Belinski wohnte, Ecke Fontanka, betrachtete den blauen Himmel, die Passanten, die dahinfahrenden Kutschen, und alles soeben Erlebte erschien ihm unwirklich, denn nie hätte er so etwas zu hoffen gewagt, es war wie ein Traum – wenige Tage später sprach das ganze literarische und selbst das nichtliterarische Petersburg von ihm – Belinski stellte ihn allen seinen Bekannten vor wie eine Berühmtheit, so wie man seinen Gästen zum Abschluß eines Festmahls ein leckeres Dessert reicht – Grauköpfe ohne Zahl, die Petersburger Prominenz mit Backenbärten und Orden in den Knopflöchern verneigte sich achtungsvoll vor ihm, Frauenblicke, von denen er nicht zu träumen gewagt hatte, richteten sich voller Interesse, kokett und schmeichelnd auf ihn, in den Salons verstummten die Gespräche, wenn er eintrat – waren das wirklich derselbe Belinski, derselbe Nekrassow, die jetzt so gleichgültig vom Kartentisch weggegangen waren, als er, um sich ihnen als Partner anzubieten, daran Platz genommen hatte, nur um sie so an seine Person zu erinnern, in der Hoffnung, ihnen wenigstens durch seine Anwesenheit, wenigstens dadurch, daß er sie störte, ein paar anerkennende Worte über den *Doppelgänger* zu entlocken, zumindest eine Andeutung, und sei sie noch so wenig schmeichelhaft, zumindest eine kritische Äußerung, nur nicht dieses eisige Schweigen! – ach, wie angeregt besprachen sie in der gegenüberliegenden Ecke, umringt von diesen paar Stümpern, die jetzt die Modeautoren der Petersburger Salons waren, den Klatsch über die Fürstin Wolkonskaja – sie, diese, mit Verlaub gesagt, fortschrittlichen Geister, Literaten! – er saß einsam an dem Kartentisch, immer tiefer darüber gebeugt, die Brust gegen die harte Kante gedrückt, so daß ihm die Luft wegblieb und jeder in den Ohren hallende Herzschlag das lebhafte Stimmengewirr übertönte, das jetzt aus der Mitte des Raums kam, wohin der ganze Kreis übergewechselt war, noch schmerzhafter preßte er die Hände zwischen den Knien zusammen, und ungeachtet der hell brennenden Kristallüster erschienen ihm die Gesichter der Abendgesellschaft allesamt grau – er stand auf, doch statt in die Diele zu gehen, lässig den Mantel überzuwerfen und dieses Haus am Newski zu verlassen, vor dem er vor gar nicht so langer Zeit gestanden hatte, ohne daran glauben zu können, daß sein Traum Wirklichkeit geworden war, statt das zu tun, strebte er, einem kleinen Fisch gleich, der von unsichtbaren chemischen Stoffen in das Maul eines Meeresungeheuers hineingezogen wird, diesem Kreis zu, drängte sich durch die Gäste, sah Belinski und Nekrassow, die natürlich bereits den Mittelpunkt des Kreises bildeten, begierig in die Augen, versuchte mit platten Witzeleien ihre Blicke auf sich zu lenken, ließ sich mit jemandem auf einen Disput ein, ereiferte sich mit erhobener Stimme, obwohl ihm bewußt war, daß er Unsinn redete, dann gab er alle Hoffnung auf und begann den anderen nach dem Mund zu reden, doch keiner hörte ihm zu – der Meeresgigant schwamm dahin, ohne überhaupt Lust zu verspüren, den kleinen Fisch zu verschlingen, er verschmähte ihn, so klein und reizlos war er – der kurze mittägliche Schatten, den seine leicht gekrümmte und nach vorn geneigte Gestalt warf, folgte ihm seitlich, glitt über das graue Kopfsteinpflaster, der Schatten war so kurz, weil die Sonne, zumal jetzt im Hochsommer, fast im Zenit stand, eigentlich war es verwunderlich, daß Menschen, Bäume und Häuser bei einem solchen Sonnenstand überhaupt einen Schatten werfen konnten – Anna Grigorjewna ging neben, das heißt knapp hinter ihm, so daß ihr Schatten dem seinigen nachglitt, und obwohl genauso kurz, wirkte er schlanker, dabei hätten der künftige Mischa oder die künftige Sonetschka doch eigentlich ihre Figur verändern müssen – manchmal legte sich sein Schatten über den ihrigen, wenn er seinen Schritt ein wenig verlangsamte oder sie etwas schneller zu gehen begann, manchmal kreuzten sich ihre Schatten auch, allerdings mochte das bloß so scheinen, widersprach es doch den einfachsten Gesetzen der Physik – ein-, zweimal hatte er hier in Baden-Baden, flüchtig nur, Turgenjew und Gontscharow gesehen – Gontscharow war auch gelegentlich Gast der Panajews gewesen, miteinander bekannt geworden waren sie jedoch nicht in jenen Jahren, sondern erst nach seiner Verbannung – Gontscharow, ein genauso schlaffer und aufgedunsener Aristokrat wie sein Oblomow, für den er pro Bogen vierhundert Rubel bekam, während ihm, Dostojewski, bei seiner Bedürftigkeit ganze hundert Rubel gezahlt wurden, hatte die trüben Augen eines gekochten Fischs und verströmte Bürogeruch, obwohl er bei seinen Einkünften aufs Arbeiten hätte verzichten können, doch wahrscheinlich war er zu geizig dazu, was ihn freilich nicht daran hinderte, im Europe abzusteigen, dem teuersten Hotel von Baden-Baden – dort wohnte auch Turgenjew und ebenso sein Litwinow aus *Rauch*, dieser blutlose Held eines blutlosen Romans, in dem Potugin, dieser üble Schwätzer, Rußland schmäht, aber noch vor dem letzten deutschen Bürger einen Bückling macht und Litwinow in diesem erstklassigen Hotel besucht, wo man ihn und Anna Grigorjewna nicht einmal im Vestibül dulden würde, so ärmlich waren sie gekleidet, hier, in diesem Hotel, wird Litwinow heimlich von Frau Ratmirowa besucht, der schönen Irina, Generalsgattin – sie betritt sein Zimmer mit verschleiertem Gesicht und lautlosen Schritten, und später schleicht er sich ebenso heimlich zu ihr ins Zimmer, in ihrem ebenso schicken Hotel mit teppichbelegter Treppe, in das man ihn und Anna Grigorjewna wahrscheinlich genausowenig einlassen würde, und die Begleitmusik zu alldem bildet Potugins Gerede, daß es für Rußland längst Zeit sei, im Orkus zu verschwinden, und wenn das geschähe, würde es kein Mensch wahrnehmen – das erstemal begegnete er Turgenjew unweit des Kurhauses – Turgenjew ging mit einer Dame die Allee entlang, den großen Kopf leicht zur Seite geneigt, fingerte er lässig an der Lorgnette mit Goldkette herum und hörte der Dame nur aus Höflichkeit zu, die ihnen entgegenkommenden Passanten verhielten den Schritt, dann drehten sie sich um und sahen dem berühmten Schriftsteller nach – auch Dostojewski verhielt leicht seinen Schritt, unwillkürlich, ohne sich dessen bewußt zu sein, und wollte seitlich ausweichen, aber es war zu spät – Turgenjew hatte ihn bemerkt, sein Gesicht drückte gespielt-freudiges Erstaunen aus, als wäre es für ihn die allergrößte Überraschung, Dostojewski hier zu treffen, als hätte er nie gedacht, ihn unter diesen müßig flanierenden, aufgeputzten Leuten in diesem europäischen Kurort zu sehen, bei seiner Denkungsart, obwohl Turgenjew sehr wohl wußte, weshalb er hier war – daß er spielte, war für niemanden ein Geheimnis – Turgenjew trug einen leichten hellgrauen Anzug, und seine Begleiterin hatte auch etwas Leichtes und Teures an – »Was führt Sie hierher, mein Lieber?« fragte er mit seiner hohen Frauenstimme, die so gar nicht zu seiner stattlichen Erscheinung paßte – er hielt inne und lüftete den leichten weißen Hut, so daß seine berühmte Löwenmähne sichtbar wurde, die jetzt langsam ergraute und deshalb, wie seine Verehrer und vor allem seine Verehrerinnen behaupteten, besonders edel aussah – »Darf ich vorstellen«, sagte er auf französisch, zu der Dame gewandt, »Herr äh ...«, er machte eine kleine Pause, als fiele ihm nicht gleich der Name ein, »Herr Dostojewski, ehemaliger Ingenieur, neuerdings Petersburger Literat« – lässig wurde ihm eine schmale Hand in dünnem Handschuh entgegengestreckt – als er die nach einem erlesenen Parfum ihrer Morgentoilette duftende Hand ergreifen und etwas Profanes, über das Wetter vielleicht, sagen wollte, war sie nicht mehr da, Turgenjew war mit seiner Begleiterin entschwebt, während er noch dastand in seinem nicht der Jahreszeit entsprechenden schwarzen Anzug, den schwarzen Hut wie Trussozki aus dem *Ewigen Gatten* in beiden Händen – Turgenjew ließ keine Gelegenheit aus, ihn als Ingenieur, bestenfalls als ehemaligen, zu bezeichnen und damit zu betonen, daß ihm, Dostojewski, doch wohl nur eine künstliche Zugehörigkeit zur literarischen Welt, in der er selbst zu Recht das Zepter führe, während Dostojewski bloß ein Parvenu sei, zugebilligt werden könne – nach seiner Rückkehr aus der Verbannung hatten sie sich ein paarmal gesehen und scheinbar sogar wieder zueinandergefunden – sie wirkten gemeinsam bei ein, zwei Wohltätigkeitsveranstaltungen mit, wechselten Briefe – Dostojewski versuchte Turgenjew für die Mitarbeit an seiner Zeitschrift *Wremja*[17] zu gewinnen, die er zusammen mit seinem Bruder herausgab – in meh-

17 »Die Zeit«. (Anm. d. Übers.)

reren an Turgenjew ins Ausland geschriebenen Briefen bat er ihn, umgehend die Erzählung *Visionen* für seine Zeitschrift zu schicken, doch nahm sich diese Bitte als überdies noch verkrampftes Flehen aus, im selben Brief teilte er ihm mit, daß er ihn gern sehen würde oder daß ihr letztes Gespräch keine völlige Klarheit für sie beide gebracht habe, weitere Verständigung tue not, und dazu müßten sie sich noch einmal treffen, und all das wiederholte er gleich mehrfach, aber wiederum ziemlich verkrampft, als wolle er ihm seine Freundschaft aufdrängen, das war ihm selbst bewußt, veranlaßte ihn jedoch, sich nur noch mehr aufzudrängen – in der ersten Zeit nach der Wiederaufnahme ihrer Beziehungen ging Turgenjew behutsam mit ihm um, möglicherweise bemitleidete er ihn, doch dann kam hinter dieser Behutsamkeit wieder gespielte Verwunderung zum Vorschein, die den Gesprächspartner anzuregen suchte, sich ganz zu öffnen, und obwohl das Fallen- und Beinstellen nicht so offenkundig war wie in den Zeiten des Panajew-Kreises, mußte Dostojewski ständig auf der Hut sein und geriet bisweilen ins Straucheln – er fühlte sich wie ein Seiltänzer, der jeden Moment abstürzen kann, das Seil, über das er ging, erschien ihm von Mal zu Mal unsicherer, und mitunter konnte er, mit ausgestreckten Armen balancierend, kaum das Gleichgewicht halten – der Blick voll gespielten Interesses und geheuchelter Anteilnahme trieb ihn an – schneller, schneller –, alle »Pas« auszuführen, bevor er den Halt verlor und in die Tiefe stürzte – allein um dieses Aufrichtigkeit vortäuschende Lachen zu hören, um sich wenigstens eine gewisse gegenseitige Offenheit zu verdienen, lohnte es, Cancan zu tanzen, selbst noch im Absturz, dabei Pirouetten drehend – Turgenjew saß ihm gegenüber in seinem geräumigen Hotelzimmer mit goldverziertem weißem Mobiliar, bemalter Decke und riesigen Fenstern mit himbeerfarbenen Samtvorhängen und hielt sich die kalt glänzende Lorgnette vor die Augen, um ihn mit herablassender Aufmerksamkeit zu betrachten – dem Besucher war es gelungen, den Oberkellner zu umgehen, der ihm tags zuvor einfach den Weg versperrt und erklärt hatte, der Herr sei nicht zu Hause – diesmal war er wie zufällig an der gläsernen Hoteltür vorbeispaziert, hatte den Moment abgepaßt, als sich der Oberkellner entfernte, um rasch einzutreten, ohne sich umzusehen, als könnte ihm jemand in den Rücken schießen, die Hotelhalle zu durchqueren und fast im Laufschritt, als verfolge ihn eine Meute von Jagdhunden, die breite teppichbelegte Marmortreppe hinaufzueilen, bevor er, schon etwas ruhiger, um einen würdevollen Eindruck bemüht, den Gang entlangging, vorbei an zahlreichen weißen Türen mit goldfarbenen Zimmernummern – »Ach, Sie sind es!« sagte Turgenjew mit seiner hohen Frauenstimme und schenkte ihm ein naives, freudig-erstauntes Lächeln – er hatte einen langen Morgenrock an, der ihn noch größer erscheinen ließ mit seinem dunklen, dichten, graumelierten Bart, der berühmten Löwenmähne, dem aufmerksamen, einladenden Blick der dunkelgrauen Augen mit den grünlichen Fünkchen – »Viel, sehr viel habe ich gehört von Ihnen und Ihrem Roman, obwohl ich noch nicht das Glück hatte, ihn zu lesen«, sagte er, während er dem Besucher voranging in das geräumige Arbeitszimmer mit dem großen von Büchern und Manuskripten überhäuften Schreibtisch und dem breiten Sofa, auf dem eine unordentlich zusammengelegte Decke und Kissen lagen – »Nun lassen Sie sich erst einmal richtig ansehen« – Turgenjew trat ein paar Schritte von seinem Besucher zurück wie ein Maler, der sein Bild begutachtet, und hielt sekundenlang die Lorgnette mit Goldkettchen vor seine Augen – »Ja, jetzt sind Sie wirklich ein echter Schriftsteller, mit so einer feinen Chemisette« – die auf dem Grund seiner Augen verborgenen grünlichen Fünkchen glühten kurz auf und verloschen sogleich – sein Gesicht nahm wieder einen freudigen und aufmerksamen Ausdruck an – »Machen Sie es sich doch bequem« – er schob dem Gast einen Stuhl hin, während er sich selbst in einen Sessel setzte, die Beine übereinanderschlug und leicht mit dem langen schmalen Pantoffel wippte, der ebenso bestickt war wie sein türkischer Morgenrock – diese Chemisette hatte er mit Anna Grigorjewna in Dresden ausgesucht, sie war ihnen als etwas Besonderes erschienen, weil sie leicht abgerundete Kragenecken hatte, sie meinten, das müsse modisch sein, und gestern hatte Anna Grigorjewna sie lange gebügelt – er nahm Platz und sah sich unruhig um, da er nicht wußte, wo er seinen Hut ablegen sollte – war er hergekommen, um sich das anzuhören? – hatte er sich dazu vor dem Oberkellner erniedrigt, daß er hier als jämmerlicher Bittsteller dasaß, obwohl er um gar nichts bat? – gleich würde er wohl auch noch anfangen, seinen Cancan zu tanzen – er stand jetzt am Rande des Abgrunds, ein Schritt noch, und er würde ins Bodenlose stürzen – immer noch sah er sich unruhig um – »Entschuldigen Sie, daß bei mir eine gewisse Unordnung herrscht, wie die Deutschen das nennen«, sagte Turgenjew, der den Blick seines Besuchers aufgefangen hatte – »Sie sind doch wohl längst ein Deutscher, was haben Sie es also nötig, sich zu entschuldigen«, rutschte es ihm heraus, ein Lapsus, wie er ihm immer wieder passierte, wenn er sich eine spöttische Bemerkung erlaubte, doch dadurch geriet er nur noch mehr in Fahrt – der Schritt zum Rand des Abgrunds war getan – »Und Ihr Roman ist auch durch und durch deutsch« – jetzt sauste er abwärts, ein Zurück gab es nicht mehr – in Turgenjews Gesicht zuckte es merkwürdig, er lehnte sich im Sessel zurück und hob die Lorgnette vor die Augen wie einen Schild, während der Besucher seinen Hut auf den zwischen ihnen stehenden weißen, mit Goldintarsien verzierten Kartentisch legte und sich vorneigte wie ein Fechter, der den Degen aus der Scheide zieht – »Ihre Worte werte ich als Lob«, parierte Turgenjew, »eine Literatur, die Goethe und Schiller hervorgebracht hat ...« – doch der Besucher machte einen Gegenausfall: »Sie haben Rußland niemals gekannt und verstanden, Ihr Potugin, dieser erbärmliche Seminarist ...« – jetzt neigte sich Turgenjew vor – »Offenbar verfügt Rußland über sehr wirksame Mittel, einen verbohrten Patriotismus anzuerziehen« – womit er natürlich auf die Katorga anspielte – das war ein Schlag unter die Gürtellinie – »Sie sollten nach Paris fahren, sich dort ein Teleskop kaufen und Rußland damit betrachten« – irgendwo hatte er kürzlich von einem in Paris installierten Teleskop gelesen, und jetzt schlug er kurzerhand damit zu – Turgenjew lehnte sich wieder im Sessel zurück und suchte Deckung hinter seiner als Schild benutzten Lorgnette – sie fochten mit Degen und verpaßten einander, zu beiden Seiten des runden goldverzierten Kartentisches sitzend, schmerzhafte Hiebe –

dieses Duell ging in die russische Literaturgeschichte ein als ideologische Auseinandersetzung zwischen Dostojewski und Turgenjew über das Verhältnis zwischen Rußland und dem Westen – gut hundert Jahre später entbrannte der mit dem Machtantritt der Arbeiter und Bauern für immer erloschen geglaubte Streit zwischen Slawophilen und Westlern mit neuer Kraft – der Mann mit dem harten, durchdringenden Blick und den beiden kummervollen Stirnfalten, den man unter Bewachung zum Flughafen von Frankfurt am Main gebracht hatte, einer Stadt, durch deren Straßen das Ehepaar Dostojewski auf der Durchreise spazierengegangen war – dieser Mann, der als Dauergast im Ausland eintraf und sich jenseits des Ozeans in einem der nördlichen Staaten niederließ, dessen Natur ihn nur entfernt an den Schnee und die Wälder seiner Heimat erinnerte, weswegen ihm diese viel schöner erschien, als sie in Wirklichkeit war oder jemals sein konnte – wie einen Staffelstab packte dieser Mann den Griff des Schwertes, mit dem über hundert Jahre zuvor Turgenjews Besucher gekämpft hatte, und teilte, die Luft zerschneidend, erbittert Hiebe nach rechts und links aus – er stand inmitten einer hohen Schneewehe vor seinem mit Stacheldraht eingezäunten Anwesen – er stand aus irgendeinem Grund ohne Pelzmütze da, wie auf einem Friedhof, der Wind zauste sein ergrautes und gelichtetes glattes Haar, sein gleichfalls ergrauter Bart war vom Frost bereift, kleine Eiszapfen hingen von ihm herab – was er zerhieb, schien allerdings nur Luft zu sein – seine Landsleute schliefen friedlich oder sahen sich die Fernsehübertragung eines internationalen Eishockeyspiels an, wobei sie der Nationalmannschaft ihres Landes die

Daumen hielten und ihren Patriotismus ordentlich mit Wodka aus kleineren und größeren Gläsern stärkten – »Sascha, hau'n rein!« schrien sie mit hochroten Gesichtern, schlugen vor Begeisterung oder Ärger die Hand bald auf ihr eigenes, bald auf des Nebenmanns Knie, und bezecht sahen sie sich dann die Abendschau an, in der unter anderem der in einer Schneewehe stehende schwertschwingende Mann zu sehen war und als Abtrünniger und Abschaum bezeichnet wurde – sie stießen einander den Ellbogen in die Seite und fragten: »Kolja, du, Kolja, weißt du nicht, warum sie den nicht erschossen haben, he?« – morgens dann, nachdem sie erst einmal am Kiosk Bier getankt hatten, kauften sie die *Swjosdotschka* und die *Komsomolotschka*[18], wie sie die Zeitungen zärtlich nannten, und fuhren, sie liebevoll auf den Knien glättend, ohne sich zu beeilen, zur Arbeit – auf den Bau oder in die Fabrik, wo sie noch einmal den spannenden Verlauf der gestrigen Hockeyschlacht besprachen, und in der Mittagspause, oder auch vorher schon, feuchteten sie sich wieder die Kehlen an – der Mann, der das Schwert wie einen Staffelstab aus den Händen Dostojewskis übernommen hatte, hieb damit erbittert um sich, klagte den Westen an, Rußland und die Wege seiner weiteren Entwicklung, die voll und ganz auf seinem Nationalgeist basieren müßte, nicht zu verstehen – er und seine Gesinnungsgenossen kreuzten die Klingen mit denen, die, was

[18] Diminutive von *Swesda* = »Stern«, Armeezeitung, und *Komsomolskaja prawda* = »Komsomol-Wahrheit«, Zeitung des kommunistischen Jugendverbandes. (Anm. d. Übers.)

Rußland und seine Zukunft betraf, einen anderen Standpunkt vertraten – unter ihnen tat sich besonders ein Mann mit schütterem grauem Haar, sanftem Blick der grauen Augen und weichen Gesichtszügen hervor – der unbestimmte Ausdruck von Gesicht und Augen dieses Mannes wurde mehr als aufgewogen durch das energische Gesicht seiner dunkelhaarigen und dunkeläugigen Frau, die ein scharf geschnittenes Kinn und ein selbstsicheres Auftreten hatte – von ihr war ihm das Schwert gereicht worden, und wenn es ihm aus der Hand fiel, gab sie es ihm wieder, umschloß sogar seine Hand mit der ihrigen, damit ihr das Schwert nicht wieder entfiel, und lenkte ihre Bewegung, wie man es manchmal bei einem Kind macht, dem man das Schreiben beibringt – sie standen beide auf dem Festungswall einer alten russischen Stadt, in der sie gezwungenermaßen lebten, golden leuchteten hinter ihnen die Kuppeln und weiß die kürzlich restaurierten Türme der alten Kirchen und Kathedralen mit ihren Apsiden und Rundbögen, doch ihre Blicke waren gen Westen gerichtet – der Blick des Mannes hingegen, der am anderen Ende des Erdballs in einer Schneewehe stand, war dem Osten zugewandt, seiner Heimat – ein Paradoxon der Geschichte, das eigentlich gar keines war, da alles mit Vorbedacht geschah – der Mann und die Frau, die auf dem Festungswall standen, hielten kein Schwert, sondern einen Fahnenschaft – das bis auf den Erdboden herabreichende riesige weiße Tuch wehte im Wind, und abwechselnd erschienen darauf bald schwarze, bald rote, bald gelbe Aufschriften, die appellierten, warnten, forderten – wie die beiden da standen und mit vor- und leicht hochgestreckten Armen die Fahne hielten, erinnerten sie irgendwie an die Skulpturengruppe vor dem Eingang der Moskauer Volkswirtschaftsaustellung, die die Diktatur der Arbeiterklasse und der Bauernschaft und zugleich die Produktion des »Mosfilm«-Studios symbolisiert – ein bronzener Arbeiter mit Muskelpaketen wie aus einem Anatomieatlas und eine Kolchosbäuerin mit Kopftuch, die die erhobenen Hände aneinanderdrücken, um ihre schweren Werkzeuge, Hammer und Sichel, halten zu können – irgendwelche unsichtbaren, aber furchterregenden und gnadenlosen Hände versuchten den Mann mit den ausdruckslosen Gesichtszügen und die energische Frau mit dem dunklen Teint vom Festungswall herunterzuzerren, doch sie schwenkten weiter das Fahnentuch, auf dem, wie auf einer Leuchtreklame, abwechselnd verschiedenfarbige Aufschriften aufleuchteten – der Arm des Mannes war blaß, in der Ellenbeuge traten die Venen hervor, seine Herztätigkeit war unregelmäßig, und er bekam häufig Injektionen – seine Landsleute haßten ihn noch mehr als jenen, der sich jetzt am anderen Ende der Welt verschanzt hatte, und hielten ihn für einen Juden – bis zu seiner Zwangsübersiedlung in die alte russische Stadt hatte er das ganze Land bereist und alle möglichen Forderungen erhoben, er durchbrach Milizkordons, angestiftet von seiner Frau, mit deren Hilfe er an den überraschendsten Orten und in den überraschendsten Momenten diese riesige weiße Fahne mit wechselnden Aufrufen entrollte, versammelte Ausländergrüppchen um sich, die eine unverständliche, suspekte Sprache sprachen und mit Fotoapparaten und Filmkameras behängt waren, mit denen sie bestimmt schon Aufnahmen aller Schleusen des Moskwa-Wolga-Kanals sowie aller Bahnhöfe der Hauptstadt und der Schlangen beim Apfelsinen- und Fleischverkauf gemacht hatten, um diese dann zu militärischen Zwecken zu nutzen und Lügenmärchen über unser Land zu verbreiten – »Hände weg!« wollten seine Landleute ihnen zurufen, die Schlange standen oder die Theaterkassen umlagerten, darauf harrend, daß sie aufmachten, sie wußten nur nicht, ob solches gestattet war, denn eine diesbezügliche Anordnung gab es nicht, also schwiegen sie, und dieses Schweigen, gehässig und feindselig, wurde von dem seine Fahne schwenkenden und Kordons durchbrechenden Mann als das Schweigen von Versklavten hingestellt, und das schrien auch ein, zwei Dutzend andere Leute, die ebenso Fahnen schwenkten, nur kleinere – sie kreuzten ebenfalls überraschend und ebenfalls an den überraschendsten Orten auf und entrollten ihre kümmerlichen Fähnchen, wobei sie Ausländer um sich versammelten, denen sie Staatsgeheimnisse verrieten – sie verschacherten ihre Heimat – bestimmt waren sie alle zottelhaarig und langnasig – die sollten sich doch wegscheren in ihre Heimat und dort ihre Fahnen schwenken, allen voran dieser Anführer, dessen Frau einen unrussischen Familiennamen trug, er selbst war ja auch so einer, und überhaupt sollte man die sonstwohin verfrachten oder, besser noch, ganz weg mit diesem ganzen Pack, dem langnasigen, es war also völlig unnötig, daß jener, der sich am anderen Ende der Welt verschanzt hatte, mit übertriebenem Eifer seinen Degen schwenkte – sein Land entwickelte sich auch ohne seine Hilfe und seine Ratschläge in der notwendigen Richtung, auf der Grundlage seines Nationalgeistes – während sich die Dostojewskis ihrem Haus näherten, wurden ihre über das Kopfsteinpflaster gleitenden Schatten länger, denn die Entfernung zwischen der Kastanienallee, wo Fedja auf der Bank gesessen und auf Anna Grigorjewna gewartet hatte, und der Pension war beträchtlich, die Sonne brannte durch den gelben Berliner Gehrock heiß auf seinen Rücken – am Morgen nach Fedjas Besuch im Hotel, als sie sich gerade erst anschickten, ihren Tee zu trinken, brachte ihnen Marie eine Visitenkarte aus fester Glanzpappe, auf der in kalligraphischer Schrift der nur allzu bekannte Familienname stand – natürlich hatte Turgenjew diese frühe Stunde absichtlich gewählt, Höflichkeit, die verletzen sollte, wer macht denn zu so früher Stunde Besuche? – hatte er im Hotel womöglich vor ihm Cancan getanzt? – einen Moment lang sah er das Gesicht Turgenjews mit der üblichen gespielten Verwunderung vor sich – nein, dort im Hotel hatte er dieses Gesicht dazu gebracht, seinen gewohnten Ausdruck zu ändern – Turgenjews Augen hatten ihn durch die Lorgnette mit dem Ausdruck angespannter Aufmerksamkeit, des Argwohns und sogar heimlicher Angst betrachtet, als befürchte der Besitzer dieser Lorgnette, gleich von einem tollwütigen Hund gebissen zu werden – dieser Gedanke gefiel ihm so gut, daß er lächeln mußte – in den Zimmern war es kühl, dämmrig und sogar still – die Schmiede aßen wahrscheinlich zu Mittag, und die Kinder, die die ganze Nacht und den Morgen über geschrien hatten, waren wohl eingeschlafen – er wollte schon den schweren Gehrock ausziehen und sich hinlegen, doch Anna Grigorjewna öffnete die Fenster und die Läden, die sie sorgfältig zu schließen pflegte, wenn sie das Haus verließen, weil sie Angst hatte vor Dieben, Bränden und

Gewitter, und zusammen mit dem Duft der blühenden Robinien und dem grellen Sonnenlicht drang Straßenlärm herein – Getrappel von Pferdehufen auf dem Kopfsteinpflaster, abgerissene laute Sätze, die sich die Frauen im Hof zuriefen, Gepolter von Fuhrwerken, mit denen Wasser oder Bier durch die Stadt gefahren wurde – nein, jetzt konnte er sich das nicht erlauben, er mußte hingehen – genötigt von seinem fordernden Blick, langte Anna Grigorjewna seufzend nach dem Beutelchen und entnahm ihm ein paar Goldmünzen – mit vor Ungeduld zitternder Hand steckte er sie in seine Westentasche, zwar hatte er eine Geldbörse, aber so ging es schneller, und vor allem spielte es sich auf diese Art leichter, weil er nie wußte, wieviel er noch hatte, und deshalb unbeschwerter setzen konnte, ohne von Gedanken an das ihm verbleibende Geld abgelenkt zu werden und folglich ohne unnütze Berechnungen anzustellen, die beim Spielen störten – er ging leicht vorgeneigt, sein Schatten glitt ihm nach, da die Sonne jetzt von vorn schien – mehrmals täglich lief er zwischen Pension und Kurhaus hin und her, wenn er vom kürzesten Weg abwich, dann nur, um bei der Post vorbeizugehen, doch Geld von Katkow blieb aus, oder, wenn er gewonnen hatte, um auf dem Rückweg vom Kasino in einem Geschäft oder auf dem Markt Obst und Blumen für Anna Grigorjewna zu kaufen – alles in allem ging es aufwärts, trotz der Parfumdüfte, die gewisse immer nur einzelne Münzen setzende Damen, zufällige Kasinobesucherinnen, verströmten, trotz dieser Jidden und Polacken, die ihm dauernd die Sicht nahmen – es ging aufwärts, auch wenn er ab und an strauchelte oder plötzlich absackte und dann jedesmal dachte, das sei das Ende, bis sich herausstellte, daß es nur ein kleiner Hügel, Teil des langen Aufstiegs zum Gipfel war, der stetig näher rückte – manchmal sah er ihn schon in einer Wolkenlücke – von jungfräulichem Schnee bedeckt, glänzte er silbern unter der Sonne, leuchtete manchmal sogar golden auf – alle blieben sie unten zurück – Turgenjew, Gontscharow, Panajew, Nekrassow – sie hatten sich an den Händen gefaßt und tanzten am Fuße des Berges einen kläglichen Reigen, in stinkenden Bodennebel gehüllt, hektisch, von hohler Eitelkeit verzehrt – den Kopf in den Nacken gelegt, beobachteten sie neiderfüllt, wie er zum unerreichbaren Gipfel emporstieg – ihnen war dieses überwältigende Gefühl des Befreitseins, das ihn beherrschte, unbekannt, genausowenig kannten sie die Leidenschaft, die ihn diesen Weg gehen ließ – es war seine Pflicht, er mußte diese Grenze überschreiten – wenn er sich dem Kurhaus näherte, begann er kleinere Schritte zu machen, damit es von der Pension bis dorthin genau 1457 wurden – nach seinen bisherigen Berechnungen brachte ihm diese Zahl am meisten Glück – immer wenn er sie einhielt, gewann er – das konnte auch kaum verwundern – die letzte Ziffer war die Sieben, und die Quersumme betrug siebzehn – wieder eine Sieben – diese Ziffer hatte etwas Besonderes an sich – sie war nicht nur ungerade, sondern auch durch nichts teilbar als durch sich selbst, und zwar nicht nur in ihrer reinen Form, sondern auch bei den meisten zweistelligen Zahlen – 17, 37, 47, 57, 67 und so weiter – eine ganz besondere Ziffer – den letzten Schritt vor den Stufen, die zur Tür des Kasinos führten, mußte er ganz klein halten – kein Schritt, sondern ein Schrittchen, doch heraus kam schließlich seine

Zahl – 1457! – nachdem er die große Halle mit dem Springbrunnen, an dem einige lebhaft plaudernde Franzosen standen, durchquert hatte, stieg er die breite Treppe mit den geschmacklosen antiken Figuren zum ersten Stock hinauf – er begann immer mit dem mittleren, dem größten Saal – sein Herz klopfte wie vor einem Rendezvous, mit der Hand befühlte er durch den Stoff der Weste seine Münzen, um sich zu vergewissern, daß er sie nicht verloren hatte – er drängte sich durch die Menge der den Tisch umstehenden Schaulustigen und rief, er setze drei Goldmünzen, eine ungerade Zahl also, auf Impair – jetzt war er ruhig, vor allem war es ja darauf angekommen, sich durch die Menge dieser fremden und feindseligen Leute zu zwängen, ohne daß ihm jemand zu nahe trat oder er jedenfalls diesen Eindruck hatte – nicht weniger wichtig war es, das Spiel zu eröffnen, das heißt, sich zu erklären – er bemühte sich, seinen Einsatz und seine Kondition laut auszurufen – er hatte das Gefühl, in diesem Moment wendeten sich die Blicke aller um den Tisch Sitzenden und Stehenden ihm zu und alle dächten, er spiele des Geldes wegen, also auf Grund einer Notlage, deshalb war er darauf bedacht, seine Ansagen möglichst lässig und laut zu machen, doch klangen sie ihm zu bittend oder, im Gegenteil, zu herausfordernd, so daß man wiederum meinen konnte, außergewöhnliche Umstände zwängen ihn zu spielen – das war nun überstanden, er gewann, und zwar mit der Sieben – doppeltes Glück und ein gutes Vorzeichen – er gewann drei Goldmünzen und setzte sechs wieder auf Impair, und erneut gewann er, diesmal mit der Neun – es hieß nun auf Manque übergehen, da Passe schon dreimal hintereinander gekommen war – er setzte fünf von den neun gewonnenen Münzen – er gewann ein ums andere Mal – auf Passe, auf Manque, auf Rouge und Noir und sogar zweimal auf Zéro – der Münzenberg wuchs vor ihm empor – jemand schob ihm dienstfertig einen Stuhl heran, doch er setzte sich nicht, um nicht den Gang des Spiels zu ändern, wahrscheinlich nahm er den Stuhl gar nicht bewußt wahr, begriff nicht, was er damit sollte – alles drehte sich in einem wilden Wirbel um ihn, er sah nichts als den Münzenhaufen vor sich und die herumsausende Kugel, die in die Fächer fiel, auf die er getippt hatte – er holte sich immer neue Münzen, die er zusammenscharrte und auf seinen rötlichgolden glänzenden Haufen packte – der Gipfel des Berges, urplötzlich tauchte er über den unten zurückgebliebenen Wolken auf – er befand sich jetzt in solcher Höhe, daß von der Erde nichts mehr zu sehen war – alles ringsum war bedeckt von weißen Wolken, und er schritt über sie hin – seltsamerweise trugen sie ihn, hoben ihn sogar empor zum unbezwungenen rötlichgoldenen Gipfel, der ihm vor kurzem noch unerreichbar geschienen hatte – »Sie haben meine Münze genommen, mein Herr, geruhen Sie, sie mir zurückzugeben!« hörte er eine unangenehme knarrende Stimme – die den Tisch umringenden Spieler und Schaulustigen kreisten immer noch um ihn herum, als führen sie Karussell – jemand zog ihn am Ärmel – ein bartloser Herr mit flachem Gesicht und schwarz gefärbtem Schnurrbart sah ihn aus vortretenden farblosen Augen starr an – er sprach französisch, aber mit einem unschönen polnischen oder deutschen Akzent – das Karussell kam plötzlich zum Stehen, trägheitsbedingt blieben die darauf Fahrenden jedoch vorgeneigt – sie erstarrten zu einem lebenden Bild, aber ihre Blicke waren auf ihn gerichtet, und selbst die zu beiden Seiten des Tisches sitzenden Croupiers hoben ihre leidenschaftslosen Gesichter – er begriff auf einmal, daß dieser Herr ihn meinte und daß er auf irgendeine Weise eine Münze des unbekannten Herrn eingestrichen haben mußte, nur, was konnte das, gemessen an seinem raschen Aufstieg zu dem Gipfel, der sich vor ihm aufgetan hatte, für eine Bedeutung haben? – er murmelte eine Entschuldigung und sagte, das sei aus Zerstreutheit passiert – er schwebte immer noch in den Wolken und begriff nicht, was um ihn vor sich ging – »Ich glaube, das war keine Zerstreutheit«, sagte der Unbekannte mit seiner knarrenden Stimme scharf, betrachtete ihn unverändert herausfordernd und hauchte ihm Beefsteak- und Rotweingeruch ins Gesicht – einen Augenblick lang schien ihm, das alles habe er längst vorausgesehen, und er sauste jählings den Berg hinunter, dorthin, wo aus dem sumpfigen Nebel rasch näher kommende bekannte Gestalten heraustraten – noch immer drehten sie sich in ihrem sonderbaren Reigen, jetzt war er freilich nicht mehr kläglich anzusehen – sie hielten sich an den Händen und sangen irgendwelche Couplets, und in den Pausen dazwischen schrien sie etwas, und diese Worte galten ihm, ihren Sinn konnte er nicht verstehen, aber allem Anschein nach verspotteten sie ihn, und an dem Reigen beteiligten sich jetzt noch andere – ihre Gesichter waren vorerst nicht zu erkennen, eines allerdings gewann bereits Konturen – purpurrot mit Luchsaugen, dazu die Gesichter von Frauen – nicht etwa derer, die durch die vergitterten Fenster des Wachlokals geblickt hatten? – er murmelte wieder etwas vor sich hin und versuchte wohl auch, dem Unbekannten die Münze zu geben, doch der war nicht mehr da – er sah nur seinen sich entfernenden Rücken, schon weit weg hinter dem Ring, den die um den Tisch herumstehenden Spieler und Schaulustigen bildeten – »Schuft«, sagte er, weil man das wahrscheinlich in solchen Situationen sagte, aber er sprach dieses Wort auf russisch aus und dazu so leise und undeutlich, als adressiere er es an sich selbst – die Hände auf dem Rücken, entfernte sich der Unbekannte siegesbewußt, mit gemessenem hartem Schritt wie der abtretende Komtur[19] – eine merkwürdige Stille – die allerdings bereits endete – war im Spielsaal eingetreten – das gelbe Licht des Kristallüsters durchdrang nur mit Mühe den Tabaksqualm, die Saalecken verloren sich im Halbdunkel – plötzlich, als hätte er Watte aus den Ohren genommen, hörte er Stimmen, Husten – die Leute gingen umher, unterhielten sich, die Croupiers riefen die Resultate aus, die Spieler ihre Einsätze und Konditionen – er setzte auf Passe und gewann, doch das glich bereits der Flucht eines tödlich Verwundeten – beim nächsten Einsatz verlor er, beim folgenden gleich noch einmal, er setzte auf Zéro, und schlagartig schrumpfte sein Münzenberg auf kaum mehr als die Hälfte – sein Absturz ging weiter – Turgenjews Gesicht, das jetzt eine ungewöhnliche Größe angenommen hatte, drückte gespielte Verwunderung und Anteilnahme aus, seine stattliche Gestalt stach heraus aus dem Reigen, den er

[19] Anspielung auf Wolfgang Amadeus Mozarts Oper *Don Giovanni* und Alexander Puschkins Drama *Der Steinerne Gast*. (Anm. d. Übers.)

mit komischen Liedchen begleitete, die anderen tanzten ihrerseits ausgelassen und sangen – das Tageslicht überraschte ihn, als er ins Freie hinaustrat – er hatte gedacht, es sei längst Nacht – Familienväter und ihre Frauen, die Kinder an der Hand, waren auf dem Heimweg von der Kirche oder einem Spaziergang, Fiaker und Kutschen fuhren die Straße entlang, eine schwarze Katze überquerte sie vor ihm, und aus abergläubischer Gewohnheit blieb er stehen, aber dann erkannte er, daß es ein Bologneser war, und außerdem konnte es ohnehin nicht mehr schlimmer kommen – »Schuft«, sagte er auf französisch zu dem Unbekannten und schlug ihm mit voller Wucht in das flache, trogähnliche Gesicht mit den großen abstehenden Ohren, daß seine Hand weh tat – der Unbekannte wankte und ging langsam zu Boden – die Spieler und die Schaulustigen traten auseinander, um ihm Platz zu machen, dann umringten sie ihn, während sich der Rest auf den Angreifer stürzte, um ihn aus dem Saal zu befördern, doch in rasender Wut schleuderte er sie alle beiseite, trat zum Tisch und sprengte auf Zéro die ganze Bank – er stand auf dem Gipfel des Berges, und so weit das Auge reichte, breiteten sich unüberschaubare Räume aus mit spielzeugartigen Städten und dunkelgrünen Wäldern, die aus dieser Höhe wie niedriges Gesträuch wirkten, und in der Ferne war das uferlose blaue Meer zu sehen, das mit dem ebenso blauen Himmel verschmolz – noch besser hätte er getan, ihn mit dem Handschuh ins Gesicht zu schlagen und, ruhig seine Einsätze ausrufend, weiterzuspielen, als wäre nichts geschehen, oder ihn zum Duell zu fordern – in der Morgenfrühe gingen sie in der Umgebung Baden-Badens, irgendwo in einer Schlucht hinter dem Alten Schloß, aus einer Entfernung von zwanzig Schritt aufeinander zu – er zielte dem Unbekannten genau auf die Brust, aber im letzten Moment, bevor er abdrückte, verzieh er ihm großmütig, der Unbekannte fiel auf die Knie und küßte ihm die Füße, und er richtete ihn auf – der Mann im schwarzen Anzug, ohne den in der Garderobe vergessenen Hut, ging die Lichtentaler Allee entlang, ohne die Passanten zu bemerken, gestikulierte und redete hin und wieder laut mit sich selbst – der warme Sommerwind, der vom Schwarzwald oder vom Thüringer Wald her wehte, zauste sein sich lichtendes Haar, wodurch die berühmten Stirnhöcker noch stärker hervortraten – der Zug stand in Bologoje, dem zweiten und letzten Halt des Tageszuges Moskau–Leningrad. Türen klappten, frostige Dampfschwaden schlugen herein, als ein paar junge Burschen und Soldaten ohne Mantel hinaussprangen und über den verschneiten Bahnsteig zu dem einzigen geöffneten, von einer Petroleumlampe erhellten Kiosk rannten, der hier am Ort zubereitete Piroggen anbot und Bier, dessen Farbe an konzentrierten leicht schäumenden Urin erinnerte – während der Fahrt hatte ein dichter Schleier aus Eis oder Schnee die Wagenfenster überzogen, doch durch diesen gräulichweißen Belag schimmerten wie durch geschlossene Lider die Lichter des Bahnhofs und die Schatten der vorbeilaufenden Leute – irgendwo nordwestlich, über hundert Kilometer von hier entfernt, lag unter dem doppelten Deckmantel von Nacht und Eis der Ilmensee, drei- oder vieleckig wie alle Seen, da in jede seiner Ecken ein Fluß mündete, und auf einem Hügel an seinem Nordufer stand die alte Stadt Nowgorod mit ihren Glockentürmen und Kirchen aus dem 10. oder 11. Jahrhundert, streng und stabil gebaut, mit hohen, schmalen, schießschartenähnlichen Fenstern und goldenen Kuppeln, gekrönt von durchbrochenen achtendigen Kreuzen, die die Orthodoxie symbolisieren – auf der blauen Fläche des Sees, in der sich leichte weiße Wolken spiegelten, zog gemächlich ein Dampfer dahin, seine Radfinger schlugen das Wasser schaumig, Spritzer flogen zum Deck empor, auf das das Ehepaar Dostojewski mit seinen beiden Kindern getreten war, um den herrlichen Sommermorgen zu genießen. Fjodor Michailowitsch betrachtete die sich entfernenden Kuppeln der Nowgoroder Kathedralen, verneigte sich und schlug mit drei Fingern so inbrünstig ein Kreuz nach dem anderen, daß auf seinem Jackett, das ihm etwas von den in letzter Zeit abgemagerten Schultern hing, Druckstellen zurückblieben, seinem Beispiel folgend, bekreuzigte und verneigte sich auch Anna Grigorjewna, die ein schwarzes Reisetuch umgebunden hatte, und dann bekreuzigten beide ihre Kinder, Ljubotschka und Fedenka, ihre teuren Kinderchen, wie sie sie in Briefen immer nannten, denn Sonetschka, die Anna Grigorjewna in Baden-Baden unter dem Herzen getragen hatte, war bald nach ihrer Geburt in Genf gestorben – der Dampfer, der den mit Goldschrift auf die halbrunde Radabdeckung gemalten Namen »Recke« trug, durchquerte den Ilmensee, bog, am Südufer angelangt, in die Mündung der Lowat und fuhr langsam flußaufwärts, zunächst auf der Lowat, dann auf der in diese mündenden Polist und schließlich auf der Pererytiza, er folgte den gewundenen Flußläufen, umschiffte vorsichtig Sandbänke, warnte mit seiner Sirene entgegenkommende Lastkähne – in der Ferne tauchten die Glockentürme und Kirchen von Staraja Russa auf, und wieder bekreuzigten und verneigten sich die Dostojewskis einige Male und bekreuzigten auch ihre Kinder – auf dem Kathedralenplatz, unweit der Auferstehungskirche, stand das Haus Gruschenka Menschowas[20] mit dem süß geformten kleinen Zeh und der ebenso süßen Stimme, der von ihrem Bräutigam, einem Oberleutnant, sitzengelassenen Gruschenka, die mit der an ihren Herzensangelegenheiten Anteil nehmenden Anna Grigorjewna eine enge Freundschaft verband, was Fjodor Michailowitsch bisweilen eifersüchtig machte – jener im Roman in ihrer frühen Jugend von einem Offizier entehrten Gruschenka, die später ein wollüstiger reicher Kaufmann unter seine Fittiche nimmt und aus deren Haus in der Nacht des schrecklichen Mordes Dmitri Karamasow durch Gärten und Hinterhöfe zum Hause seines Vaters, Fjodor Pawlowitschs, gelangt – in diesem Eckhaus mit einem großen eingezäunten Garten und einem Badehäuschen verbrachten die Dostojewskis jeden Sommer, und manchmal kamen sie auch im Winter aus Petersburg hierher – die Sackgasse hinter dem Haus war mit Disteln und Brennesseln zugewuchert, und unter diesen Disteln fand Dostojewski eine Schmetterlingslarve, besser gesagt, eine Puppe mit rätselhaftem Innerem, die einen widerlich süßlichen Geruch beginnender Verwesung ausströmte – möglich, daß er seinen Fund sogar mit nach Hause nahm – die Zimmer waren mehrfach unterteilt, so daß es im Haus zahlreiche

20 Vorbild Gruschenka Swetlowas aus dem Roman *Die Brüder Karamasow*. (Anm. d. Autors.)

Kämmerchen, Zwischengeschosse, Treppen und alle möglichen stillen, verschwiegenen Winkel gab – unter besagten Disteln findet Fjodor Pawlowitsch Karamasow die bloß mit einem hanfleinenen Hemd bekleidete Lisaweta Smerdjaschtschaja – es hatte etwas Süßlich-Herabwürdigendes an sich, daß Dostojewski dem alten Karamasow seinen Namen, Fjodor, gab – in dessen Haus, mit den verwinkelten Zimmern und einer nach oben führenden Treppe, tobt zwischen Vater und Sohn die wegen Gruschenka entbrannte Bataille – Aljoscha, Iwan und der Diener Grigori halten bald Dmitri, bald Fjodor Pawlowitsch fest, der in rasender Wut »Packt ihn, packt ihn!« schreit – Dmitri reißt sich los, stürzt, Trennwände, Möbel und Vasen umwerfend und demolierend, auf den Vater zu, schlägt ihn mit einem furchtbaren Hieb zu Boden und traktiert seinen Kopf mit Fußtritten – »Hat der ihm eine gekracht!« hörte ich hinter mir jemanden sagen – ich riß mich von der Leinwand los und drehte mich um – da tranken welche reihum aus einer Flasche, das Geglucker ging weiter bis zum Ende der Vorstellung, und wie Blubbern in einem stehenden Gewässer war von verschiedenen Ecken des Zuschauerraums bald Gekicher, bald Gelache zu hören, vor allem bei Iwans Gespräch mit dem Teufel über den Glauben und die Unsterblichkeit der Seele, und genauso soffen sich jene mit Bier und Wodka voll, die an gewerkschaftlich organisierten Exkursionen »Dostojewski in Staraja Russa« teilnahmen, am Ziel angekommen, badeten sie in der Pererytiza, schwammen, schon kräftig alkoholisiert, bis an die Schraube des Dampfers heran, um sich auf den Wellen schaukeln zu lassen – er schritt in seinem Arbeitszimmer in Staraja Russa, von dem aus sowohl das Viertel um die Kathedrale als auch die Ufer- und eine zu ihr hinführende Nebenstraße zu sehen waren – denn wie stets wohnte er in einem Eckhaus, und die Fenster des Arbeitszimmers lagen auch noch direkt an der Hausecke –, auf und ab und diktierte, immer wieder zu der in den Strahlen der untergehenden Sonne golden glänzenden Kuppel der Mariä-Entschlafens-Kirche hinüberblickend, Anna Grigorjewna den *Großinquisitor* – der furchterregende Richter im schwarzen Gewand öffnet kettenklirrend die schmiedeeiserne Tür, hinter der sich der Gefangene mit seinem in zweitausend Jahren nicht vermoderten Gewand und der Dornenkrone befindet – auf die Erde zurückgekommen, die ebenso sündhaft ist wie in jenen fernen Zeiten, mußte er aufs neue die Bitternis erfahren, nicht verstanden und abgelehnt zu werden, und war wieder dazu verurteilt, das Martyrium auf sich zu nehmen und fremde Sünden zu sühnen (nicht seine eigenen?), wobei er den Menschen Werke und Leiden in einem Maße abverlangte, zu dem er allein fähig war – den vollen philosophischen und religiösen Gehalt des *Großinquisitors* hat später Rosanow[21] analysiert, den einer seiner Zeitgenossen als, gemessen am Verfasser der *Brüder Karamasow*, kongenial bezeichnete – mag sein, daß sich diese Kongenialität in der ungewöhnlichen Konfiguration seines Schädels äußerte, der die Form eines von Vielecken gebildeten Konus hatte (daher kongenial), möglicherweise auch in Rosanows sonderbarem und aufschlußreichem Schicksal, wurde er

21 Wassili Wassiljewitsch Rosanow (1856–1919), Schriftsteller, Publizist und Philosoph. (Anm. d. Übers.)

doch der Ehemann jener Frau, mit der Dostojewski seinerzeit durch Italien gereist war und anschließend die Schiffskajüte teilte, nachdem er ihr die Erlaubnis abgebettelt hatte, ihr Freund zu sein, lediglich ihr Freund und Vertrauter in ihrer Affäre mit diesem nichtswürdigen Spanier, der sich als Baron oder Vicomte ausgab und sich von ihr trennte wie von einem überflüssigen Gegenstand, einem abgetragenen Kleidungsstück, der ihre Gefühle und ihren Stolz mit Füßen trat, was sie nur noch begehrenswerter machte – Dostojewski hatte allen Grund anzunehmen, daß sie das Ganze später bereute, war sie ein Jahr vor dieser unglückseligen Reise, noch in Petersburg, vielleicht nicht zu ihm in seine Wohnung in dem Eckhaus am Kanal gekommen, in der frühen Herbstdämmerung, zitternd vor Nässe und der durch Mark und Bein dringenden Kälte, mit heruntergelassenem Schleier? – eine echte Balzacsche Romanheldin –, oder waren das alles bloß viel spätere Phantasievorstellungen von ihm oder womöglich Erfindungen seiner Biographen oder gar ihre eigenen? – der Zug fuhr längst wieder, hatte Bologoje mit seinem gespenstischen, von einer Petroleumlampe erhellten Kiosk auf dem Bahnsteig weit hinter sich gelassen – der Wagen schaukelte und mit ihm alle darin sitzenden Fahrgäste, die Deckenleuchten und die Koffer, die sich mehrfach in den dunklen Fenstern spiegelten, hinter denen unsichtbare Schneeweiten vorbeiglitten, so daß ich Anna Grigorjewnas *Tagebuch* festhalten mußte, damit es nicht von dem Klapptischchen rutschte und die Zeilen nicht vor meinen Augen hüpften – nach Hause gekommen, warf sich Fedja vor Anna Grigorjewna auf die Knie, sie wich entgeistert zurück, doch er kroch ihr auf den

Knien nach und wiederholte in einem fort: »Verzeih mir, verzeih« und »Du bist mein Engel« – als sie immer weiter zur Zimmerecke zurückwich, sprang er hoch, hämmerte mit den Fäusten erst an die Wand, schlug sich dann gegen den Kopf, und das sah dermaßen unernst, possenhaft aus, daß sie fast losgelacht hätte, aber sie befürchtete, die Wirtin würde es hören, und außerdem konnte das einen epileptischen Anfall auslösen – sie lief zu ihm hin und versuchte ihn festzuhalten – sein Gesicht war bleich, die Lippen zitterten, der Bart stand struppig ab – auf den Knien liegend, klagte er sich laut an, das Geld verspielt zu haben und sie unglücklich zu machen, doch sie vermochte die Tiefe seines Leidens und seiner Erniedrigung nicht zu ermessen, ja nicht einmal zu begreifen, sie stand bloß in der Zimmerecke und sah ihn verwundert, mit einem unangenehmen Lächeln an – machte sie sich womöglich lustig über ihn? – da sprang er wieder auf und trommelte mit den Fäusten gegen die Wand, damit sie endlich begriff, damit sie alle begriffen – sollte es die Wirtin doch wissen, sollten es doch alle wissen – rasend vor Wut hämmerte er an die Wand, aber das reichte ihnen allen wahrscheinlich nicht, denn hinter der Wand rührte sich nichts, und Anna Grigorjewna blieb in der Zimmerecke stehen – er begann im Zimmer hin und her zu laufen, stieß gegen Stühle und schleuderte sie beiseite, schlug sich die Fäuste gegen den Kopf, daß ihm die Hände weh taten – sie lief wieder zu ihm hin und versuchte ihn festzuhalten – jetzt drückte ihr Gesicht nur noch Entsetzen aus – aha, sie hatte Angst wegen des Lärms, davor, daß ihn andere mitbekämen, mehr nicht, sie schämte sich seiner! – dann sollte sie sich seiner nicht umsonst schämen! – er stieß sie weg und schrie, er werde auf der Stelle aus dem Fenster springen, obwohl er genau wußte, daß er das nicht tun würde – schwer atmend betrachteten sie einander, sie angstvoll und flehend, er haßerfüllt und mit dem Furor eines gehetzten Tiers – seine Lippen zitterten nach wie vor, sein Gesicht verzerrte ein quälender Krampf – »Fedja, Liebster!« – sie stürzte zu ihm, umfaßte seinen Kopf mit ihren Händen und schmiegte sich an ihn – alle Verletzungen und Kümmernisse, alle Bitterkeit des heutigen Tages, die sich in ihm angestaut hatte, all das stieg ihm als bittersüßer Kloß in der Kehle hoch, wie in der Kindheit, wenn seine Mutter nach einem neuerlich vom Vater veranstalteten Krach heimlich zu ihm ins Zimmer schlüpfte, mit lautlosen Schritten an sein Bett trat, sich über ihn beugte und in der Annahme, er schlafe, sacht sein Gesicht streichelte und küßte – der ihm in der Kehle steckende Kloß löste sich, zunächst dumpfes, unterdrücktes, dann lautes, erleichterndes, qualvoll-süßes Schluchzen brach aus ihm heraus – Anna Grigorjewna stützte ihn und wischte ihm mit ihrem Tuch die Tränen ab, als sie ihn zum Bett führte, zog ihm Rock und Weste aus, half ihm, sich hinzulegen, und deckte ihn zu – daß so ein ernsthafter und kluger Mensch wie ihr Mann weinen konnte, mutete sie seltsam an – es sah nach einem Anfall aus, der Krankheit, an der er litt, und heftiges Mitleid mit ihm ergriff sie, und zugleich fühlte sie Verantwortung für ihn (gegenüber wem?), als wäre er ihr Kind – er schluchzte noch ein paarmal auf, doch das war schon wie das Plätschern des Wassers am Ufer eines Sees, wenn ein Steinblock hineingestürzt ist – sie umsorgte ihn, legte ihm ein feuchtes Handtuch um den

Kopf, während er ihre Hände küßte und sie seinen Engel nannte, und dann erzählte er ihr, wobei er sich immer wieder verhedderte und den Faden verlor, was ihm im Spielsaal widerfahren war, aber sie sagte, das alles sei halb so schlimm und natürlich habe der Mann gehört, daß Fedja ihn als Schuft bezeichnete, denn sei das auch ein russisches Wort, so kenne es doch jeder, und selbst wenn er es nicht verstanden haben sollte, so hätten es bestimmt die anderen, und überhaupt wäre es besser gewesen, sich mit so einem Schuft nicht anzulegen, und er küßte wieder ihre Hände, weil er ihr jetzt doppelt dankbar war – doch nach dem Mittagessen, als sie einen Spaziergang durch die Lichtentaler Allee machten, wo zu dieser Stunde viele Leute promenierten, verfiel Fedja darauf, entgegenkommende männliche Passanten, egal ob sie allein oder in Damenbegleitung unterwegs waren, mit der Schulter zu rempeln – das flache Gesicht des Herrn mit den abstehenden Ohren, der ihn beleidigt hatte, war ihm wieder vor Augen getreten – jetzt wußte er, was er hätte tun sollen: ihm einen Stoß versetzen, ganz lässig, aber doch so kräftig, daß er hingefallen wäre oder wenigstens gewankt, jedenfalls zu spüren bekommen hätte, daß seine Dreistigkeit nicht folgenlos blieb – der Unbekannte mit dem flachen Gesicht und den vortretenden farblosen Augen war allgegenwärtig – bald tauchte er aus einer Seitenallee auf, und Fedja beeilte sich, ihm den Weg zu verlegen, bald kam er ihnen entgegen mit seinem selbstsicheren, forschen Schritt, und es galt, ihn aus dem Tritt und sich bei ihm in Erinnerung zu bringen, bald überholte er Fedja und Anna Grigorjewna, und nun hieß es ihn einholen und ihm die nötige Lektion erteilen –

Anna Grigorjewna versuchte Fedja zurückzuhalten, aber er ließ nicht davon ab, ihnen entgegenkommende biedere Deutsche zu behindern, oder lief plötzlich fremden Herren hinterher, so daß sie minutenlang unter diesen aufgeputzten Flaneuren allein blieb mit ihrem Sonnenschirm und der spitzenbesetzten Mantille, einem Geschenk ihrer Mutter, das Fedja wenige Tage später, nachdem er wieder sein Geld verspielt hatte, verpfänden würde – schließlich gelang es ihr, ihn in eine fast menschenleere Seitenallee zu ziehen, und von hier gingen sie Musik hören – über den deutschen Kurort Baden-Baden senkte sich der Juliabend herab, irgendwo in der Ferne, über dem Schwarzwald oder dem Thüringer Wald, hatten sich violette Regenwolken zusammengeballt, hinter denen es, in weiter Ferne, wetterleuchtete, während näher zur Stadt hin, auf den sie umgebenden bewaldeten Hügeln, die Backsteingebäude des Alten und des Neuen Schlosses mit ihren gezackten Türmen und dazu Ritterburgen zu erkennen waren – ein paar Tage später würde Anna Grigorjewna die steinernen Stufen des Alten oder auch des Neuen Schlosses hinauflaufen – auf der Flucht vor Fedja, der sie, nachdem er wieder alles verspielt hatte, um die letzte Münze angehen würde, die sie an ihre Wirtin zahlen mußten, um nicht womöglich einfach auf die Straße gesetzt zu werden – ungewohnt leichtfüßig lief sie die Treppe hinauf, als trage sie keine Sonetschka und keinen Mischa unter dem Herzen, doch als sie den dritten Absatz erreicht hatte, wurde ihr unwohl, starke Leibschmerzen und Übelkeit befielen sie, so daß sie gezwungen war, sich auf eine Bank zu setzen, alle Passanten wandten sich nach ihr um, weil sie sahen, daß sie einer Ohnmacht nahe war, und als Fedja sie gefunden hatte, fiel er wieder vor ihr auf die Knie, gleich hier auf dem Treppenabsatz, vor aller Augen, und sie schlug die Hände vors Gesicht, damit diese fremden Leute sie nicht betrachten konnten und weil ihr die Übelkeit in die Kehle gestiegen war – er bearbeitete seine Brust mit den Fäusten und sagte, er habe sie unglücklich gemacht, doch das schreckte sie nicht mehr, da sie sich daran gewöhnt hatte – sie gab ihm die Münze, obwohl sie wußte, daß er sie verspielen würde – einstweilen aber saßen sie in der Grünanlage am Kurhaus und hörten sich österreichische Musik an – man spielte die *Egmont*-Ouvertüre, und diese Musik hatte etwas an sich, was mit den in der Ferne aufragenden Bergen und den darüber sich ballenden, von Wetterleuchten erhellten violetten Regenwolken harmonierte – sie stiegen beide den steilen Berg hinauf, sie leichtfüßig und schnell, folgte den bizarren Windungen des zwischen Strauchwerk, Felsen und Burgruinen sich schlängelnden Pfades, während er die fast unzugängliche Felswand erklomm und weiter den Weg über Steinfelder und Gletscher nahm, die noch keines Menschen Fuß betreten hatte – ausrutschend, stürzend, sich wieder erhebend, ließ er weit unten ein Meer wiehernder Köpfe und tanzender Gestalten hinter sich, die mit Fingern auf ihn zeigten – an manchen Stellen ging ihr Pfad in eine Treppe aus Stein- oder gar Holzstufen über, ähnlich der zum Alten Schloß hinaufführenden, sie eilte die Stufen empor, fast ohne sich auf den Absätzen auszuruhen, blickte nur kurz zurück auf die unter ihr sich auftuende majestätische Landschaft, und dann stieg sie weiter den Pfad hinauf, zwischen Felsen und Bergwiesen mit weißen Blumen, deren Namen sie nicht kannte – unter seinen Füßen rollten krachend Steine und große Eisklumpen weg, die noch größere Gesteins- und Eisbrocken mitrissen, einen donnernden Bergrutsch auslösten mit einem vielstimmigen Echo, das sich vervielfachte und, bis ins Vorgebirge getragen, die Stimmen der wiehernden Menge übertönte, der Menge ihm bekannter, allzu bekannter Gesichter, der Menge, die, obwohl bezwungen, fortfuhr, zu wiehern und sich wie toll zu gebärden in ihrem stumpfen Starrsinn und Unverstand, die mit einem Riesenfinger auf ihn zeigte, der, klobig und dreckverschmiert, an den Finger eines in der Menge auf dem Gemälde *Die Verhöhnung Christi* Abgebildeten erinnerte, das er in Dresden gesehen hatte, ohne sich den Namen des Malers gemerkt zu haben – Christus mit der stacheldrahtähnlichen Dornenkrone sitzt in entsagungsvoller Nachdenklichkeit auf Stufen, den Ellbogen aufs Knie gestützt, so, daß der Unterarm und die lange schmale Hand leblos herabhängen, und einer aus der Menge, ein stämmiger Kerl mit Kleinbürgergesicht, hochroten Hängebacken und einer ebenso hochroten Kartoffelnase weist mit seinem kurzen behaarten Finger auf ihn – gegen den auf den Stufen Sitzenden fliegen Stöcke und Steine, und jemand spuckt ihm ins Gesicht, das bereits Spuren von Schlägen trägt, jedoch den Ausdruck tiefer und entsagungsvoller Gedankenverlorenheit bewahrt, während der ihn umringende Mob tobt und hohnlacht – doch dieses Hohnlachen, das mit dem Gewieher der von jenen ihm bekannten Personen gebildeten Menge verschmolz, wurde jetzt übertönt durch das Donnern der herabstürzenden Steine und Eisbrocken und das vielfache Echo, während er höher und höher stieg, die schreckliche Steile des Berges bewältigend, dem Gipfel entgegen, wo, verhüllt durch eine von Blitzen durchzuckte violette Wolke, ein Kristallpalast stand – der Traum der Menschheit und sein eigener, langgehegt und so tief verborgen gehalten, daß er sich darüber selbst belustigt hatte, doch dieser Bergrutsch, der das wiehernde Toben der Menge und die aus der violetten Wolke herniedergehenden Donnerschläge übertönte, verlieh ihm den Glauben daran, daß dieser Traum in Erfüllung gehen konnte, und das Bild jenes Malers wies ihm den Weg, den er zu gehen hatte, mit dem Ersteigen des Steilhangs war er bereits auf diesem Weg – triumphierende musikalische Klänge – von Pauken, Waldhörnern und Fanfaren – strömten von dem Podest herab, auf dem das Orchester spielte – der Widerhall des Bergrutsches drang hin und wieder an Anna Grigorjewnas Ohr, aber ihr Weg war nach wie vor frei und leicht, ein ebener Pfad oder Treppenstufen, und nur an einer Stelle kreuzte ihr Weg den seinen – da, wo der Pfad direkt über der Steilwand lag und er sich, um sie zu erklimmen, am Fels festklammerte, abrutschte und stürzte, mit zerrissener Kleidung, mit zerschundenen blutigen Händen – sie reichte ihm die Hand und half ihm auf den Pfad, und nun gingen sie gemeinsam, Arm in Arm – die von Hörnern und Flöten getragene Melodie klang immer noch triumphierend, doch spürte man schon eine gewisse Ermattung, genauer gesagt, Brüchigkeit, sie saßen zusammen auf der Bank und lauschten der Musik, er in seiner Lieblingshaltung, die Beine übergeschlagen, die Hände über dem Knie verschränkt, mit feucht gewordenen oder möglicherweise noch nicht von den Tränen getrockneten Augen, sie mit leicht untergezogenen Beinen, damit ihre abgetragenen, reparaturbedürftigen Stiefeletten nicht zu sehen waren, und sich fester in die Mantille hüllend – einen Augenblick lang trafen sich ihre Blicke, er nahm ihre Hand und streichelte sie zärtlich – rings um den kleinen Platz mit dem Musikpavillon und den Zuhörerbänken brannten die Laternen, aber es war noch ganz hell, und dieses Zwielicht schuf ein unwirkliches, gespenstisches Bild, das unvollendet oder auch nicht richtig angefangen wirkte, und in der Nacht, als er sich verabschieden kam und sie losschwammen, trieb ihn eine Gegenströmung seitlich ab, und er glaubte zu ertrinken. Sie versuchte ihm zu helfen, bald schwamm sie voraus, wandte sich nach ihm um, forderte ihn damit auf, ihr zu folgen, bald schwamm sie dicht an ihn heran, blickte ihm in die Augen und streckte die Arme nach ihm aus, stützte ihn schon fast, bald tauchte sie in die grüne Tiefe, um ihn mit ihrem Verschwinden zu erschrecken – es trieb ihn weiter ab, unerbittlich und schnell, er leistete kaum Widerstand – immer häufiger schlugen die Wellen über ihm zusammen, aus der grünen wogenden Wassermasse tauchte ein flaches Gesicht mit vorstehenden farblosen Augen – es schwoll an wie ein Luftballon, wurde purpurrot, verwandelte sich in das nur zu gut bekannte Gesicht mit dem Luchsblick, und Dutzende, Hunderte Hände derer, die tags zuvor, am Fuße des Berges stehend, wiehernd und sich wie toll gebärdend, mit Fingern auf ihn gezeigt hatten, reckten sich ihm jetzt entgegen wie Giftstachel eines Riesenskorpions – er machte ein paar letzte, verzweifelte Anstrengungen, doch sein Körper erschlaffte willenlos – rasch und unaufhaltsam sank er auf den Grund.

Er lag kraftlos mit geschlossenen Augen auf dem Kissen, während sie, auf den Ellbogen gestützt, ihm den Schweiß von der Stirn wischte. Um seinen in das Kissen eingesunkenen Kopf herum hatten sich Falten gebildet, die strahlenförmig auseinanderliefen, wie auf dem Gemälde von Kramskoi, das ihn auf dem Totenbett darstellt, doch war in seinem Gesicht weder Strenge noch Befriedung.

* * *

Nachdem sich die violetten Regenwolken über dem Schwarzwald und dem Thüringer Wald entladen hatten, zogen sie nun als gewöhnliche graue Wolken langsam über Baden-Baden hinweg und sprühten Nieselregen über seine Spitzdächer und das Kopfsteinpflaster der Straßen – zwar hatte der Sommer seinen Höhepunkt überschritten, doch standen noch manche heiße Tage bevor, deshalb machte sich Anna Grigorjewna, froh über diese Atempause, ans Ausbessern von Wäsche und Kleidern, gewohnheitsgemäß darauf bedacht, die Füße in dem abgenutzten Schuhwerk zu verbergen, saß sie mit ihrer Handarbeit auf dem Bett und hoffte, daß das schlechte Wetter ihr Abreise beschleunigen werde. Fedja pendelte nach wie vor zwischen Pension und Kasino, manchmal brachte er regennasse Renekloden, Weintrauben und Pflaumen mit, die er hinter dem Rükken versteckt hielt, um Anna Grigorjewna freudig zu überraschen, häufiger jedoch fiel er vor ihr auf die Knie, nannte sie seinen Engel und bat sie um Verzeihung dafür, daß er sie unglücklich mache – sie legte ihre Näharbeit weg, ging wortlos, mit unterdrücktem Seufzen zur Kommode und gab ihm die letzten Friedrichsdore, Gulden oder Francs – er haßte sie in diesen Augenblicken, und es machte ihn ärgerlich, wenn sie hustete und nieste, weil das ihr Geld, das Geld ihrer Mutter war und sie es ihm widerspruchslos und sanftmütig überließ, ihn mit ihrem Edelmut niederdrückte – er fiel wieder vor ihr auf die Knie und sagte, er habe ihr Geld gestohlen, sie müsse ihn hassen, haßte jedoch seinerseits sie und sich selbst nur noch mehr – sie huste und niese mit Absicht und sitze wie eine Näherin zu Hause, weil sie sich nicht mit ihm auf der Straße zeigen wolle – was mache es denn, daß es regne, vorläufig hätten sie ja noch Regenschirme – er betonte dabei das »vorläufig noch«, als läge es nicht an ihm, daß sie ohne Geld dasaßen – dann, wenn er plötzlich gewahr wurde, wie fleißig, mit leicht vorgeschobener Zungenspitze, sie ihr schadhaftes Kleid ausbesserte, überflutete ihn ein Gefühl der Rührung und des Mitleids, und er küßte ihre Hände und den Saum ihres Rockes und warf sich abermals auf die Knie – diesmal reinen Herzens – und streichelte ihr die Schultern und den Nacken, über dem sie ihre Haare zu einem schweren Knoten hochgesteckt hatte, was sie etwas älter und vielleicht sogar weiser machte – um ihr Haar band sie, selbst wenn sie nicht das Haus verließ, fast immer ein Tuch, leicht und durchsichtig und dabei schwarz, als trauere sie um jemanden – ein Spitzentuch –, er bat sie jedesmal, das Kopftuch abzunehmen, aber aus irgendeinem Grund tat sie es ungern – vor ihr kniend, strich er ihr übers Haar, versenkte seine Hände darin, sie sah ihn mit etwas schwerem, leicht düsterem Blick an, und er nannte sie »Brummbärchen«, doch anders blicken konnte sie nicht, selbst wenn sie ihn ansah – sie legte ihre Näharbeit beiseite, stützte das Kinn in die Hand und streichelte tief aufseufzend und nachdenklich seinen Kopf, als wüßte sie etwas, wovon er nichts ahnte und wovor sie ihn zu behüten trachtete – er gewann jetzt kaum noch, weder auf Pair noch auf Impair, noch auf Passe, noch auf Manque, obwohl es ihm trotz des störenden Regens und Windes die bewußten 1457 Schritte einzuhalten gelang – im Kurhaus angekommen, übergab er seinen Hut und den nassen Regenschirm dem Portier, und während er die Treppe hinaufstieg und den Spielsaal betrat, hielt er mit pochendem Herzen Ausschau nach dem Unbekannten, aber der war nicht da, und er atmete erleichtert auf, war er doch nicht sicher, daß er, sollte er ihm begegnen, sich auch nur dazu entschließen könnte, ihn mit der Schulter anzurempeln – das gelbe Licht des Lüsters fiel auf die Gesichter der Spieler und Schaulustigen, die dichtgedrängt den Tisch umringten – er zwängte sich zu ihm durch – einen Moment lang bemächtigte sich seiner ein Gefühl ähnlich dem, was er in der Jugend empfunden hatte, wenn er irgendwo am Newski-Prospekt bei Dominique oder Lerch in ausgelassener Gesellschaft am gedeckten Tisch Platz nahm – besonders unbeschwert und beschwingt fühlte er sich nach dem zweiten Glas Champagner, wenn alles noch vor ihm zu liegen schien: fröhliche Trinksprüche und schwarzer Kaviar in silbernen Fäßchen und fröhliches Lachen und womöglich gar ein Besuch in einem gewissen Etablissement – sein Frack saß tadellos, die frisch gestärkte Wäsche kühlte angenehm seinen Körper, und er fühlte sich als Mittelpunkt des Ganzen, der allgemeinen Aufmerksamkeit – er gab sich alle Mühe, einen besonders geistreichen Toast auszubringen, um alle endgültig für sich einzunehmen – einmal, als er noch im Ingenieur-Departement tätig gewesen war, hatte er mit fünf, sechs anderen Beamten aus irgendeinem Anlaß beschlossen, Geld zusammenzulegen und in ein Restaurant zu fahren – mit von der Partie war ein Abteilungsvorsteher, sein unmittelbarer Vorgesetzter, ein ziemlich beschränkter Mann mit einer vielköpfigen Familie, der nie Geld hatte, da er unter dem Pantoffel stand und seine Frau ihm sein gesamtes Gehalt bis auf die letzte Kopeke abnahm – es hatte sich so ergeben, daß er dabei war, als der Restaurantbesuch verabredet wurde, und den Wunsch äußerte mitzukommen, ohne einen Beitrag zu leisten, er wollte sein Geld hinterher dazugeben, doch daran glaubte keiner so recht, wußte man doch aus Erfahrung, daß er es nicht tun würde – sie nahmen ihn mehr aus Übermut mit – Fedja war an diesem Abend in besonders guter Stimmung – an ihn wandte sich der Oberkellner, um die Einzelheiten der Bedienung abzusprechen, hinter der Trennwand in der Chambre séparée nebenan waren fröhliche Stimmen und Frauenlachen zu hören, und wenn man sich leicht erhob, konnte man die hohen Frisuren der Damen, ihre Gesichter und selbst ihre entblößten Schultern sehen – das geleerte Glas Champagner verlieh ihm noch mehr Sicherheit, und im Kopf hatte er sich bereits einen geistreichen Trinkspruch zurechtgelegt, mit dem er alle zu beeindrucken gedachte, doch sein Abteilungsvorsteher, der bisher schweigend dagesessen hatte, verfiel plötzlich darauf, selbst einen Toast auszubringen – er erhob sich, feuerrot vor Anstrengung, und hielt eine endlose Rede über den Nutzen des Dienstes für das Vaterland und ähnlich interessante Dinge – man tauschte Blicke und zwinkerte einander zu – als alle ausgetrunken hatten, sagte Fedja, ärgerlich darüber, daß er mit seinem Trinkspruch nicht zum Zuge gekommen war, innerlich aber immer noch gut aufgelegt: »Trinksprüche ausbringen, die nichts kosten, ist leicht« – er ließ das wie beiläufig fallen, mehr zu seinem Nachbarn gewandt, einem schlaffen weißblonden jungen Mann, der diesen Abteilungsvorsteher auch zum Chef hatte – er maß dem Gesagten keine besondere Bedeutung bei, bis sein Nachbar einen günstigen Moment abpaßte, um ihm zuzuflüstern: »Dem hast du's aber gegeben, was?« – doch Fedja hörte aus seinem Ton keinen Vorwurf heraus, sah nur seinen Scharfsinn ein übriges Mal bestätigt, so brillant war er, daß er ihm selbst gar nicht aufging, während die anderen seine Sätze sofort aufgriffen, morgen schon würde seine ungewöhnlich witzige Bemerkung im ganzen Departement die Runde machen – tags darauf zitierte ihn der Abteilungsvorsteher zu sich und las ihm die Leviten wegen einer Zeichnung, die er nicht richtig angefertigt hätte – Fedja wies ihm nach, daß in seiner Zeichnung alles stimmte, und erregte sich dabei heftig – der andere saß hinter seinem großen Schreibtisch mit aufgestützten Ellbogen und hochrot, als hätte er soeben wieder Champagner getrunken, und starrte stumpfsinnig auf die vor ihm liegende Zeichnung, doch als Fedja, der sich als Sieger in dieser Auseinandersetzung fühlte, schon Anstalten machte, das Zimmer zu verlassen, sagte er, ohne den Kopf zu heben, mit unverändert rotem, wie verbrühtem Gesicht: »Warten Sie einen Augenblick« – seine Stimme war tonlos und heiser geworden –, »gestern wußte ich nach dieser Äußerung von Ihnen nicht, wie ich mich am besten verhalten sollte, ich hätte Sie ohrfeigen sollen, doch das habe ich nicht getan« – dem vor ihm stehenden Fedja verschlug es vor Verblüffung die Sprache, er fühlte, wie sein Herz pochte und das Blut ihm in den Kopf und in die Ohren stieg, als wäre er soeben tatsächlich geohrfeigt worden – der andere saß da, breit und stämmig, den Kopf gesenkt wie ein angriffsbereiter Stier, seine kleinen kohlschwarzen Augen funkelten, und Fedja fiel ein, wie er erzählt hatte, unter seinen Vorfahren seien Tscherkessen oder Georgier gewesen, von denen er seinen hitzigen und rachsüchtigen Charakter geerbt habe, aber niemand nahm ihm das ab, alle waren der Ansicht, das einzige, was ihn auszeichne, sei Beschränktheit, und jetzt, möglicherweise zum erstenmal in seinem Leben, offenbarte sich seine eigentliche Wesensart – einen Moment lang tat er Fedja leid, als er sich vorstellte, wie ihm gestern zumute gewesen sein mußte, und zugleich empfand er unwillkürlich Hochachtung vor ihm und sogar eine dumpfe Angst – er murmelte eine Entschuldigung, so wie er es vor ein paar Tagen im Kasino bei dem Zwischenfall mit dem Unbekannten getan hatte – »Sie können gehen«, sagte der Abteilungsvorsteher zu ihm, und Fedja wurde vielleicht zum erstenmal, seit er im Departement tätig war, bewußt, daß dieser schon etwas angejahrte stämmige beschränkte Mann *sein* Vorgesetzter war, und von diesem Tage an wurde es für ihn im Departement unerträglich – die ersten zwei, manchmal auch drei Einsätze brachten ihm Gewinne, und das Karussell aus Spielern und Schaulustigen drehte sich, umwirbelte ihn, und wieder stieg er die Steilwand hinauf zu dem ersehnten Ziel, dem Gipfel mit Kristallpalast, während irgendwo unten die bekannten Gestalten ihren erbärmlichen Reigen tanzten, doch dann begann er zu verlieren, und je mehr er sich an ein System zu halten suchte, desto mehr verspielte er – er verwarf alle Systeme und verlor wieder – er lief nach Hause, um sich wieder Geld geben zu lassen und es noch einmal zu versuchen, verspielte aber fast sofort alles und lief nach Hause neues Geld holen – all das erinnerte an eine Zwangsneurose, eine Verfassung, in der jeder neu unternommene Versuch mit einem noch größeren Mißerfolg endet, das Verlangen, es erneut zu versuchen, indessen noch unbezähmbarer wird – als die kurze Regenzeit endete und die erbarmungslose Sonne die roten Backsteinhäuser mit ihren Spitzdächern und das nach dem Regen abgetrocknete Straßenpflaster wieder aufheizte, wurde das Leben der Dostojewskis in Baden-Baden einer schlaflosen Nacht ähnlich, in der man selbst im Dämmerzustand spürt, wie die Zeit vergeht, und doch kein Ende der Nacht abzusehen ist – als erstes verpfändete Fedja seinen Ehering, dann Anna Grigorjewnas goldene Ohrringe und die Brosche, die er ihr zur Hochzeit geschenkt hatte, als er damit fortging, begann sie heftig zu weinen, vielleicht zum erstenmal in dieser ganzen Zeit, und sogar die Hände zu ringen, was sie sich in Fedjas Gegenwart niemals erlaubte – zumindest schreibt sie das in ihrem *Tagebuch* – nachdem er den Erlös der Brosche und der Ohrringe verspielt hatte, griff er sich ihre Spitzenmantille – die wollte man nirgends haben – zunächst bot er sie einem Juwelier an, aber der erklärte, er arbeite nur mit Gold, und verwies ihn an einen gewissen Weißmann, doch dessen Geschäft war geschlossen, und Fedja kam regen- und schweißnaß zurück, denn obwohl sich wieder sonniges Wetter eingestellt hatte, gab es hin und wieder kurze Regenschauer, die Straßen und Bäume erfrischten – nach dem Mittagessen lief Fedja wieder zu Weißmann, aber der sagte, solche Sachen nehme er nicht, und gab ihm die Adresse von Mme. Etienne – ihr Laden befand sich an einem Platz, auf dem Fedja schon gewesen war, trotzdem konnte er ihn einfach nicht finden und verirrte sich immer wieder in eine Gasse, in der ein Badehaus stand – endlich gelangte er doch noch zu dem Platz – das Papier, in das die Mantille eingewickelt war, hatte der Regen aufgeweicht, er mußte das Paket mit dem Ellbogen andrücken, um die Mantille zu verdecken – Mme. Etienne traf er nicht an, aber die Dame, die aus der zu den Nebenräumen führenden Tür trat, sagte, sie sei Mme. Etiennes Schwester und er solle morgen noch einmal vorbeikommen – er lief wieder nach Hause, denn heute würde er ganz bestimmt gewinnen, und warf sich abermals vor Anna Grigorjewna auf die Knie – sie gab ihm ihren Ehering, und er versetzte ihn bei Weißmann, der, wie sie meinte, ein Jidde war, dem Fedja nachlaufen mußte – mit dem erhaltenen Geld gewann Fedja hundertachtzig Franc – er kam mit den beiden ausgelösten Ringen, seinem und dem Anna Grigorjewnas, zurück und brachte ihr auch einen Blumenstrauß mit, aber das war nur noch ein letztes Durchatmen vor der beginnenden Agonie: Fedja hastete zwischen Pension und Kurhaus hin und her, ging unterwegs bei den Pfandleihern oder in der Hoffnung auf eine Geldüberweisung Krajewskis bei der Post vorbei – in seinem schwarzen Berliner Gehrock und den Hosen gleicher Farbe vollführte er sonderbare Bewegungen, verwandelte sich bald in einen Jongleur mit enganliegendem schwarzem Trikot, schwarzem Zylinder und weißen Glacéhandschuhen, der geschickt ihre Trauringe und Anna Grigorjewnas Kleider und Pelzjacke hochwarf und wieder auffing, dabei manchmal auch den schwarzen Zylinder mitwirbeln ließ, bald in einen Balletttänzer, der gleichfalls ein schwarzes Trikot trug und vor dem Hintergrund der Baden-Badener Backsteinhäuser schwierige Schrittfolgen aus einem Divertissement tanzte, sich in Pirouetten fortbewegte, seine Arme bald zum Himmel empor-, bald Anna Grigorjewna entgegenstreckte – sie folgte seiner Aufforderung und betrat von irgendwoher seitlich die Szene, als käme sie aus den Kulissen, eingehüllt wie Carmen in ihre immer noch nicht verpfändete Mantille und einen langen Rock, der ihre abgetragenen Schuhe verbarg – sobald sie erschien, ließ er sich auf ein Knie nieder und führte, mit den Fingern schnalzend oder mit Kastagnetten klappernd, eine Art Serenade vor, während sie sich die Ketten vom Hals riß und ihm zuwarf – er fing sie auf und fuhr mit lautem Kastagnettengeklapper in seiner Serenade fort – sie warf ihm ihre Mantille zu, dann zog sie, während sie mit den Absätzen der verschlissenen Schuhe den von ihrem Partner vorgegebenen Rhythmus schlug, ihr Kleid aus und reichte es ihm – er sprang auf und ließ, geschickt jonglierend, Halsketten, Ringe, Kleid und die Mantille hochwirbeln, sie vollführte indessen, die Arme über dem Kopf verschränkt, orientalische Tanzbewegungen – die Gegenstände, die er hochwarf, kehrten nicht zu ihm zurück – sein Zylinder flog empor und verschwand, dann zog er sein Trikot aus, das wieder zu seinem Berliner Anzug wurde, und den warf er ebenfalls in die Luft – sie schuldeten ihrer Wirtin das Geld für vier Tage, und die brachte es fertig, ihnen das Mittagessen zu verweigern, als Anna Grigorjewna am Morgen Marie um Teewasser gebeten hatte, bekam sie von ihr zu hören, sie könnten nicht für umsonst Holz verfeuern – war das wirklich dieselbe Marie, das laute halbwüchsige Mädchen mit seinem gutturalen »ja«, das sich stets dienstfertig, von einem geradezu stupiden Eifer gezeigt hatte? – übrigens ist das Personal immer offenherziger als seine Herrschaften, einem einzigen Blick, den die Sekretärin jemandem flüchtig zuwirft, kann er mit unfehlbarer Sicherheit entnehmen, wie ihr Vorgesetzter zu ihm steht – sie kehrten durch die Lichtentaler Allee von ihrem üblichen Spaziergang nach Hause zurück, etwas anderes, als spazierenzugehen oder so zu tun, als gingen sie spazieren, blieb ihnen nicht – Anna Grigorjewna wollte in ihrem Alltagskleid, fast dem einzigen Kleidungsstück, das sie nach der Verpfändung ihrer Sachen noch hatte, nicht den Weg durch diese Allee nehmen, aber Fedja hatte darauf bestanden, und sie wurde das Gefühl nicht los, daß alle sie anstarrten – die untergehende Sonne beschien den Berg mit dem darauf zu erkennenden Alten und Neuen Schloß, und Fedja hielt inne, um den Anblick zu genießen, und bat sie, stehenzubleiben und auch das schöne Bild zu betrachten, zumal es der höchst seltene Augenblick war, daß beide Schlösser und der bewaldete Berggipfel gleichzeitig angestrahlt wurden – noch eine Minute, und die Schlösser würden in den Schatten tauchen und das besonnte Dreieck verschwinden, doch Anna Grigorjewna ging weiter, als gäbe es dieses von den beiden zinnenbewehrten Schloßtürmen und dem Berggipfel gebildete sonnige Dreieck nicht – sie ging schnell, leicht vorgebeugt, und als er »Anja!« rief, ging sie noch schneller, verfiel fast in Laufschritt – er stürzte ihr nach – er wollte sie zurückholen, wenigstens für ein paar Sekunden, solange es nicht zu spät war, solange sich der Einfallswinkel der Sonnenstrahlen nicht geändert hatte, wahrscheinlich aber war es schon zu spät, der Moment verpaßt, ihretwegen hatte er diesen so seltenen Anblick nicht genießen können – keuchend rannte er ihr auf der Allee hinterher, stieß mit Spaziergängern zusammen – sie bog in eine Seitenallee ein und entschwand kurz seinem Blick, doch dann sah er ihre Gestalt zwischen den Bäumen auftauchen, die Hände schien sie weinend vors Gesicht geschlagen zu haben – sie kamen fast gleichzeitig, aber trotzdem jeder für sich allein bei der Pension an – sie betrat schwer atmend das Haus, mit gesenktem Kopf, aus Furcht, der Wirtin, Marie oder auch nur Therese, der zweiten Hausangestellten, zu begegnen – er stürmte hinein, mühsam den ihn würgenden Zorn unterdrückend, und kaum daß sie in ihren Zimmern waren, packte er sie beim Arm und zerrte sie zur Tür, doch sie riß sich los und warf sich aufs Bett, so wie sie war, im Kleid, mit Stiefeletten, das Gesicht in den Händen vergraben – immer verdarb sie ihm die kostbarsten Minuten seines Lebens – war es denn wirklich so schwer, wenigstens einen Augenblick lang innezuhalten und den von der untergehenden Sonne angestrahlten Berg zu betrachten? – er trat zum Bett und zog ihr gewaltsam die Hände vom Gesicht – ach, sie weinte ja gar nicht – ihre Augen waren geschlossen, und ihr Gesicht hatte einen abwesenden Ausdruck angenommen, wirkte geradezu versteinert – so, nicht einmal antworten wollte sie ihm! – er begann zu schreien – sie hielt sich mit den Händen die Ohren zu und schüttelte den Kopf – rechts, links, dann öffnete sie ein wenig den Mund und nuschelte etwas vor sich hin, als wollte sie ihn ärgern – er rannte zwischen Bett und Fenster hin und her, bald packte er sie bei den Händen, um sie ihr von den Ohren zu ziehen, bald schrie er, er werde sich auf der Stelle aus dem Fenster stürzen, aber sie wollte nichts hören, schüttelte mit geschlossenen Augen den Kopf und brabbelte weiter vor sich hin – da warf er seinen Berliner Gehrock ab und zerrte an seiner Weste, daß der Stoff mit einem Ratsch einriß und die Knöpfe auf den Fußboden purzelten – ohne Weste würde man den Anzug in der Pfandleihe nicht annehmen, doch das brachte ihn nur noch mehr in Rage, so daß er jetzt versucht war, etwas ganz und gar nicht Wiedergutzumachendes zu tun – sie zu erwürgen –, er kniete sich vor das Bett und starrte ihr haßerfüllt ins Gesicht – sie lag auf dem Rücken, mit geschlossenen Augen, die Lippen fest zusammen- und die Hände an die Ohren gepreßt, als wollte sie sich von der Umwelt abschirmen – nebenan klopfte es – er sprang auf wie in flagranti ertappt und lief durch das Nebenzimmer zur Tür – es war Marie – möglicherweise hatte die Wirtin sie geschickt, vielleicht kam sie auch von sich aus, da sie den Pensionsgast jedoch mit zerzaustem Bart und zerrissener West sah, sperrte sie nur den Mund auf und rannte weg – als er zurückkam, lag Anna Grigorjewna bis über den Kopf zugedeckt, und ihre abgetragenen Stiefeletten standen neben dem Bett – das heißt, der eine war umgefallen, so daß man den fast zur Hälfte abgelaufenen Absatz sah – sie hatte es einfach nicht geschafft, sie reparieren zu lassen – eine heiße Woge der Zärtlichkeit und der Rührung überflutete ihn – er kniete sich wieder vor das Bett und küßte den Rand der Decke, die ihr Gesicht verbarg, dann hob er sie behutsam an und sah, daß sie schlief – ihr Gesichtsausdruck war ruhig und sanft, und auf Stirn und Wangen lag der ihm schon vertraute gelbliche Hauch, der von ihrer Schwangerschaft herrührte – den Rest des Abends ging er, nachdem er auf seinem Schreibtisch eine Kerze angezündet hatte, in den Zimmern hin und her – ab und zu trat er zu Anna Grigorjewna und zog die Decke zurecht – möglicherweise dachte er über seinen Belinski-Aufsatz nach, aus dem doch nichts werden sollte, wahrscheinlich aber beschäftigten ihn andere Probleme, denn am nächsten Morgen stahl er sich, von Anna Grigorjewnas guten Wünschen begleitet, aus der Wohnung, unter dem Arm ihr zum Bündel zusammengeschnürtes fliederfarbenes Kleid – darauf bedacht, unbemerkt an der Tür der Wirtin vorbeizukommen, denn weder sie noch die Dienstmädchen sollten ihn mit diesem Bündel sehen, trat er aus dem Haus und eilte, leicht geduckt, das Bündel an sich drückend, wie ein Zigeuner beim Pferdediebstahl dicht an den Häusern entlang durch die Straßen des gerade erst erwachten Baden-Baden zu Weißmann. Die fünf Taler, die er für Anna Grigorjewnas Kleid erhalten hatte, verspielte er sofort, mit dem ersten Einsatz, und obwohl das ein Novum war, hatte er doch bei den ersten zwei, drei Einsätzen sonst immer eine glückliche Hand, verwunderte ihn der Mißerfolg nicht, ja, er betrübte ihn nicht einmal – immer schneller ging es jetzt bergab – und in seinem unaufhaltsamen atemberaubenden Fall prallte er gegen alles, was auf seinem Weg lag, wie schmerzhaft das war, wurde ihm gar nicht bewußt – nach Verlassen des Kasinos rannte er zum Hotel Europe – ohne auf die Straßen zu achten, ohne sich Rechenschaft darüber abzulegen, was er tat – der ihm schon bekannte Oberkellner versperrte ihm mit seiner stämmigen Gestalt den Weg und sagte, der Herr Turgenjew seien bereits abgereist – er glaubte ihm nicht und versuchte an ihm vorbei zu der teppichbelegten Marmortreppe zu gelangen, der Oberkellner sah sich gezwungen, seine Arme auszubreiten, um ihn am Eintreten zu hindern und mit »ksch! ksch!« zu verscheuchen wie ein Huhn – in dem Moment tauchte Gontscharow auf, er kam gemächlich die Treppe herunter, auf einen Stock mit silbernem Knauf gestützt, da er an seinem aufgedunsenen Leib schwer zu tragen hatte – als er Dostojewski bemerkte, blieb er auf der untersten Treppenstufe stehen und reichte ihm träge seine feiste Hand – von oben herab –, wobei er ihn lethargisch mit seinen Fischaugen betrachtete – der Oberkellner zog sich widerwillig zurück, wie ein Hund, der von seinem Herrn in die Hütte gejagt wird – Gontscharow hörte schweigend den Besucher an, der hitzig auf ihn einredete und mit den Händen fuchtelte, zückte seine Geldbörse, entnahm ihr keuchend und schnaufend, als stiege er eine Treppe hinauf, drei Goldmünzen und gab sie ihm – nach einer kurzen Verbeugung verließ der Besucher fast im Laufschritt die Hotelhalle und rannte zum Kasino. Er verspielte alle drei Goldmünzen im Handumdrehen, mit einer fieberhaften Entschlossenheit, wie besessen von dem unbezähmbaren Wunsch zu verlieren oder als würde er Schlagdame spielen – die Schnelligkeit seines Falls ergriff immer mehr Besitz von ihm – wenn er es bei seinem Aufstieg zum Gipfel nicht vermocht hatte, eine gewisse Scheidelinie zu überwinden, und jetzt abwärts rollte, dann gab es womöglich auch hier eine Linie, eine Grenze, über die es nicht hinausgehen würde? – hier spielten ja keine äußeren Umstände mit – es galt lediglich, sich dieser Bewegung, dieser Elementargewalt hinzugeben, und so sauste er mit geschlossenen Augen abwärts – die bekannten Gestalten, die sich im Reigen drehten, waren jetzt irgendwo da oben – grinsend zeigten sie wieder mit Fingern auf ihn und zwinkerten sich vielsagend zu – Turgenjew mit seinem hochherrschaftlichen Gehabe, seiner Löwenmähne und seiner auf ihn gerichteten Lorgnette, Gontscharow schwer atmend nach seinem Frühstück mit sechs Gängen, Nekrassow und Belinski, die sich angeregt über Nebensächlichkeiten unterhielten, Panajew mit feuchtem Hängeschnauzbart und trunkenen Augen – weiter weg waren noch mehr Gestalten und Gesichter zu sehen, bekannte und unbekannte – sie alle wechselten Blicke, zwinkerten einander zu und deuteten mit dem Finger auf ihn, doch seltsamerweise nahm sich ihr Reigen kläglich aus – ihnen war es nicht beschieden, die Erfahrung dieses schwindelerregenden Falls zu machen, dem er sich hingegeben hatte – erniedrigend ist nur das Halbherzige, das sich an Mediokrität und Vernunft klammert – so verhielt es sich bei ihnen – allein eine restlos von ihm Besitz ergreifende Idee macht den Menschen frei und stellt ihn über alles, selbst wenn der Weg zur Verwirklichung einer solchen Idee über ein Verbrechen führt – nicht nur, daß alle diese Herren unfähig waren, sich einer solchen Idee hinzugeben, sie konnten sie nicht einmal begreifen, waren ständig damit beschäftigt, sich etwas auszurechnen und abzuwägen, unterwarfen allesamt ihr Leben merkantilen Erwägungen – als er zu Hause ankam und vor Anna Grigorjewna auf die Knie fiel, um ihr reuevoll den Verlust des Geldes zu gestehen, vergaß er keine Sekunde diese Erfahrung des atemberaubenden Falls, die ihm ein Gefühl der Überlegenheit gegenüber der Umwelt verlieh, so daß er sogar ein gewisses Mitleid mit seiner Umgebung empfand – eine halbe Stunde später hastete er bereits durch die glutheißen nachmittäglichen Straßen Baden-Badens, unterm Arm ein großes Paket, das diesmal den von Anna Grigorjewna in seiner Abwesenheit ausgebesserten Berliner Anzug enthielt – da er Weißmann nicht antraf, lief er zu Josel, doch was der ihm dafür anbot, war einfach lächerlich – wieder lief er zu Weißmann – eine halbe Stunde war vergangen, als er die Schaulustigen und die Spieler beiseite stieß – denn jetzt war es ihm egal, ob ihm jemand einen Stoß versetzte und ihn beleidigte, er wollte es sogar –, um an den Spieltisch heranzukommen – von den zwölf Franc, die er für den Anzug bekommen hatte, verlor er sofort drei – das vertraute Gefühl des atemberaubenden Falls bemächtigte sich seiner – sollten sie doch sehen und wissen, wie unbekümmert, ja mit welcher Freude er verlor – sie, die um jeden Kreuzer zitterten, jede ihrer Bewegungen bedachten – er setzte noch drei Franc auf Passe und verlor wieder – er setzte mit größter Unbekümmertheit und schob ebenso unbekümmert das verspielte Geld weg – das wohlbekannte Karussell drehte sich um ihn – Gestalten mit gelben wächsernen Gesichtern wie aus einem Raritätenkabinett, die aus ihren Westentaschen irgendwelche kümmerlichen Centimes oder Kreuzer herausfingerten, beobachteten neidisch, wie bedenkenlos er seine Francs verspielte – zur selben Stunde war auf einer der Nebenalleen, abseits der mit aufgeputzten Paaren gefüllten Lichtentaler Allee, die entschlossen ausschreitende, fast schon rennende Anna Grigorjewna in ihrem geflickten Kleid unterwegs – den ganzen Vormittag hatte sie an einer Übersetzung aus dem Französischen gearbeitet, in ein speziell dafür angelegtes Heft ihr allein verständliche stenographische Zeichen eingetragen – sie mußte sich darauf einstellen, ihren Unterhalt selbst zu verdienen, und so hatte sie am Eßtisch gesessen und eifrig mit leicht herausgesteckter Zungenspitze geschrieben, wobei sie sich manchmal die Ohren zuhalten mußte, wenn das Donnern der Hämmer in der Schmiede den Tisch, an dem sie arbeitete, zu erschüttern schien, jetzt aber hieß es unaufschiebbare und entschiedene Maßnahmen treffen, und nachdem sie die geflickte Stelle am Saum ihres Kleides genau betrachtet, den Hut mit der Ansteckblume aufgesetzt und einen flüchtigen Blick in den kleinen Spiegel geworfen hatte, in dem ihr ein düsterer Gesichtsausdruck begegnete – zu dem, was sie vorhatte, erschien er ihr sehr passend –, war sie lautlos an der Tür der Wirtin vorbeigehuscht – als sie sich dem Kurhaus näherte, verlangsamte sie ihren Schritt und suchte einen selbstsicheren und gelassenen Eindruck zu machen – die Treppe hinaufgestiegen, trat sie in einen Nebenspielsaal, wußte sie doch, daß Fedja nachmittags für gewöhnlich im Hauptsaal spielte – sie entnahm ihrer Geldbörse einen Franc, den sie für den Ernstfall zurückgelegt hatte, falls man sie zum Beispiel aus der Wohnung hinauswerfen wollte, setzte ihn, ohne lange zu überlegen, auf Rouge und gewann, sie setzte wieder, diesmal auf Noir – und gewann abermals – ihrer bemächtigte sich ein Gefühl ähnlich dem, was jemand empfindet, der sich lange nicht entschließen konnte, ins Wasser zu steigen, und nun, da er es doch getan hat, den vollen Reiz des Badens auskostet – sie hatte bereits zehn Franc gewonnen, aber das genügte ihr nicht – sie setzte wieder und wieder, und das neben ihr auf dem grünen Tuch liegende Häuflein schwand allmählich dahin – sie hatte begonnen zu verlieren –, neben ihr stand eine Dame in hellem Kleid und mit Hut – sie spielte auch, schaffte es aber, jedesmal vor ihr zu setzen, weil der Schleier ihres Hutes sich ständig in der Blume an Anna Grigorjewnas Hut verfing, und das beeinträchtigte deren Konzentration – möglicherweise hatte sich dieses Gestörtwerden von Fedja auf sie übertragen, auch ihn behinderte ja fortwährend jemand beim Spielen – unterdessen erzielte Fedja, der im mittleren Saal spielte, einen unverhofften Erfolg auf Manque, dann auf Rouge und sogar auf Zéro, und je weniger Überlegungen er beim Setzen anstellte, da er sich immer noch wie beim Schlagdamespiel verhielt, desto sicherer gewann er – irgendwann kam ihm sogar der Gedanke, daß gerade das ein System sein konnte: systemlos zu spielen, doch das war nur ein ihm durchs Gehirn huschender Gedanke – wieder umkreisten ihn die Gesichter der Spieler und Schaulustigen, diesmal bemerkte er sie allerdings kaum – das war ein *echtes* Karussell, das sich mit irrer Geschwindigkeit drehte, so daß die Gesichter der Spieler und der Schaulustigen zu einem gelben Band verschmolzen, doch spürte er, wie ihnen vor Staunen die Kinnladen herunterklappten und mit welchem Neid, *echtem* Neid sie beobachteten, wie er sich Einsatz für Einsatz holte, wie lässig er das gewonnene Geld einstrich – welche Distanz jetzt zwischen ihnen und ihm lag! – er stieg wieder bergauf, hatte die wohlbekannten Gesichter, die sich im Reigen drehten, schon weit unten zurückgelassen, als sich auf dem Gipfel des Berges durch die ihn einhüllenden Wolken der Kristallpalast zeigte – er setzte auf Zéro und war mit einem Schlag fast die Hälfte seines Gewinns los, setzte auf Rouge und verlor wieder – um ihn herum war sofort Düsternis, aus den Gesichtern der ihn Umringenden sprach jetzt kaum verhohlene Freude, allein durch sein Beharrungsvermögen drehte sich jetzt das Karussell – wieder sauste er den Berg hinab, stieß sich schmerzhaft und spürte, daß es nichts gab, was ihm Halt bieten könnte – seine ganze Falltheorie taugte nichts – er hatte sie sich bloß ausgedacht, um seine Prellungen weniger schmerzhaft erscheinen zu lassen, ihnen vor ihm selbst wie vor den anderen die Gloriole einer hehren Idee und der Opferbereitschaft zu verleihen – aber verfahren wir nicht in gleicher Weise, indem wir uns ständig selbst etwas vorspiegeln, bequeme Theorien ausdenken, um die Schläge, die uns das Schicksal versetzt, abzumildern oder unsere Mißerfolge und Schwächen zu rechtfertigen? – liegt nicht hier die Lösung für das Rätsel der sogenannten Wende, die sich während der Katorga in Dostojewskis Leben vollzog? – seine krankhafte Eigenliebe hätte sich niemals mit den Erniedrigungen, denen er dort ausgesetzt war, abfinden können – es gab nur einen Ausweg: diese Erniedrigungen als verdient anzusehen – »Ich trage mein Kreuz, und ich habe es verdient«, schrieb er in einem seiner Briefe – dazu mußten alle seine bisherigen

Ansichten, für die er gelitten hatte, allerdings für falsch, ja verbrecherisch erklärt werden – und das tat er, unbewußt natürlich – die der Selbsterhaltung dienende Natur der menschlichen Psyche, besonders im Falle eines Menschen mit geringer Geistesstärke, der nicht imstande wäre, Kriwzow zu ohrfeigen, wie es ein anderer Häftlinge getan hatte, oder sich an seinen Peinigern zu rächen, diese Natur seiner Psyche erledigte das für ihn zu, nicht nur ohne sich nach Vernunftgründen zu richten, sondern indem sie sie grundlegend veränderte und seiner Person anpaßte, und nur manchmal, in extremen Momenten seines Lebens, blitzten, gleich einem Lichtbogen, verdrängte und ausgelöschte Visionen und Erinnerungen auf und erleuchteten mit ihrem gnadenlosen Licht Bilder und Szenen seines Lebens in der Katorga und während der Verbannung, dann fuhr er zusammen und nahm gedanklich den Kampf mit seinen Peinigern auf, doch selbst hier zog er den kürzeren, das gleiche erlösend wirkende Schuldgefühl erlebte er bei dem Zwischenfall, zu dem es beim Roulette mit dem unbekannten Herrn gekommen war – in geringerem Maße traf das auf sein Verhältnis zum Panajew-Kreis zu, aber auch da war es ohne Berechnung, aufrichtig geschehen, wenn er bisweilen Turgenjew zu gefallen versucht und ihn sogar bewundert hatte, im Unterbewußtsein bewahrte er sich dabei seine Eigenliebe und seinen Stolz, hier war es freilich einfacher, weil der Zweikampf in der intellektuellen und geistigen, in seiner Sphäre ausgetragen werden konnte, doch selbst hier verließen ihn die Visionen und Bilder seiner verletzten Eigenliebe nicht – hinter dem mit einem schmutziggrauen Schleier überzogenen Fenster glitt als rote Schlange die Neonleuchtschrift »Ishora-Werk« vorbei – Ishora, das war fast schon Leningrad, seine Vororte, seine Datschen, seine von hellblonden Finnen mit ausdruckslosen blutleeren Gesichtern bewohnte Umgebung – so sah ich es zumindest gern – »An Ishora fuhr ich neulich …«, kamen mir unwillkürlich die Worte aus einem Gedicht von Puschkin in den Sinn, wie immer, wenn ich hier durchkam – ein Denkschema, nichts zu machen – und dem folgte jedesmal der Gedanke, daß Puschkin hier »Posharski«-Koteletts gegessen haben mag, vielleicht lag das an der klanglichen Nähe von »Ishora« und »Posharski«, aber es ist durchaus möglich, daß er hier tatsächlich »Posharski«-Koteletts zu essen pflegte, während er auf den Pferdewechsel wartete und ein bißchen mit der Tochter des Postmeisters flirtete, in der hereinsinkenden Dämmerung fegt der Wind Schnee über die nach Petersburg führende Poststraße, und da fährt mit Glöckchenklang eine Schlittentroika, der Kutscher auf dem Bock treibt die munter laufenden Pferde an, unter den Kufen knirscht der Schnee, in dem Schlitten, in eine Pelzdecke gehüllt, eilt Alexander Sergejewitsch höchstselbst Petersburg entgegen, freudig erregt durch den genossenen Alkohol, die reizende Postmeistertochter, die Aussicht auf die Petersburger Bälle und das Wiedersehen mit einer mondänen Schönheit, mit der er erst neulich ein Techtelmechtel angefangen hat, und in seinem Kopf formen sich ganz von selbst Zeilen und Strophen, die man dann in jeder Werkausgabe gedruckt finden wird, Dutzende von Puschkinforschern werden Rhythmus und Metrum dieser Strophen analysieren und auf literaturwissenschaftlichen Seminaren bis zur Erschöpfung besessen darüber streiten, wann genau das

Gedicht entstanden ist, was den Verfasser veranlaßt hat, es zu schreiben, und wer hinter der Widmung steht – ach, Puschkin, Puschkin! – wie hast du dich doch in den Herzen und Hirnen festgesetzt! – das kleine kraushaarige Mohrenkind mit leicht vorstehenden blauen Augen (über Puschkins Haarfarbe ist der Streit zwischen den Puschkinforschern bis heute nicht verstummt), dann der reife Puschkin mit Kraushaar und sich nach unten verjüngendem Gesicht, dem der nicht eben üppige Backenbart und die sonstige leichte Behaarung kein sonderlich gepflegtes Aussehen verleihen, und schließlich der Puschkin, dessen Porträt in seinem Haus an der Moika hängt – mit abgezehrtem bleichem Gesicht und an der feuchten Stirn klebenden Haarsträhnen, einem gehetzten Tier ähnlich – so sah er wahrscheinlich in den letzten Monaten seines Lebens aus, vielleicht auch in den letzten Tagen vor dem Duell – ach, dieser Puschkin, der seiner kalten berechnenden Frau wegen sterben mußte, die sich nicht genierte, ihr Korsett im Beisein von Lakaien und selbst des Buchhändlers zu schnüren, den sie in ihr Boudoir bestellte, um ihm zusätzliche fünfzig Goldrubel für Gedichte ihres Mannes abzuhandeln! – ach, Puschkin, Puschkin! – dieser spöttelnde, von Leidenschaften beherrschte, Duellen nicht abgeneigte Don Juan, der in einem Hotelzimmer in Kischinjow splitterfasernackt mit seiner Pistole herumballerte und dann mit einer roten Nachtmütze durch die Stadt spazierte, Puschkin, der sich am kleinen Finger den Nagel lang wachsen ließ wie ein geckenhafter Lebemann oder ein kleiner Büroangestellter, Puschkin, der seiner Frau gerade mal bis zur Mitte des vollendet geformten Ohrs reichte und sie nichtsdestoweniger Jahr für Jahr schwängerte, was ihn nicht an rasender und nicht immer unbegründeter Eifersucht hinderte – wäre mir die Kunst gegeben, würde ich ein Bild malen, das »Puschkins Heirat mit dem Tod« heißen sollte und auf dem Puschkin realistisch dargestellt wäre, die Gontscharowa hingegen in Form von bizarr sich windenden Linien, die jeweils einen bestimmten Teil ihres Körpers – Arme, Beine, Kopf oder Rumpf – zu symbolisieren hätten – eine ausgeklügelte Komposition, die unsere Vorstellung von den Proportionen des menschlichen Körpers völlig umkrempeln würde – unlängst sah ich solche Bilder in der Wohnung einer modernistischen Malerin, die mit Vorliebe einander ungewöhnlich stark ähnelnde weibliche Gestalten malt, in denen offenbar ein dämonisches oder gar satanisches Prinzip seinen Ausdruck findet – die Linien, die Arme und Beine darstellen, mehrfach einen ebenso stilisierten Körper und Kopf umschlingen und in Fangarmen auslaufen oder sich einfach ineinander verflechten, kann allein die Schöpferin dieser Bilder nachzeichnen, einen Zeigestab in der Hand wie ein Geographielehrer, der den Verlauf von Isothermen oder Isobaren zeigt, gleichwohl wäre es nicht verkehrt, wenn die Gontscharowa während der Hochzeit den Hals des realistischen Puschkin mit einer dieser schrecklichen Linien umschlingen würde – das wäre beinahe schon ein Puschkin in den Fängen eines Kraken – all das mag äußerst naiv sein, doch nach dem Besuch bei der Malerin ging mir dieses Bild noch so manches Mal im Kopf herum, und als ich sie wieder in ihrem Atelier aufsuchte, tat ich mein Bestes, ihr das Thema nahezubringen, aber sie sagte, Puschkin bedeute ihr nicht allzuviel, mir übrigens auch nicht, so hörte ich das sehr gern, denn mir begegnen kaum noch Leute, die Puschkin nicht als ihr Idol betrachten – besonders Frauen und vor allem Lyrikerinnen, von Marina Zwetajewa, die über ihn schrieb: »Der Männer Greuel, ihrer Fraun Genuß«, ihm ein ganzes Buch widmete und insgeheim wie offenkundig in ihn verliebt war, bis zu Bella Achmadulina, die ihn in ihren nebulösen somnambulen Gedichten besingt –, schwerlich dürfte sich indessen ein zweiter Puschkinverehrer von so glühender Leidenschaftlichkeit finden wie Dostojewski, für den Puschkin womöglich eine genauso unerreichbare traumhafte Antithese war wie seine Romanfigur Stawrogin, verkörperte er doch eine (möglicherweise nur scheinbare) geistige Harmonie, hohe Ehrauffassung (wußte Dostojewski, wie untertänig sich Puschkin im Marientheater vor dem Grafen Orlow verneigt hatte?), charakterliche Stärke und Standhaftigkeit (war Dostojewski bekannt, daß die Dekabristen Puschkin nicht sonderlich vertraut hatten, da sie ihn für einen unsteten und geschwätzigen Menschen hielten?) und schließlich die Kaltblütigkeit des Verführers, der stets sein Ziel erreicht (hier bleibt nichts in Klammern hinzuzufügen, denn Puschkins Meisterschaft auf diesem Gebiet war in der Tat unbestreitbar) – vielleicht verhielt es sich mit der Antithese auch anders – der Erzähler Dostojewski war möglicherweise der leidenschaftlichste Dichter und Romantiker seiner Zeit, während der Dichter Puschkin womöglich der nüchternste Realist war – von entscheidender Bedeutung war indessen sicherlich, daß sie zu verschiedenen Zeiten lebten, wodurch Dostojewski ein denkbares bissiges Epigramm Puschkins erspart blieb, woraufhin er sich zweifellos unter Dostojewskis literarische Feinde eingereiht gefunden, womöglich sogar eine Sonderstellung eingenommen hätte – nachdem Fedja fast alles verspielt hatte, wechselte er mit den wenigen ihm verbliebenen Francs aus dem Haupt- in den Nebenspielsaal, wo er zu seiner Verwunderung die spielende Anna Grigorjewna entdeckte – zunächst glaubte er, sich zu täuschen, aber diese Frau mit dem violetten Hut, neben der irgendwelche fremden Männer im Frack und ein paar Damen standen, war wirklich sie – er drängte sich zum Spieltisch durch und trat zu ihr, doch offenbar hatte sie gerade gesetzt, denn sie verfolgte wie gebannt das schnelle Kreisen der Kugel – er faßte nach ihrer Hand – sie war kalt – Anna Grigorjewna zuckte zusammen und erbleichte, als sie ihn vor sich sah, ihm dagegen wurde auf einmal sonderbar froh zumute – meine Frau ist eine Spielerin, dachte er belustigt, und zugleich überkam ihn das vertraute Gefühl von Zärtlichkeit und Mitleid mit ihr – selbst dazu hatte sie sich entschlossen, um ihrer beider Situation zu verbessern, zu retten – er nahm sie bei der Hand und führte sie weg von dem Tisch – in ihren Augen standen Tränen der Scham und des Ärgers, aber der Blick, mit dem sie ihn ansah, war düster wie immer – »ach, du mein Brummbärchen« – zärtlich streichelte er ihre Hand – sie verließen das Kurhaus und gingen, ohne sich darauf geeinigt zu haben, durch eine Seitenallee in Richtung Berge – sie auf seinen Arm gestützt und er ihr immerfort in die Augen blickend, in denen die Tränen inzwischen getrocknet waren und ein Lächeln leuchtete – »Meine Frau ist eine Spielerin, ei, ei!« wiederholte er ein paarmal – und sie fand das jetzt selbst lustig – an dem mit Strauchwerk bewachsenen Hang angekommen, stiegen sie gemächlich hinan in Richtung Altes Schloß – als sie die direkt zu ihm hinaufführende Treppe erreichten, wurde Fedja so ausgelassen, daß er tänzelnde und eigentümlich stampfende Schritte zu machen begann, seine Absätze seien ungleichmäßig abgetreten, die Symmetrie müsse wiederhergestellt werden, erklärte er, oben dann, als sie auf das Schloß zugingen, kam er auf die Idee, die Schritte zwischen den am Weg stehenden Bänken zu zählen – wenn er sich wieder einer näherte, verlängerte er seine Schritte oder verkürzte sie zu Schrittchen – es ging ihm darum, eine ganz bestimmte Zahl einzuhalten, was nicht klappen wollte und nichts Gutes verhieß, doch das wußte Anna Grigorjewna nicht, sie meinte, er albere bloß – nachdem er seinen Einfall mit den Bänken aufgegeben hatte, nahm er plötzlich eine theatralische Pose ein: ließ sich auf ein Knie nieder und schwenkte den einen Arm, als begrüße er jemanden – dazu veranlaßte ihn das Geräusch einer näher kommenden Kutsche – wahrscheinlich folgte er einer abergläubischen Regung oder wollte Stehvermögen beweisen, doch die Kutsche war leer, auf dem Bock saß nur schläfrig der Kutscher, Fedja und Anna Grigorjewna lachten lange darüber, bevor sie darangingen, die schmale Wendeltreppe zur obersten Plattform des Schlosses zu erklimmen – Anna Grigorjewna verspürte Müdigkeit und setzte sich auf eine Bank, von der sich eine herrliche Aussicht auf den Rhein und Baden-Baden bot, während Fedja an den Rand der Plattform trat und schrie: »Leb wohl, Anja, ich stürze mich hinunter!« – irgendwo tief unten wand sich malerisch der blaue Rhein, lag Baden-Baden mit seinen gotischen Kirchen, den spitzen Ziegeldächern und dem dichten Grün der

Gärten und Parks – dort, links von einer roten Backsteinkirche, inmitten von Grün, war das spielzeugartige weiße Kurhaus auszumachen, wo im gelben Licht der Lüster, im Tabaksqualm Geld gesetzt und verspielt wurde und ausgestreckte Hände es gierig einstrichen, doch alle diese spielenden Leute wirkten eher wie Marionetten aus dem Puppentheater – jemand Unsichtbares zog an unsichtbaren Fäden, und die befrackten Marionetten mit ihren gelben wächsernen Gesichtern machten merkwürdig ruckartige, unnatürliche Bewegungen – wie wenig paßte das zu der riesigen Weite, die sich vom Rande der Plattform vor ihm auftat! – fast auf gleicher Höhe mit ihm schossen Schwalben vorbei, weiter oben, in Höhe der über dem Schloß aufragenden Felsen, schwebten irgendwelche großen Vögel – Steinadler oder vielleicht Habichte, und noch weiter oben ging der dunkler werdende blaue Himmel beinahe in kosmische Schwärze über, so daß man gewärtigte, gleich die Sterne aufgehen zu sehen, und er verspürte den sonderbaren Wunsch, sich von der Plattform, auf der er stand, zu lösen und zu diesem blauschwarzen Himmel hinaufzuschwingen, eins zu werden mit ihm, mit anderen Welten, die möglicherweise erst im Entstehen begriffen oder soeben entstanden waren, aber schon von Menschen bevölkert wurden, die ihr goldenes Zeitalter erlebten – Anna Grigorjewna stand jetzt neben ihm, hielt seine Hand mit festem Griff, und ihr Gesicht war bleich – er führte sie zur Bank zurück, fiel vor ihr auf die Knie und bedeckte ihre Hände mit Küssen – wie war es möglich, daß er nicht an sie und Mischa oder Sonja gedacht hatte, als er sie dazu brachte, so hoch hinaufzusteigen, um ihr mit seinem albernen Geschrei Angst einzujagen? – auf dem Rückweg erkundigten sie sich auf der Post nach eingegangenen Briefen – ein an Anna Grigorjewna adressierter Brief war da, er enthielt hundert Rubel, die ihr Wanja, ihr Bruder, schickte – jetzt konnten sie ihre Schulden bei der Wirtin begleichen, brauchten sich nicht mehr vor ihr zu verstecken und waren auch in der Lage, die Brosche, die Ohrringe, die Trauringe und ihre Kleidungsstücke auszulösen und endlich diesen verfluchten Ort zu verlassen. Sie setzten die Abreise gleich für den nächsten Tag an, und in die Pension zurückgekehrt, machte sich Anna Grigorjewna ans Kofferpacken, während Fedja Geld umtauschen ging, um die Brosche, die Ohrringe und die Trauringe auszulösen, doch als fast alles eingepackt war und Anna Grigorjewna beschloß, einen Spaziergang zu machen und Fedja entgegenzugehen, vermißte sie plötzlich ihren Chignon, gestern noch hatte sie ihn getragen und erst heute, als sie zum Kasino aufbrach, zu Hause gelassen – höchstwahrscheinlich hatte diese garstige Marie ihn gestohlen oder mutwillig versteckt – das gleiche war schon einmal mit ihren langen Schlüpfern passiert, sie hatte alles durchsucht und sie dann überraschenderweise im untersten Schubfach der Kommode gefunden, wo ganz bestimmt Marie sie hingetan hatte – jetzt hatte dieser Nichtsnutz ihren Chignon irgendwo versteckt, aus Rache dafür, daß sie und Fedja nur Therese und nicht auch sie von ihren Birnen hatten kosten lassen – und das zweimal – sie rief Marie, aber die sagte, sie habe den Chignon gestern noch gesehen, sicherlich habe Anna Grigorjewna ihn verloren, und als Anna Grigorjewna sie um das Bügeleisen bat, erklärte sie, sie bügle selbst gerade, Anna

Grigorjewna mußte diese Brüskierung schweigend ertragen, und just in dem Moment erschien Fedja – er war bleich, fiel wie üblich auf die Knie und sagte, er habe das Geld verspielt, das ihm Anna Grigorjewna zum Auslösen der Brosche und der Ringe gegeben hatte – es galt, das verbliebene Geld zu retten, und mit einer Kraft, von der sie selbst nicht wußte, woher sie sie nahm, richtete sie ihn auf und sagte, sie würden jetzt zusammen zu Weißmann gehen, denn sie könne ihm nicht mehr vertrauen, und Fedja fügte sich widerspruchslos – sie hasteten durch die abendlichen Straßen Baden-Badens zu Weißmann, getrieben von der Furcht, ihn nicht mehr anzutreffen, doch er war noch in seinem Laden – sie lösten den Anzug, die Ohrringe, die Brosche und die Eheringe bei ihm aus und machten sich ohne Eile auf den Rückweg, obwohl der Gedanke an den Chignon Anna Grigorjewna nicht losließ – zu Hause angekommen, fiel Fedja abermals auf die Knie – er bat um zehn Franc, bloß zehn, um es noch einmal zu versuchen, ein einziges, das letzte Mal – so eine Gelegenheit würde sich ihm nie wieder bieten, sie reisten ja ab, und dieses allerletzte Mal mußte er gewinnen – und seien es bloß zehn Franc, exakt der Betrag, um den er Anna Grigorjewna bat, Hauptsache, er verlor nicht, keinen einzigen Franc – dann konnte er beruhigt abreisen, weil das letzte Wort, der letzte Einsatz ihm gehört hatte, dann bekam das Ganze die Form eines gleichschenkligen Dreiecks, mochte es auch sehr spitze Seitenwinkel und einen stumpfwinkligen Scheitel haben, jedenfalls war da ein Gipfel, wenigstens irgendeiner – andernfalls glich es einer ganz gewöhnlichen, in nichts endenden Horizontale – nachdem er die zehn

Franc bekommen hatte und beinahe über die flache Türschwelle gestolpert wäre, lief er durch dunkle Straßen und bog, schwer atmend vor Hast und Aufregung, in die zum Kurhaus führende menschenleere Lichtentaler Allee ein, während Anna Grigorjewna mit der Suche nach dem Chignon und dem Umpacken eines Koffers beschäftigt war, da noch drei Teller, eine Tasse und ein Schälchen Platz finden mußten – Fedja kam mit gespielt zerknirschtem Gesicht zurück und mit einer großen Tüte Aprikosen, die er hinter seinem Rücken versteckt hielt – er hatte mit dem ersten Einsatz gewonnen, dann einen Versuch auf Passe gewagt und noch einmal gewonnen – dabei hatte er es belassen, mit diesem Versuch den Schlußpunkt gesetzt – seine Augen strahlten Ruhe und Freude aus, so daß er zunächst gar nicht auf das achtete, was ihm Anna Grigorjewna über ihren abhanden gekommenen Chignon, über ihren auf Marie fallenden Verdacht und deren Unverschämtheit zu berichten hatte, als sie aber nicht zu bewegen war, sich die Aprikosen schmecken zu lassen, die er sorgfältig gewaschen und auf einen Teller gelegt hatte, und statt dessen auf der Suche nach ihrem unglückseligen Chignon wieder die Schubfächer der Kommode aufzuziehen begann, befiel ihn plötzlich schreckliche Gereiztheit, ähnlich einem qualvollen Sodbrennen – sie mußte ihm partout diesen frohen Moment seines Lebens verderben, diesen Triumph, mochte er auch noch so klein und nichtig sein – wegen ihres albernen Chignons wurde er daran gehindert, eine kleine Freude auszukosten – dabei war er wegen dieser Aprikosen bis ans andere Ende der Stadt gelaufen, weil alle Läden bereits geschlossen hatten, und er hatte diesen Deutschen, der sein Geschäft auch schon zumachen wollte, nur mit Mühe überreden können, ihm noch diese Aprikosen für seine kranke Frau zu verkaufen – »für meine liebe kranke Frau«, hatte er auf deutsch gesagt, um das Mitleid des Mannes zu erregen, und sich damit vor ihm erniedrigt, und statt ihn nun wenigstens zu fragen, wo er die Aprikosen so spät noch bekommen habe, hörte sie nicht auf, nach ihrem verflixten Chignon zu suchen – er schrie sie an, sie sei kleinlich und verderbe ihm ständig alles, und überhaupt, Chignons trügen nur noch alte Jungfern, sie ließ das Suchen sein, richtete sich auf und sah ihn an – starr und düster sah sie ihn an, doch nicht nur keine Tränen, nicht einmal ein Vorwurf war in ihren Augen, dafür Herausforderung und kalte verzweifelte Entschlossenheit – »Ich reise morgen allein ab, in der Frühe, und Sie können tun, was Sie wollen«, sagte sie mit veränderter, fremder Stimme, ging zu den Koffern und beugte sich darüber, um seine Sachen – Anzug, Unterwäsche, Taschentücher – herauszunehmen und auf sein Bett zu legen, und wie sie das tat, ließ keinen Zweifel an ihrer Entschlossenheit – so hatte er sie noch nie erlebt – das war ein ihm unvertrauter Mensch von fremder Wesensart – eine junge Frau mit müdem, fast abgezehrtem Gesicht, die es wer weiß wie zu ihm in dieses Zimmer verschlagen hatte – nein, das alles mußte eine Sinnestäuschung sein – diese Frau sollte doch die Mutter seiner, ihrer beider Kinder werden, und heute erst, vor wenigen Stunden, hatte sie, als er am Rande des Abgrunds stand, fest und zärtlich seine Hand ergriffen und ihn weggeführt, als wäre er tatsächlich drauf und dran gewesen, sich in die Tiefe zu stürzen – also liebte sie ihn – sie fuhr ruhig fort, den Koffer umzupacken, seine Sachen herauszunehmen – einen Augenblick lang stellte er sich vor, wie sie abfuhr und er allein blieb in diesen beiden dürftig möblierten Zimmern, mit dem ohrenbetäubenden Kindergebrüll von oben und dem ebenso ohrenbetäubenden Gehämmer aus der Schmiede im Hof, und wie er von irgendwo zurückkehrte und die leeren Zimmer betrat und sich niemand über sein Kommen freute und sich beeilte, ihm Tee vorzusetzen, und wie er nachts aufwachte, zu ihrem Bett ging, um sich zu verabschieden, und Decke und Bettzeug befühlte, das Bett jedoch leer war – sie packte weiter Sachen aus, dann trat sie wieder zu der Kommode, ohne ihn auch nur eines Blickes zu würdigen – »Anja, das kann doch nicht dein Ernst sein!« – er fiel auf die Knie, kroch zu ihr, ergriff ihre Hand und drückte sie an seine Lippen – sie entzog ihm unverändert ruhig ihre Hand, und diese Ruhe war am beängstigendsten – er sprang auf, er wollte ihr Gesicht zu sich herumdrehen, ihr in die Augen sehen, als plötzlich der Fußboden unter ihm schwankte und er statt ihres Gesichts, das er zu sehen erwartete, wußte er doch genau, daß er mit beiden Händen nach ihrem Kopf gefaßt hatte, einen sonderbaren verschwimmenden weißen Fleck sah – dieser Fleck wurde rasch größer, nahm eine hellblaue Färbung an, die dann ins Dunkelblaue und sogar ins Schwarzblaue wechselte – die Farbe jenes Himmels, den er heute vom Rande der Burg aus gesehen hatte – es war ein fast nächtlicher, bestirnter Himmel, aber die Sterne waren irgendwie riesig, sonnengleich, obwohl man sie durchaus betrachten konnte, denn sie blendeten nicht, verbreiteten alle nur einen goldenen Schein – er löste sich von der Erde und flog frei zwischen diesen Riesensternen umher, doch sowie er sich einem von ihnen näherte, verlosch die goldene Aureole, und seinem Blick bot sich eine öde steinige Weite, so öde, daß sie in nichts auslief, was entfernt an einen Horizont erinnert hätte, über die Gesteins- und Felsansammlungen, die die unscharfen Konturen ehemaliger Städte annahmen, lagen menschliche Schädel und Knochen verstreut, und ein merkwürdiger Geruch ging von dieser ausgestorbenen Steinwüste aus – Ozongeruch, wie nach einem Gewitter –, und er flog weiter, leicht, mühelos, wie die Vögel, die er heute auf der Plattform der Burg beobachtet hatte, aber auf allen Sternen, zu welchem er auch hinflog, bot sich ihm dasselbe Bild: Überreste dahingegangenen Lebens, einer dahingegangenen Zivilisation – alles war tot – die gigantischen Sterne wurden plötzlich kleiner, und auf dem Hintergrund des schwarzen Himmels erschien ein grellgelber Vollmond – ein Schild fuhr aus ihm heraus, auf dem in Kirchenschrift »Ja, ja« geschrieben stand – dieses Schild, das ebenso angeleuchtet war wie die darauf geschriebenen Buchstaben, glitt über den ganzen Himmel von Ost nach West, was zweifellos auf Rußlands messianische Bestimmung verwies, und er flog diesem Schild mit einer solchen Leichtigkeit hinterher, daß er, verschmolzen mit etwas bisher Unerreichbarem und jetzt Teil seiner selbst Gewordenem, das Gefühl für den eigenen Körper verlor – er lag halb sitzend auf dem Vorleger zwischen ihrem Bett und der Wand, wohin ihn Anna Grigorjewna, keuchend unter der Last seines Körpers, geschleppt hatte – unter den Kopf legte sie ihm ein Kissen – die Krämpfe hörten allmählich auf, aber auf seinen Lippen war Schaum, den sie ein paarmal wegwischte – er öffnete langsam die Augen und sah sie an, ohne sie zu erkennen – »comme ça«, sagte er aus irgendeinem Grund auf französisch – »Ich bin hier, Fedja, hier bei dir« – neben ihm kniend, schmiegte sie ihre Wange fest an seine kalte schweißige Stirn – »Ich bin bei dir, hier«, wiederholte sie, und diese Wiederholung klang wie ein Seufzer der Trübsal und Zärtlichkeit.

Die Abfahrt des Zuges war zwei Uhr nachmittags, doch Baden-Baden ohne den Chignon zu verlassen schien völlig ausgeschlossen, deshalb ging es gleich früh mit neuer Kraft ans Suchen: Anna Grigorjewna und Fedja nahmen abwechselnd die herbeigeholten Marie und Therese ins Kreuzverhör. Fedja, nach dem epileptischen Anfall in besonders schlechter Verfassung, reagierte gereizt und brauste sogar auf – als er früh aufgewacht war, hatte er, noch ehe er die Augen aufschlug, mit einem unguten Gefühl eine Art Dreieck mit angenagter Spitze vor sich gesehen – er strengte sein Gedächtnis an, um sich zu erinnern, was das wohl zu bedeuten hatte, und plötzlich fiel es ihm ein: der verschwundene Chignon – ja, das war es, was dieses Dreieck unvollkommen machte – sie konnten hier nicht abreisen, ohne den Chignon wiedergefunden zu haben – Marie und Therese fahndeten in allen Ecken, dann ging Therese weg, während Marie in beiden Betten weitersuchte und den Chignon schließlich hinter dem von Fedja fand – Fedja beteuerte, er habe an diesem Morgen dort nachgesehen und der Chignon sei nicht dagewesen, folglich habe ihn Marie an der Stelle versteckt – Marie lief mit Tränen in den Augen zur Wirtin, die in das Zimmer gestürmt kam und schrie, Diebinnen beschäftige sie nicht, bei ihr arbeiteten redliche Leute – dabei schlug sie sich gegen die flache Brust – Anna Grigorjewna pflegte sie Mme. Thénardier zu nennen, nach einer Romanfigur bei Hugo, einer unmenschlichen Frau mit einer lauten Lache und männlichen Manieren, während sie Fedja mit ihrem wilden Geschrei und damit, wie sie ihre Brust mit der Faust bearbeitete, an eine ihm sehr bekannte Person erinnerte – ah, jetzt fiel es ihm ein – an Katerina Iwanowna aus *Schuld und Sühne*, die sich beim Totenmahl, rote Flecke im Gesicht und am Hals, mit wogendem schwindsüchtigem Busen heftig ereifert und unter dem Gelächter aller Anwesenden, insbesondere dem verächtlichen Fauchen ihrer Wirtin Amalia Iwanowna, dieser stumpfsinnigen und hochmütigen Deutschen, auf ihre vornehme Herkunft beruft – wie genau er doch das Persönlichkeitsbild Katerina Iwanownas getroffen hatte, wenn auch in der hier ablaufenden Szene sich alles genau umgekehrt verhielt, wie stimmig war jedenfalls diese Atmosphäre der heranreifenden Kontroverse! – seit November vergangenen Jahres hatte er nichts mehr geschrieben – erst die Heirat, dann dieses Roulette, das alles andere aus seinem Kopf verdrängt hatte, so daß nicht einmal aus dem Aufsatz über Belinski etwas geworden war, doch alle diese Gedanken gingen ihm nur so nebenbei durchs Gehirn – die Stimme der Wirtin war jetzt irgendwo hinter der Tür zu hören – die Geschichte mit dem Chignon war erledigt – er saß am Schreibtisch, das Kinn in die Hände gestützt, die Augen geschlossen, und vor seinem inneren Blick stand wieder das Dreieck mit der angenagten, eingekerbten Spitze – den gestrigen Gewinn hatte er mit zwei Einsätzen erzielt – er hätte noch ein drittes Mal setzen sollen – den Abschluß mußte in jedem Fall eine ungerade Zahl bilden, am besten die Drei – bis zur Abfahrt des Zuges blieben noch über zwei Stunden – in dieser Zeit konnte man ein ganzes Vermögen gewinnen – ihm ging die letzte Möglichkeit, die letzte Chance verloren, wenn er sinnlos hier am Tisch saß, während dort, gar nicht weit entfernt, wo die Lichtentaler Allee endete, in dem weißen zweigeschossigen Gebäude mit den Türmchen, hinter den hohen Fenstern mit den zugezogenen schweren grünen Vorhängen, auf den grün bespannten Tischen, im Lichte der den Tabaksqualm durchdringenden Lüster Münzenhaufen golden schimmerten – wie die Beschläge der Ikonen im flackernden Kerzenlicht der Kirche, umhüllt von Weihrauchwolken – nachdem er Anna Grigorjewna geschworen hatte, das sei das allerletzte Mal und er werde nur zuschauen, erbitte aber für alle Fälle einen einzigen Gulden, eilte er los in Richtung Kurhaus, inzwischen schlug sie, damit sie nicht so viel Geld für das Gepäck auszugeben brauchten, sämtliche Bücher in ihr schwarzes Kleid und dann noch in Fedjas Mantel ein, so konnten sie das Ganze als Handgepäck mit in ihr Abteil nehmen – außerdem mußte sie noch einmal in allen Kommodenschubfächern und in den Betten nachsehen, um sicher zu sein, daß sie nichts vergessen hatten – da kam Fedja auch schon zurück, fiel auf die Knie und sagte, daß er alles verspielt habe und ein Schuft sei, denn er habe seinen Ehering versetzt – jetzt reichte das Geld nicht mehr für die Abreise, und sie liefen zusammen zu Moppert, gleich um die Ecke, um Anna Grigorjewnas Ohrringe zu verpfänden – die Goldmünzenhaufen schimmerten weiter mit ihrem geheimnisvollen

Kirchenglanz, und als anderthalb Stunden bis zur Abfahrt des Zuges blieben, hastete Fedja, fünf Franc in der Tasche, wieder los zum Kasino – als er vorhin den Gulden verspielt und seinen Ehering verpfändet hatte, war seine Leidenschaft mit ihm durchgegangen, beim siebenten (ungerade Zahl) Versuch hatte er in der Hoffnung auf die Glückszahl Sieben auf Zéro gesetzt und alles verloren – der Croupier nahm sein Geld und packte es mit auf den Haufen, und dann glättete er diesen mit der Hand, so daß der Gipfel verschwand – jetzt wollte Fedja nur noch einmal einen Blick auf den Münzenberg werfen, den der Croupier ständig neben sich hatte, und zwar in dem Moment, wenn sich der Gipfel bildete – er stand auf Zehenspitzen hinter den Spielern und den Schaulustigen und spähte zwischen ihren Köpfen zu dem Geldhaufen hin, der je nach Spielverlauf bald zu-, bald abnahm, seine Finger krampften sich um die Fünf-Franc-Münze, er wartete mit stockendem Herzschlag darauf, daß sich der Gipfel dieses Berges ausformte – er hatte das Gefühl, daß dieser Augenblick entscheidend für sein Leben sein würde, und als der Geldhaufen, zu dem der Croupier immer neue verspielte Münzen hinzuharkte, so riesenhaft anwuchs, daß er ins Rutschen zu geraten drohte und oben eine Art Konus entstand, drängelte er sich, ohne selbst zu begreifen, was er tat, kurzerhand zum Tisch durch, und sobald er die Aufforderung des Croupiers vernahm, setzte er seine Fünf-Franc-Münze – wieder auf Impair – die Kugel sauste los und sprang fast sofort ins Zéro-Fach – Ausrufe der Freude und der Verzweiflung ertönten gleichzeitig von verschiedenen Seiten – einige der Spieler strichen einen ordentlichen Batzen ein, die übrigen hatten ihr Geld verloren, womöglich ein ganzes Vermögen – er zwängte sich mit eingezogenem Kopf durch die Menge der Kasinobesucher – die letzte Münze war verspielt, und damit hatte sich auch seine letzte Hoffnung zerschlagen – er rollte hangabwärts, diesmal war es ein unabwendbarer endgültiger Absturz, er versuchte gar nicht erst, irgendwie Halt zu finden – als er zu Hause ankam, außer Atem und bleich, hatte Anna Grigorjewna gerade eine Auseinandersetzung mit der Wirtin, die zusätzlich elf Gulden verlangte – heftig erregt schlug sie sich wieder gegen die Brust und schrie, immerhin besitze sie ein paar Gulden mehr als Anna Grigorjewna und Fedja, dann verlangte sie auch noch Geld für Bedienung und Heizung – Anna Grigorjewna reichte ihr zwei Gulden, doch die Wirtin sagte, das sei zuwenig, und als Anna Grigorjewna einen Gulden drauflegte, schlug sie sich abermals mit der Faust gegen die Brust und schrie, bei ihr arbeiteten keine unredlichen Leute – als sie endlich ging, lief Fedja los eine Droschke holen, doch kaum war er weg, erschien sie wieder und verlangte achtzehn Kreuzer für einen zu Bruch gegangenen irdenen Topf – unterdessen kam Fedja mit der Droschke zurück, ganz schweißnaß, so daß Anna Grigorjewna befürchtete, er könnte sich erkälten – die Wirtin lief hin und her, stellte Forderungen, schlug sich mit der Faust gegen die Brust – nachdem sie auf die Schnelle das von Fedja besorgte Weißbrot und ein halbes Pfund Schinken verzehrt hatten, verließen sie die Zimmer und stiegen die Treppe hinunter – die Wirtin kam heraus, um ihnen nachzusehen, während Marie, die auf dem Treppenabsatz stand, nicht einmal den Kopf wandte – was für ein undankbares Mädchen, so viele Male hatte sie von ihnen Obst und allerlei Kleinigkeiten bekommen, und nun sagte sie ihnen nicht einmal auf Wiedersehen! – auf der Straße begegneten ihnen bei der wartenden Droschke lediglich die ungezogenen Kinder der Schmiedsfrau, die sie um den Schlaf gebracht hatten – als sie in die Kutsche einstiegen, zeigten sich im Fenster die Wirtin und Marie – die Wirtin schrie ihnen Drohungen zu, so daß sie sich schon fast darauf gefaßt machten, Steine fliegen zu sehen – die Droschke setzte sich in Bewegung, die Hufe der Pferde trappelten über das Kopfsteinpflaster – sie fuhren durch ihnen vertraute von Robinien gesäumte Straßen, vorbei an Häusern mit Ziegeldächern und geschlossenen Fensterläden, denn zu dieser nachmittäglichen Stunde war es trotz des zu Ende gehenden Sommers noch heiß – Fedja saß mit krummem Rücken in seinem noch ausgelösten schon ziemlich abgetragenen schwarzen Berliner Anzug und hielt das Bündel mit den Büchern – Anna Grigorjewna hatte ihr violettes Kleid angezogen, dazu die auch noch ausgelöste Mantille, mit der sich jetzt die gestopften Stellen ihres Kleides gut verdecken ließen, auf dem Kopf trug sie den Hut mit Schleier und Fedja seinen dunklen Hut, den er fortwährend abnahm, um sich den Schweiß zu trocknen – dann drückte er das Bündel mit dem Bein an – während sie die wohlbekannten Häuser und Straßen, die mit Kastanien bepflanzte Lichtentaler Allee, an der sie jetzt vorbeifuhren, betrachtete, war es Anna Grigorjewna, als hätten sie hier sehr lange, eine ganze Ewigkeit gelebt, als hätte es in ihrem Leben am Ende überhaupt nichts anderes gegeben, und sie befürchtete die ganze Zeit, es könnte noch etwas passieren, was ihre Abreise verhinderte – immer wieder ging ihr Blick zur

Uhr am Rathausturm, der von überall in der Stadt zu sehen war – Gott sei Dank kamen sie rechtzeitig an, und während der Träger ihre Koffer zur Gepäckabfertigung brachte, lief Fedja los die Fahrkarten kaufen – der Zug stand bereits unter Dampf – das Bücherbündel, das sie mit ins Abteil nehmen wollten, lag auf einer Bank neben Anna Grigorjewna – da tauchte plötzlich Therese auf – sich umblickend, rannte sie den Bahnsteig entlang – Anna Grigorjewna blieb fast das Herz stehen – sie hatte es ja geahnt, daß sie hier nicht wegkämen, daß irgend etwas sie daran hindern würde – als Therese sie entdeckte, blieb sie stehen und sprudelte keuchend hervor, Anna Grigorjewna habe den Wohnungsschlüssel mitgenommen – erleichtert atmete sie auf, kramte in ihrer Handtasche und fand den Schlüssel – sie hatte tatsächlich die dumme Angewohnheit, Wohnungsschlüssel einzustecken – zusammen mit dem Schlüssel gab sie Therese ein paar Kreuzer – Therese bedankte sich und wünschte eine gute Reise – sie war der beste Mensch in Baden-Baden, so scheu und fügsam, und natürlich war es ihr peinlich, daß man sie so schlecht behandelt hatte – im Abteil war es heiß, aber als der Zug sich endlich in Bewegung setzte, wurde es etwas kühler – rote Backsteingebäude mit Ziegeldächern glitten an den Fenstern vorbei, in der Ferne waren bewaldete Berge zu sehen, und auf einem von ihnen das Neue und das Alte Schloß mit den darüber aufragenden Felsen – jetzt, da sie für immer abfuhren, wurde sie aufs neue, wie beim erstenmal, als sie sich diesem Städtchen genähert hatten, gewahr, wie schön es samt seiner bergigen Umgebung war, in der Ferne glänzte das blaue Wasser des Rheins auf, und für ein paar Sekunden überkam sie Traurigkeit – »Scheiden, wie man es auch nimmt, ist Tod«, hatte Marina Zwetajewa geschrieben – selbst die unwirtlichsten Orte verlasse ich zum Beispiel mit einem Gefühl der Wehmut, wahrscheinlich deswegen, weil ich weiß, daß ich niemals mehr zu ihnen zurückkehren werde – Fedja hatte irgendwoher rote Weintrauben besorgt, sehr schmackhafte, die sie nun gemeinsam im Zug aßen, leider hatte er nur zuwenig davon gekauft – draußen zogen bekannte Gegenden des Schwarzwalds oder Thüringens vorbei, danach begann endloses Aus- und Zusteigen, die Mitreisenden wechselten einander ab – da waren zunächst zwei alte Frauen und eine Dame mit Metallstock, die nach Basel wollte, dann eine ältere Dame mit strengem Gesicht, die sich, wie Anna Grigorjewna vermutete, mit Heiratsabsichten trug, ein junger Deutscher, der ihr auf den Fuß trat und sich auf nette Weise entschuldigte, ein so redseliger Mensch, daß Fedja sich in die Ecke der Sitzbank drückte und Anna Grigorjewna und den Deutschen schweigend mit ärgerlichen Blicken durchbohrte, die nichts Gutes verhießen, eine Dame in Trauer, die sich erkundigte, ob es in Rußland noch Pässe gebe, und Anna Grigorjewna für eine Deutsche hielt, was diese als Kränkung, ja als Grobheit empfand, und schließlich noch ein frisch verheiratetes junges deutsches Paar – auf einem der Bahnhöfe stieg Fedja aus, um belegte Brote zu kaufen, und da er kein Kleingeld hatte, gab er dem Verkäufer zehn Franc, worauf er einen Franc zuwenig herausbekam – Fedja reklamierte, aber der Verkäufer tat, als hätte er nichts gehört, und wandte sich anderen Käufern zu – da klingelte es zum drittenmal, Anna Grigorjewna saß hinter der bereits geschlossenen Tür in ihrem Abteil, die Fahrkarten hatte er – als Fedja es zum drittenmal klingeln hörte, schrie er aus Leibeskräften, er wolle seinen Franc haben, so laut, daß es den Pfiff der Lokomotive übertönte – Fedja stürmte in das Abteil, zerzaust, hochrot, und begann schrecklich erregt die ganze Geschichte dem redseligen jungen Deutschen zu erzählen, er fügte auch noch mit lauter Stimme hinzu, nirgends gebe es so viele Spitzbuben wie in Deutschland – die beiden alten Frauen, die wer weiß warum immer noch im Zug saßen, sagten untereinander laut, das sei nicht wahr, während der junge Deutsche ihm liebenswürdigerweise recht gab, so daß Fedja anscheinend bis zu einem gewissen Grade sein Mißgeschick mit den belegten Broten und das offenkundige Flirten dieses Deutschen mit Anna Grigorjewna gerächt sah – hinter dem Fenster zeigte sich aufs neue der Rhein, breit, mit grünlichem Wasser, darin Felsbänke, und Anna Grigorjewna freute sich darüber wie über das Wiedersehen mit einem alten Bekannten.

Am nächsten Morgen trafen sie in Basel ein. Der Bahnhof war voller Menschen, und Anna Grigorjewna und Fedja wußten nicht, ob sie auf ihre Koffer zu warten hatten, doch der redselige Deutsche, der wieder an ihrer Seite war, erklärte ihnen, daß die Koffer direkt nach Genf befördert würden – Anna Grigorjewna und Fedja, der das Bündel mit den Büchern in seinen Händen hielt wie der im Hause Jepantschins erscheinende Fürst Myschkin[22], stiegen in einen kleinen Omnibus, wobei Fedja irgendwelchen Engländerinnen auf die

[22] Hauptgestalt in Dostojewskis Roman *Der Idiot*. (Anm. d. Übers.)

Füße trat, dann übergab er das Bündel Anna Grigorjewna und lief noch einmal zum Bahnhof, um sich lieber doch zu erkundigen, was mit den Koffern geschehen würde – nach wenigen Minuten war er zurück und trat beim Einsteigen den Engländerinnen abermals auf die Füße – der Wagen rollte durch die Straßen der großen Stadt zu einer Brücke und über einen breiten Fluß – Anna Grigorjewna war überrascht zu erfahren, daß dieser Fluß wieder der Rhein war – am Brückengeländer standen zwei, drei betrunkene alte Männer, die sich, mit den Händen fuchtelnd, stritten, was Anna Grigorjewna die Freiheit in der Schweiz in einem illusorischen Licht erscheinen ließ – schließlich erreichten die Dostojewskis das Hotel Zum goldenen Kopf, wo sich der Kellner und die Gepäckträger gleichermaßen als betrunken erwiesen und Anna Grigorjewna und Fedja in der Annahme, sie seien Verwandte der Engländer, zusammen mit diesen unterbringen wollten.

Kaum einquartiert, machten sich die Dostojewskis auf, die Stadt zu besichtigen, insbesondere das Münster und das Ortsmuseum. Bei dem trüben Wetter mangelte es den Bildern an ausreichender Beleuchtung, vor allem im Münster. Zwar waren die Lichtverhältnisse im Museum besser, doch bis auf eines machten die Bilder keinen besonderen Eindruck auf die Dostojewskis. Dieses eine, es stammte von Holbein dem Jüngeren, und Anna Grigorjewna nannte es »Tod Jesu Christi«, obwohl es eigentlich die Bezeichnung *Toter Christus* trug, hatte die Form eines langgestreckten Rechtecks, und im Unterschied zu den allgemein bekannten Bildern, auf denen der leidende oder tote Christus romantisch angehaucht erscheint, stellte es den Leichnam auf einem Laken liegend dar, wie in einer Totenkammer, mit spitzer Nase, zermartert und zerschunden, mit den ersten Anzeichen von Verwesung, die besonders deutlich am Gesicht und an den unverhältnismäßig großen Füßen zu erkennen waren, so daß Anna Grigorjewna dieses Bild voller Entsetzen, Fedja hingegen ganz hingerissen betrachtete. Als er einen an der Wand stehenden Stuhl entdeckte, trat er entschlossenen und schnellen Schrittes zu ihm hin, um ihn fast bis in die Mitte des Raums zu tragen, draufzusteigen und sich mit seinem Blick an dem Gemälde festzusaugen – das ungewöhnlich breite Bild hing über einer Tür in Rogoshins Haus in der Gorochowaja – ja, genau dort hatte es seinen Platz, und Fürst Myschkin, der dieses Bild in der Schweiz gesehen hatte, sprach genau dasselbe aus, was dem auf dem Stuhl stehenden Mann durch den Kopf ging: daß »so ein Bild einem den Glauben nehmen kann«, obwohl er in dem Moment weder den Kaufmann mit dem feurigen Blick vor Augen hatte, der sich in Leidenschaft für die gefallene, aber stolze Frau verzehrte – diese ewige Heldin Dostojewskis, die seine Begierde schmerzhaft reizte und sie deswegen nicht zu stillen vermochte –, noch den Fürsten, diesen Ritter von der traurigen Gestalt, halb Christus, halb Don Quijote, der an derselben Krankheit litt wie der auf dem Stuhl Stehende, noch all die anderen Figuren und Personen, noch die Namen, die er seinen künftigen Romanhelden verleihen würde und von denen er möglicherweise noch gar keinen Begriff hatte, noch die Szenen und Ereignisse, die sich vollziehen sollten, gleichwohl war dieses Bild ein ganz deutlich erkennbares Detail – das erste Kristall einer übersättigten Lösung – das übrige, einstweilen noch in dichtem Nebel Liegende mußte von allein kommen – mit neuer Kraft sog sich sein Blick an dem Bild fest – sekundenlang verblaßte es, schien sich beinahe auflösen zu wollen, und an seiner Stelle tauchten vertraute Gesichter auf: das rote mit dem Luchsblick, das flache mit den vortretenden Augen, dann die Gesichter derer, die sich im Reigen drehten, bevor sie, auf einem Berggipfel wie zu einem Amphitheater formiert, mit Fingern auf ihn zeigten und feixend einander zuzwinkerten, so daß er schon von dem Stuhl heruntersteigen wollte, doch im nächsten Augenblick verschwanden sie alle, und er sah klar erkennbar wieder das Antlitz und den Körper des toten Christus vor sich und vernahm den von jemand anders ausgesprochenen Satz vom Verlust des Glaubens – dieser Gedanke sollte den Mittelpunkt des Romans bilden, und da traten aus dem Nebel, undeutlich noch, Gegenstände, Szenen und Bilder: ein aufblitzendes Messer – die Augen gen Himmel gerichtet, ersticht ein Bauer einen anderen mit den Worten: »Herr, vergib mir um Christi willen«; dann ein Soldat, der sein Zinnkreuz als angeblich silbern verkauft; Worte über Gott, die eine einfache Bäuerin angesichts des ersten Lächelns ihres Säuglings spricht, dann der Kreuzaustausch zwischen den beiden Hauptgestalten des Romans; ein ungewöhnlich menschenleerer Sommergarten mit Gewitterwolken, die auf der Petersburger Seite heraufziehen; wieder ein aufblitzendes Messer in irgendeinem dunklen Gang eines billigen Petersburger Hotels am Litejny und ein kurzer Blick aus kleinen feurigen mordlustigen Augen, und abermals das Aufblitzen eines Messers in der Dunkelheit, als es unter die weiße Brust der stolzen und gefallenen Frau gestoßen wird –

der Museumswärter zog den auf dem Stuhl Stehenden am Arm – Anna Grigorjewna, die an der Seite ihres Mannes geblieben war, entschuldigte sich für seinen sonderbaren Einfall – sie befürchtete, daß man sie abstrafen würde – er stieg gehorsam herunter wie ein Mondsüchtiger, daß er dazu veranlaßt worden war, schien seiner Aufmerksamkeit entgangen zu sein – er ging neben Anna Grigorjewna her, zunächst durch das Museum, um zum Ausgang zu gelangen, dann durch die Straßen, auf denen Kutschen und Omnibusse fuhren, vorbei an großen Häusern mit spiegelnden Schaufenstern, dahineilenden Leuten – von alledem nahm er nichts wahr – er befand sich auf einem Berggipfel, der ihm unbesteigbar erschienen war, und von hier konnte er beinahe den gesamten Planeten überblicken mit seinen Städten, Flüssen, Dörfern, Ozeanen und Kirchen, mit seinem ganzen rastlosen Leben voll tragischer Widersprüche – möglicherweise befand er sich jetzt in jenem Kristallpalast, nach dem er so angestrengt Ausschau gehalten hatte, als er den Gipfel zu erreichen suchte – sie kehrten in das Hotel Zum goldenen Kopf zurück, um zu essen, dann spazierten sie noch durch die abendliche Stadt, und nachts schwammen sie weit hinaus bis hinter die Linie des Horizonts – ihre Bewegungen waren rhythmisch, und ebenso rhythmisch atmeten sie, wenn sie in das Wasser tauchten und sich kräftig wieder aus ihm herausstießen, und nicht ein Mal trieb ihn die Gegenströmung ab – hinter den schneeverschleierten Fenstern schwammen langsam neblige Flecken dahin – die Lichter auf dem Bahnsteig des Moskauer Bahnhofs – die Fahrgäste standen mit ihren Koffern und Taschen unruhig im Gang, die Tür zur Plattform war geöffnet, und frostiger Dampf schlug in den Wagen herein – der Zug hielt – den Koffer in der Hand, betrat ich hinter den anderen den Bahnsteig und ging inmitten des Stroms der hastenden Ankömmlinge und der sie Abholenden auf das durch den nebligen Dunst hindurchscheinende Bahnhofsgebäude zu – am Nebenbahnsteig stand ein Planwagen, beladen mit dunkelblauen Sportlertaschen, aus denen Eishockeyschläger herausragten – die Moskauer »Dynamos«, die heute gegen »Zenit« Leningrad gespielt hatten, fuhren mit dem »Roten Pfeil« nach Moskau zurück.

* * *

Der Vorplatz des Moskauer Bahnhofs war fast menschenleer – die meisten Ankömmlinge verschwanden in der Metro, der Rest ging zur Straßenbahnhaltestelle, die links des Vorplatzes lag, also praktisch schon in der Ligowka, lediglich ein kleines Häufchen der Mutigsten und Entschlossensten versuchte eines der Taxis zu erwischen, die hin und wieder vor dem Bahnhofsgebäude vorfuhren, um jedes Fahrzeug mit dem grünen Lämpchen entbrannte eine Schlacht – es ging auf Mitternacht zu – in den Strahlen der den Platz beleuchtenden Laternen und Scheinwerfer fielen langsam spärliche Schneeflocken, von der frostigen Luft klebten die Nasenflügel zusammen, unter den Füßen knirschte der Schnee, und direkt hinter dem Platz sah man den nahezu menschenleeren Newski-Prospekt mit zwei allmählich zusammenfließenden und sich im frostigen nächtlichen Nebel verlierenden Lampenketten und den vereinzelt sich dahinbewegenden Lichtern der letzten Obusse – ich ging um den Platz herum und überquerte zunächst die Ligowka – irgendwo dort, hinter der Straßenbahnhaltestelle, in der von einer nur schwach erkennbaren Lampenkette durchzogenen Dunkelheit, seitlich der Ligowka, nahe des Kusnetschny-Marktes, stand ein ganz gewöhnliches graues Petersburger Haus, in dem er die letzten Jahre seines Lebens gewohnt hatte und auf seinem Lederdiwan gestorben war, unter dem Foto der *Sixtinischen Madonna*, das ihm einer seiner Freunde zum Geburtstag geschenkt hatte, und irgendwo dorthin, in die Dunkelheit, an einen vertrauten Ort, fährt in einer Droschke mit einer geschminkten Frau der Protagonist von Bunins Erzählung *Schlingenohren*, einer Erzählung, die von der Literaturwissenschaft als Antithese zu *Schuld und Sühne* betrachtet wird – dann überquerte ich den Newski-Prospekt und bog in die Uliza Wosstanija, die ehemalige Snamenskaja, ein – durch diese Straße ist er auch des öfteren gegangen, wenn er Maikow[23] besuchte, oder auf dem Rückweg von der Redaktion oder der Druckerei, die beide am Newski lagen, zum Haus Sliwtschanskis, in dem auch er einige Zeit wohnte, oder zum Haus Strubinskis, neben der griechischen Kirche, in das er später umzog – wenn ich nach Leningrad kam, hatte ich immer eine Bleibe bei einer Freundin unserer Familie, die schon seit der Vorkriegszeit in der Snamenka wohnte. Der Schnee knirschte unter den Füßen, an meinem Koffer hatte ich nicht besonders schwer zu tragen, ich ging ohne Eile, atmete froh die nächtliche Frostluft ein, betrachtete die Laternenketten,

23 Apollon Nikolajewitsch Maikow (1821–1897), Lyriker. (Anm. d. Übers.)

die, ebenso gerade und gleichmäßig wie auf dem Newski waren und, zusammenfließend, sich ebenso in der Ferne verloren – an der Kreuzung blieb ich stehen, um eine quietschend um die Kurve fahrende Straßenbahn vorbeizulassen – zwei oder drei zusammengekuppelte Wagen mit vereisten Fenstern, durch die die einsamen Schatten nächtlicher Fahrgäste nur mit Mühe zu erkennen waren – das Haus, in dem unsere Freundin wohnte, stand gleich hinter der Kreuzung – ich betrat den wohlvertrauten heruntergekommenen Hausflur, in dem es stets nach Katzen roch und auf dessen Steinfußboden Scherben zu dritt oder auch allein geleerter Flaschen lagen, und stieg die von einer oder zwei Glühlampen dürftig beleuchtete steile Steintreppe mit den ramponierten Stufen zum zweiten Stock hinauf, neben einer hohen, vom Alter gedunkelten Tür drehte ich den Griff der altertümlichen Klingel, da sich hinter der Tür jedoch nichts rührte, drehte ich noch einmal – in letzter Zeit hatte Gilda Jakowlewnas Gehör nachgelassen – endlich vernahm ich leise Schritte und das Aufschließen der Tür – eine kleine alte Frau stand darin, Gilda Jakowlewna, im Schlafrock, mit runzligem Gesicht, einem Grübchen am Kinn und dunklen Haaren – sie ließ sie regelmäßig färben, bestimmt schon so lange, wie ich an sie zurückdenken konnte, deshalb war sie in meinen Augen niemals eine alte Frau gewesen, sondern einfach Gilja, wie ich sie in meiner Kindheit genannt hatte, als wir in einer Stadt wohnten und sie die beste Freundin meiner Mutter war – ich beugte mich hinunter und gab ihr einen Kuß auf ihre weiche runzlige Wange, den sie mit einem raschen Schmatz erwiderte. – »Kommst du mit der Straßenbahn? Habe ich es mir doch gedacht, daß der Zug Verspätung hatte. Ich habe schon auf dem Bahnhof angerufen. Wie ist das Wetter in Moskau?« sprudelte sie hervor, während sie, ohne auf meine Antworten zu achten, die Wohnungstür verriegelte und mir zum Zimmer folgte, das ich bereits wie der Hausherr betrat – »Dein Bett habe ich schon gerichtet. Soll ich die Plinsen warm machen, oder willst du sie lieber kalt essen? Piroggen aus dem Jelissejew-Laden habe ich auch da. Hält deine Mutter noch ihre Diät ein? Koste das Huhn – Anna Dmitrijewna hat es gekocht. Zu Mittag gibt es morgen bei uns Klößchensuppe, die du so gern ißt, und als Hauptgang Kalbskoteletts. Ich bin gestern noch auf dem Bauernmarkt gewesen. Kauft ihr in Moskau auch auf dem Markt ein?« Der kleine runde Tisch war gedeckt und mit Speisen vollgestellt, die alte durchgesessene Schlafcouch war sorgfältig zurechtgemacht, auf dem schneeweißen Kopfkissen lag noch ein kleines Ohrkissen – »Giletschka, mußtest du denn bei solcher Kälte auf den Markt gehen, und mit dem Bettmachen hättest du wahrhaftig auf mich warten können, statt dich allein mit diesem schweren Ding von Matratze abzumühen?« tadelte ich sie scheinheilig, während sie in übertrieben schroffem Ton abwehrte – »Hör schon auf!« – und uns beiden war sehr wohl dabei – diese Szene wiederholte sich bei jedem meiner Besuche – ich öffnete den Koffer und entnahm ihm eine Schachtel Pralinen und Bananen, die Gilja gern mochte – »Du bist ja nicht gescheit!« sagte sie zu mir, wobei sie nicht versäumte zu bemerken, daß die Bananen noch nicht ganz reif seien – meine Mutter, die Gilja »in- und auswendig« kannte, wie sie sich gern ausdrückte, versicherte mir jedesmal, Konfekt und Bananen würden ja doch der »kleinen Tanja« zufallen, einer Enkelin von Giljas bester Exfreundin, die, bevor sie an Krebs starb, sehr viel für sie, Gilja, getan habe, oder der »großen Tanja«, Tochter von Giljas Neffen, der sich von seiner Frau getrennt hatte, was Gilja Schuldgefühle verursachte, da sie eine Nichte ihres ehemaligen Chefs, Mitglied der Akademie, war und sie sich seinerzeit mit größtem Eifer für das Zustandekommen dieser Ehe verwendet hatte, oder sonstjemandem von ihren Verwandten und Bekannten, denen sie ihre Fürsorge zuteil werden ließ, der Gerechtigkeit halber soll jedoch nicht verschwiegen werden, daß Gilja einen Teil der Bananen behielt und die Pralinen manchmal dem Arzt schenkte, bei dem sie in Behandlung war – dann griff ich nach meinem Handtuch und schlich mich auf Zehenspitzen, um die Nachbarn nicht zu wecken, ins Bad, ein großes, mit altem Mobiliar und Waschzubern vollgestelltes Durchgangszimmer, in dem die Wanne selbst nur wenig Raum einnahm und durch Wandschirme abgetrennt war, auf denen ständig Wäsche getrocknet wurde, ebenso wie auf den zahlreichen Leinen, die so durch das Zimmer gezogen waren, daß sie an Theaterkulissen erinnerten – Gilja teilte diese Wohnung mit lauter Frauen: den zwei betagten Schwestern Chaja und Zilja Markowna, korpulent, mit rot gefärbten Haaren, die ich einfach nicht auseinanderhalten konnte, zumal sehr häufig noch eine dritte Schwester zu ihnen zu Besuch kam, die irgendwo an der Peripherie wohnte – sie alle verstanden sich bestens darauf, Zimes[24] oder gefüllten Fisch zuzubereiten und nach Zimt duftenden Kuchen und Strudel zu

24 (Jidd.) Süßes Möhrengericht. (Anm. d. Übers.)

backen –, dann die Tochter einer der beiden, von Chaja oder Zilja Markowna, ein molliges überreifes Mädchen, das Lera hieß – Lera schmachtete nach einem Bräutigam, was sie allerdings sorgfältig, ja mit einem gewissen Stolz verbarg – und in der Hoffnung auf eine glückliche Schicksalswende als Krankenschwester beim ärztlichen Notdienst arbeitete – entweder schlief sie oder war nicht zu Hause, und durch die offenstehende Tür ihres Zimmers konnte man des öfteren ihr nie gemachtes Bett mit dem riesigen Kissen und der liederlich zurückgeschlagenen blauen Daunendecke sehen –, und schließlich die früher vermutlich schöne und stattliche Anna Dmitrijewna, eine ausgetrocknete Greisin mit wackelndem Kopf und zitternden Händen, die Gilja im Haushalt half – ehedem war sie Inhaberin dieser ganzen Wohnung gewesen, zusammen mit ihrem Mann, einem vor vielen Jahren erschossenen weißen Offizier, jetzt rauchte sie in ihrem Kämmerchen vor dem ständig laufenden Fernseher den ganzen Tag Papirossy der Marke »Belomor«, sagte nie nein zu einem Gläschen Wodka und war der Sowjetmacht in einem Maße ergeben, daß Gilja, der das auf die Nerven ging, sie für strohdumm hielt – als Gilja, die mein Verlangen nach einer täglichen Dusche kannte, mich zum Badezimmer gehen sah, bot sie an, den Badeofen zu heizen, zumal Anna Dmitrijewna schon am Tage das dafür nötige Holz aus dem Schuppen im Hof herbeigeholt hatte, doch ich lehnte angesichts der vorgerückten Stunde solche Rücksichtslosigkeit entschieden ab – nach dem Abendessen streckte ich mich auf der etwas zu kurzen Couch aus, meine Beine paßten nicht ganz darauf, und die Nackenrolle störte mich, nahm ich sie aber weg, lag der Kopf unangenehm niedrig – zugedeckt mit Giljas fürsorglich bereitgelegter Decke, las ich in einem Dostojewski-Band der alten vorrevolutionären Werkausgabe, den ich auf gut Glück vom Regal gegriffen hatte, wo sie mit anderen ebenso alten Ausgaben in grauen oder dunkelblauen Einbänden mit Goldprägung stand – der Rest der Bücher, die die Blockade überstanden hatten, hinzu kam eine von niemandem benötigte urologische Bibliothek in der schwarzen Bücherwand im Nebenzimmer, in dem sich Gilja gerade schlafen legte – sie bewahrte diese Bücher Mosjas in heiliger Pflichterfüllung auf und besuchte ebenso pflichtbewußt Mosjas Grab zu seinem Geburtstag, seinem Todestag oder einfach so – er war in Giljas Bett gestorben, schon vor über zwanzig Jahren, nachdem er mit dieser Frau zurückgekehrt war, die Gilja nur »sie« nannte, so daß ich bis heute nicht weiß, wie sie hieß – »sie« verließ kaum das Haus und übernachtete auf Mosjas Sofa, das Giljas Bett gegenüberstand – dieses Nebenzimmer hatte eine zweite Tür zum Korridor, so daß die Frau es betreten konnte, ohne Gilja zu stören, die ihnen das Zimmer überlassen hatte und in dem kleinen schmalen Eßzimmer wohnte, das bei meinen Besuchen für gewöhnlich mir zur Verfügung stand, und auf dieser durchgesessenen Couch schlief – Moissej Ernstowitsch wurde bei uns in der Familie Mosja genannt, weil Gilja ihn so nannte, offenbar war das eine Abwandlung der deutschen Namensform: Moissej – Moses – Mosja, er hatte ja irgendwo in Deutschland studiert, noch vor der Revolution, wie alle Juden, die eine Hochschulbildung erwerben wollten – möglicherweise hatte schon sein Vater unter deutschem Einfluß gestanden, denn bei »Ernst« handelte es sich eindeutig um einen deutschen Namen – Mosja war ein ziemlich hochgewachsener soignierter Mann gewesen, auf deutsche Art korrekt, vollkommen kahlköpfig, mit einem kleinen Schnurrbart und spöttischen schwarzen Augen, in die zottige Brauen hingen – er hatte neben seiner Professur als Urologe eine Privatpraxis gehabt, war in seiner Jugend ein ausgezeichneter Schachspieler mit Meistertitel gewesen und galt als sparsam, ja geizig – Gilja betrog er wahrscheinlich schon lange, seinerzeit noch mit meiner schon erwähnten Tante, von der ich mir Anna Grigorjewnas *Tagebuch* ausgeborgt hatte – jedenfalls erzählte man sich in unserer Familie immer wieder, wie sie in ihrer Jugend zu dritt in Urlaub gefahren waren – Mosja, Gilja und meine Tante – und wie sie alle zusammen in einem Zimmer gewohnt hatten – meine Mutter bezeichnete Gilja deshalb als Masochistin –, im Jahre siebenunddreißig wurde Mosja inhaftiert, da sich jemand für ihn verwendete, jedoch bald wieder freigelassen – Gilja schilderte diese Geschichte häufig mit atemberaubenden Details – wie er festgenommen wurde, wie er in Haft saß und wie er zurückkehrte – unverhofft klingelte es spätabends an der Tür, und sie ging öffnen, in der Annahme, jetzt wollte man sie abholen – doch da stand er – sie traute ihren Augen nicht und fiel ihm um den Hals und mit ihr ihre Freundin Elsa, die so viel für sie getan und fast die gesamte Haftzeit Mosjas über bei ihr gewohnt hatte, zu Ehren Giljas gab sie ihrer Tochter dann den Namen Gilda – Elsa war eine treue Freundin des Hauses, und obwohl Urologe, diagnostizierte Mosja als erster bei ihr Brustkrebs – die Frau, mit der Mosja zurückgekommen war und die Gilja »sie« nannte, arbeitete an seinem Lehrstuhl – als Assistentin oder Laborantin –, er war schon ein paarmal für längere Zeit zu ihr fortgegangen, und dann kam Gilja aus Leningrad zu uns und führte mit meiner Mutter lange Gespräche über die entstandene Situation, einmal ergab es sich auch irgendwie, daß Mosja uns besuchte, und meine Mutter stellte ihn wegen der ganzen Sache zur Rede, worauf er erwiderte: »Ihr kennt Gilja noch nicht« – dieser Ausspruch Mosjas wurde in unserer Familie häufig zitiert – von meiner Mutter empört, von der Tante philosophisch, denn sie hatte überhaupt eine großzügige Lebensauffassung und führte gern Tolstois Spruch »Die Menschen sind wie Flüsse« im Munde – in der Zeit seines Hin und Her zwischen Gilja und dieser Frau erlitt Mosja zwei Herzinfarkte, nach dem dritten kam er nach Hause, um zu sterben, doch diese Frau blieb bei ihm, und Gilja kochte für beide, erst am Tage seines Todes ging sie fort, um wegzubleiben, und als die Nacht anbrach, verschlechterte sich sein Zustand, er bekam keine Luft und bat Gilja, ihm beim Aufstehen behilflich zu sein, damit er ein paar Schritte durchs Zimmer gehen könne – er glaubte, dann würde ihm besser – Gilja half ihm, und auf sie gestützt, machte er ein paar Schritte zu seinem Schreibtisch hin, auf dem bis heute seine Bücher liegen und sein Foto steht, mit seinem akkurat geschnittenen Schnurrbart und dem durchdringenden Blick erinnert er darauf an einen deutschen Professor –, in diesen letzten Minuten seines Lebens befanden sich beide allein in ihrer Wohnung wie in früheren Zeiten, und sekundenlang wollte es ihr scheinen, als habe es gar keine andere Frau gegeben und diese ganze letzte Phase ihres Lebens sei einfach nur ein böser Traum, jetzt half sie ihrem kranken Mann, durchs Zimmer zu gehen, und das war völlig natürlich so, wie sollte es auch anders sein, doch ihm wurde noch schlechter, und er bat sie, ihn zum Bett zu bringen – Gilja half ihm, sich hinzulegen, kalter Schweiß trat ihm auf die Stirn, es kam zum Atemstillstand, und Gilja drückte ihm selbst die Augen zu, hier in ihrer Wohnung, in ihrem Bett, in Abwesenheit dieser Frau, die sich unerklärlicherweise herausgenommen hatte, hier zu wohnen und sich von ihr, Gilja, die sie aus Rücksicht auf Mosja nicht hinauswarf, bemuttern zu lassen – er starb also in ihren Armen, wie es einem Ehemann gebührt, und das war ihr in den ganzen folgenden Jahren ihres Witwentums ein gewisser Trost, weswegen sie sogar gern erzählte, wie er in ihren Armen gestorben war – das Licht der alten Tischlampe mit dem grünen Schirm – Mosjas Lampe, die ihren festen Platz eigentlich auf seinem Schreibtisch hatte – fiel auf das Buch, das ich las – Gilja brachte mir diese Lampe immer selbst und stellte sie auf den Rand des Eßtischs, aber da das Licht so mein Buch nicht erreichte, plazierte ich sie auf einem Stuhl am Kopfende der Couch auf einem daruntergelegten Bücherstapel – die Lampe stand nicht allzu sicher, und obwohl kein Zweifel bestand, daß ich von Gilja deswegen kein Wort des Vorwurfs hören würde, befürchtete ich, sie könnte herunterfallen und der grüne Schirm zu Bruch gehen – der auf das Buch fallende Lichtkreis schwankte – draußen fuhr eine Straßenbahn vorbei und erschütterte das trotz seines Alters noch ziemlich stabile Haus – im Nebenzimmer spülte Gilja mit kaum hörbaren Schlucken ihre Schlaftablette hinunter und löschte dann das Licht über ihrem Bett – »Liest du immer noch so gern Dostojewski?«

hatte sie mich schon ein paarmal gefragt und, ohne die Antwort abzuwarten, hinzugefügt: »Sag das bloß nicht bei Brodskis« – Brodski war ihr ehemaliger Chef, und obwohl sie schon lange nicht mehr arbeitete, hielt sie den freundschaftlichen Kontakt zu ihm und seiner ganzen Familie aufrecht, besonders zu seiner Frau, der hageren energischen Dora Abramowna, die nicht nur über die gesamte zahlreiche Familie, sondern selbst in den organisatorischen und wissenschaftlichen Angelegenheiten des von Brodski geleiteten Sektors das Kommando führte – Brodskis feierten alle jüdischen Feste, aßen koscher und trugen sich seit vielen Jahren mit der Absicht, nach Israel auszureisen, doch der Tätigkeitsbereich ihrer Söhne unterlag der Geheimhaltung, und Brodski selbst befürchtete als Akademiemitglied, daß sein Name zu großes Aufsehen erregen könnte – auf der zu kurzen durchgesessenen Schlafcouch ausgestreckt, in den Schlaf gewiegt von den nächtlichen Straßenbahnen, die hinter Giljas Haus quietschend um die Ecke bogen, um dann, schaukelnd, wie das bei schnell fahrenden leeren Wagen zu sein pflegt, die nächtliche verschneite Straße entlangzusausen, dorthin, wo im frostigen Dunkel der Nacht die Laternenketten zusammenliefen, blätterte ich an diesem Abend im leicht schwankenden Licht, das die Glühbirne unter dem grünen Lampenschirm warf, im vorletzten Band der Dostojewski-Ausgabe, in dem das *Tagebuch eines Schriftstellers* von 1877 oder 1878 abgedruckt war – endlich stieß ich auf einen speziell den Juden gewidmeten Aufsatz – »Die jüdische Frage« lautete der Titel – ich wunderte mich überhaupt nicht, ihn zu entdecken, mußte er sie doch irgendwo versammelt haben, alle diese Jidden und Jiddchen, diese ganze Judenbrut, die er so überreichlich in seine Romane eingestreut hatte – mal den Possen reißenden und angsterfüllt kreischenden Ljamschin aus den *Dämonen*, mal den hochmütigen und zugleich hasenfüßigen Issai Fomitsch aus den *Aufzeichnungen aus einem Totenhaus*, der sich nicht scheut, überhöhte Zinsen für das seinen Mithäftlingen geliehene Geld zu verlangen, mal den Feuerwehrmann aus *Schuld und Sühne* mit seinem »ewigen griesgrämigen Kummer, der ausnahmslos allen Gesichtern jüdischen Stammes einen so säuerlichen Ausdruck verleiht«, und seiner komischen Aussprache, die im Roman geradezu genüßlich wiedergegeben wird, mal den Jidden, der ein christliches Kind kreuzigt, ihm dann die Finger abschneidet und sich an seinen Qualen weidet (Bericht Lisa Chochlakowas aus den *Brüdern Karamasow*) – am häufigsten aber namenlose Wucherer, Krämer oder kleine Gauner, die gar nicht näher charakterisiert, sondern einfach Jiddchen genannt werden oder, noch häufiger, Namen tragen, mit denen man die niedersten und verabscheuungswürdigsten Züge des menschlichen Wesens assoziiert – es konnte also nicht verwundern, daß der Verfasser dieser Romane sich zu guter Letzt irgendwo zu diesem Thema äußerte und endlich seine Theorie präsentierte – was er darlegte, war indessen kaum als Theorie zu bezeichnen – nichts als die sattsam bekannten antisemitischen Argumente und Mythen (die bis auf den heutigen Tag nicht verworfen sind): daß die Juden Gold und Brillanten nach Palästina verschoben hätten, daß das Weltjudentum mit seinen gierigen Fangarmen nahezu die ganze Welt umklammert hielte, daß die Juden die Russen gnadenlos ausbeuteten und zur Trunksucht verleiteten, weshalb ihnen nicht die gleichen Rechte eingeräumt werden könnten, sonst würden sie dem russischen Volk das Leben noch vollends vergällen, und so weiter – ich las das mit pochendem Herzen, ich hoffte, wenigstens einen Lichtblick zu entdecken in diesen Ergüssen, die dem entsprachen, was man von den finstersten Reaktionären zu hören bekam, wenigstens irgendeinen Schlenker, den Versuch, das ganze Problem mit anderen Augen zu betrachten – den Juden wurde lediglich das Recht zugestanden, ihre Religion auszuüben, sonst nichts, und mir erschien es in höchstem Maße sonderbar, daß ein Mann, der in seinen Romanen solche Sensibilität menschlichem Leid gegenüber beweist, dieser hingebungsvolle Fürsprecher der Erniedrigten und Beleidigten, der mit solcher Inbrunst, ja Vehemenz die Existenzberechtigung jeglicher Kreatur verficht und einen begeisterten Hymnus auf jedes Blättchen und jedes Gräslein singt, nicht ein Wort der Verteidigung oder der Rechtfertigung für Menschen gefunden hat, die jahrtausendelangen Verfolgungen ausgesetzt sind – war er so blind, hat ihn womöglich der Haß blind gemacht? – für die Juden hatte er nicht einmal die Bezeichnung Volk übrig, er sprach nur von einem Stamm, als wären es irgendwelche Wilde aus der Inselwelt Polynesiens – diesem »Stamm« gehören auch ich und meine zahlreichen Bekannten und Freunde an, mit denen ich über subtile Probleme der russischen Literatur spreche, zu diesem »Stamm« gehörten ebenso Leonid Grossman, Dolinin (Iskos), Silberstein, Rosenblum, Kirpotin, Kogan, Fridlender, Bregowa, Borschtschewski, Gosenpud, Milkina, Gus, Sundilowitsch, Schklowski,

Belkin, Bergman, Dwossja Lwowna Sorkina und viele andere jüdische Literaturwissenschaftler, die nachgerade das Monopol auf die Dostojewski-Forschung besitzen – er hat etwas Unnatürliches, ja auf den ersten Blick Rätselhaftes an sich, dieser leidenschaftliche und fast ehrfürchtige Eifer, mit dem sie unentwegt Tagebücher, Aufzeichnungen, Manuskripte, Briefe und selbst die kleinsten schriftlichen Belege eines Mannes durchforsten, der ihr Volk verachtet und gehaßt hat – man fühlt sich an Kannibalismus erinnert, vollzogen am Häuptling eines feindlichen Stammes – möglicherweise läßt sich diese besondere Anziehungskraft, die Dostojewski auf die Juden ausübt, auch anders interpretieren: als Bestreben, sich hinter seinem Rücken zu verstecken wie hinter einem Schutzbrief – als eine Art Konversion zum Christentum oder wie das Kreuz, das bei Pogromen auf jüdische Haustüren gemalt wurde – nicht auszuschließen ist hierbei jedoch auch schlichtes Engagement der Juden, das in Fragen der russischen Kultur und der Bewahrung des russischen Nationalgeistes besonders groß ist und mit der oben dargelegten Hypothese durchaus im Einklang steht – draußen waren keine Straßenbahnen mehr zu hören, das Licht hatte ich längst gelöscht, Mosjas Lampe vorsichtig auf den Eßtisch zurückgestellt – im Nebenzimmer schnarchte Gilja leise vor sich hin – zehn Atemzüge und ein Schnarcher, so leicht, als schnarche sie gar nicht, sondern schluchze leise im Schlaf auf, meine Beine hingen ein wenig über die Couch hinaus, draußen lag eine undurchdringliche Petersburger Winternacht, und obwohl es schon sehr spät war, blieb bis zum Morgengrauen noch eine ganze Ewigkeit – ich konnte ruhig daliegen, ohne daran zu denken, daß ich unbedingt einschlafen mußte, weil bald der Tag anbrach – eine einsame Gestalt in engen karierten Hosen, mit schwarzem Zylinder und schwarzem Berliner Gehrock – die Schöße wehten, die Taschen waren von belegten Broten ausgebeult – lief den verschneiten Bahnsteig eines Bahnhofs zwischen Baden-Baden und Basel entlang, machte Hopser und ging in die Hocke, vollführte irgendwelche komischen Tanzschritte und schrie etwas von einem zuwenig herausbekommenen Franc, der Zug war längst weg und die Nacht hereingebrochen, doch der Mann lief und lief, hüpfte hoch und hockte sich nieder, hell angeleuchtet von einem Scheinwerfer, der ihm unablässig folgte, als spiele sich das alles auf einer Theaterbühne ab, und in dem grellen Lichtbündel kreisten langsam fallende Schneeflocken, bedeckten sein Gesicht und seinen Bart mit einem weißen Schleier – der Bahnsteig war zu Ende, und nun lief er über ein Seil, das unter einer Zirkuskuppel gespannt war, und der weiße Schleier, der sein Gesicht bedeckte, war eine Harlekinmaske, unter der sein grauer Bart in Büscheln hervorspießte – er nahm den Zylinder ab, warf ihn in die Luft und fing ihn wieder auf, wobei er in die Hocke ging und die unglaublichsten Schrittfolgen ausführte, unten in der ersten Reihe beobachtete die im Scheinwerferlicht auf dem Seil tanzende Gestalt durch eine kalt aufglänzende Lorgnette wie gebannt ein Mann mit großem Kopf, Löwenmähne und gepflegtem Bart, für diesen in der ersten Reihe sitzenden Mann strengte sich der tanzende und mit seinem schwarzen Zylinder jonglierende Mann mit Harlekinmaske auch so an – jetzt hielt er auf dem Seil inne, um bald das eine, bald das andere Bein hochzureißen wie eine Operettendarstellerin und gleichzeitig seinen Zylinder bis unter die Zirkuskuppel hinaufzuwerfen, so daß sein Absturz unvermeidlich schien, doch das Gesicht des Beobachters blieb undurchdringlich, nur auf dem Grund seiner Augen blitzten hinter den kalten Gläsern hin und wieder übermütige Fünkchen auf, die Ansporn für den Seiltänzer bedeuteten, aber erst als er abstürzte und im Fallen wilde Pirouetten drehte, erhellte das Gesicht des Mannes mit dem großen Kopf und der Löwenmähne ein Lächeln – charmant, hochherrschaftlich, wenngleich etwas dünkelhaft – er setzte die Lorgnette ab, lachte und applaudierte aufmunternd – der vom Seil Gestürzte rannte wieder einen verschneiten Bahnsteig entlang, doch nun nicht mehr auf einem Bahnhof zwischen Baden-Baden und Basel, sondern in dem zwischen Moskau und Petersburg gelegenen Twer – der mit wehenden Rockschößen über den Bahnsteig Hastende versuchte mit ein paar hohen Amtspersonen ins Gespräch zu kommen, die den Zug verlassen hatten, um sich die Beine zu vertreten und frische Luft zu schnappen – er stürzte von einem zum anderen, haschte begierig nach Händen und Blicken und trug unter Bücklingen demütig seine Bitten vor – die Amtspersonen verschwanden im Wagen erster Klasse, und wieder rannte er dem Zug hinterher – der Bahnsteig ging in eine Treppe über, die zu Spielsälen führte – während er gemächlich die Stufen der teppichbelegten Marmortreppe hinaufstieg, registrierte er geringschätzig das geschäftige Treiben von Polacken und Jidden – selbst ein Rothschild konnte ihm wenig imponieren, denn in wenigen Minuten würde er möglicherweise reicher sein als Rothschild, dieser Geizkragen von einem Jidden, der durch Wucherei zu seinen Millionen gekommen war, während er es zu den seinen allein durch eine für ihn vorausahnbare glückliche Fügung bringen würde, ihm ging es ja auch gar nicht um die Millionen, sondern um die Idee – lässig zwängte er sich durch die Menge der Schaulustigen und der Spieler, dieser jämmerlichen, gierigen Gestalten, betrachtete herablassend ihre gelben, von ungesunder Leidenschaft ausgezehrten Gesichter – gleich mit dem ersten Einsatz gewann er eine halbe Million, dann noch eine Million, als ihn jemand schmerzhaft am Arm packte – ein Mann mit flachem, trogähnlichem Gesicht und abstehenden Ohren starrte ihn dreist an, und unter dem Blick seiner vortretenden wäßrigen Augen setzte er sich unversehens auf den Fußboden, kroch dann auf allen vieren zum Ausgang, rollte die Treppe hinunter, stieß sich, ohne einen Schmerz zu empfinden, an den Stufen und verlor dabei seinen Zylinder – er ging zu dem großen Spiegel, der in der Halle hing, um sein Äußeres in Ordnung zu bringen, doch statt seiner blickte ihm Issai Fomitsch entgegen, unbekleidet, schmächtig, mit Hähnchenbrust – er fuhr zurück, Issai Fomitsch fuhr ebenfalls zurück – da begann er die belegten Brote nach Issai Fomitsch zu werfen, mit denen er seine Taschen vollgestopft hatte in jenem Bahnhof, wo er durchdringend, mit der Stimme eines ausgeraubten Wucherers geschrien hatte, daß er einen Franc zuwenig herausbekommen habe, so laut, daß es den Pfiff der Lokomotive übertönte, doch je mehr er Issai Fomitsch mit den belegten Broten bewarf, desto deutlicher und lebendiger trat ihm dessen schwächliche Gestalt vor Augen – als ich aufwachte, war es noch dunkel, durch die Tür zum Korridor kam angenehmer Papirossgeruch herein – Anna Dmitrijewna, die für gewöhnlich um sechs Uhr aufstand, rauchte in ihrem Zimmer die erste Belomor – dann klappte leise die Wohnungstür, sicherlich war es Lera, die sich auf den Weg zum Krankenhaus machte oder vom Nachtdienst kam, im Haus gegenüber brannte in fast allen Fenstern Licht, hinter den Gardinen huschten die Schatten derer, die aufstanden und sich beeilten, zur Arbeit zu kommen, in den Küchen wirtschafteten die Hausfrauen, und unten quietschten die Straßenbahnen auf besondere, morgendliche Art, wenn sie um die Ecke bogen, um dann mit allmählich verhallendem Geratter eine der endlos geraden dunklen Straßen mit ihren in der Ferne zusammenfließenden Laternenketten entlangzufahren – das Haus erzitterte und schaukelte wie ein am Kai liegendes Schiff, im Nebenzimmer schnarchte leise Gilja – als ich wieder wach wurde, war es schon hell, nur irgendwie grau, und draußen kreisten langsam Schneeflocken – im Korridor waren behutsame Schritte und Giljas Stimme zu hören, die Anna Dmitrijewna vermutlich den Haushalt betreffende Anweisungen gab – ich streckte meine Hand nach dem Stuhl aus und sah auf die Uhr – es war halb elf, später Petersburger Wintermorgen – ich zog den Trainingsanzug an und trat ans Fenster – unten krochen schneebedeckte Straßenbahnen und Busse vorbei, die Straßenbahnen mit drei Wagen, die Busse etwas ungewöhnlich, wie Reise- oder Überlandbusse, auf dem Bürgersteig gegenüber eilten Passanten dahin, größtenteils Hausfrauen, in Tücher gehüllt, mit alten schäbigen Pelzjacken, Taschen in den Händen, und in dem Haus vis-à-vis, das ebenso alt und heruntergekommen aussah wie das, in dem Gilja wohnte, waren vereinzelte Fenster erleuchtet, denn auf dem Höhepunkt des Petersburger Winters wird es nicht richtig Tag, späte Morgen- geht unmerklich in frühe Abenddämmerung über – Gilja kam herein im Schlafrock und in Nachtschuhen ohne Strümpfe – beim Anblick ihrer weißen Beine mit den kräftigen Waden dachte ich, daß sie Mosja seinerzeit, in ihrer Jugend, gewiß gefallen hatte – »Wie hast du geschlafen? ... Was möchtest du essen? ... Vielleicht willst du duschen? ... Wann stehst du in Moskau auf? ...« – sie überschüttete mich mit Fragen, mit deren Beantwortung ich nicht nachkam – aber sie hörte ja sowieso nicht auf meine Antworten – auf dem Weg zum Badezimmer warf ich unwillkürlich einen Blick durch die halb geöffnete Tür in Leras Zimmer und sah voluminöses Bettzeug – möglich, daß Lera nach ihrem Nachtdienst, darin versunken, schlief – mit dem Waschen über der Wanne ließ ich mir Zeit in der Hoffnung, sie im Flur zu treffen, aus der Küche duftete es appetitlich nach Gebratenem oder auch Gebackenem, und Stimmen waren zu hören – die von Chaja oder Zilja Markowna, vielleicht auch beiden, und die von Anna Dmitrijewna – die Küche in Giljas Wohnung war selbst für vier Hausfrauen noch geräumig, die am anderen Ende befindliche Tür führte zur Hintertreppe und wurde zur Nacht mit einem riesigen, wahrscheinlich dem an der Wohnungstür der alten Geldverleiherin aus *Schuld und Sühne* ähnlichen Sperrhaken gesichert – und dann frühstückten Gilja und ich zusammen, der Tisch war mit feinem Geschirr gedeckt, das Brot dünn geschnitten, auf Tellern lagen Käse und Schinken, Gilja rückte fürsorglich mal das eine, mal das andere näher zu mir heran, die in den letzten Jahren sehr krumm gewordene Anna Dmitrijewna kam, eine Papirossa im Mund, fortwährend herein und brachte mit zitternden Händen bald eine weiße Pfanne mit extra für mich durch Sahne verfeinertem Rührei, bald eine Kaffeekanne – »Wie hat doch Gilda Jakowlewna auf Sie gewartet«, sagte sie mit ihrer tiefen rauchigen Stimme und warf der eifrig wirtschaftenden Gilja verschmitzte Blicke zu, »selbst ist sie auf den Markt gegangen Kalbfleisch besorgen, bei dieser Kälte, wollte es mir nicht überlassen« – ihr Kopf wackelte, was den Vorwurf noch verstärkte – »Ach, was reden Sie da, Anna Dmitrijewna! Ich gehe immer auf den Markt. Möchtest du zu Mittag die Kartoffeln gebraten oder gedämpft?« – »Natürlich gebraten«, sagte ich. – »Das habe ich mir schon gedacht«, sagte Gilja in gewichtigem Ton, als hätte sie meinen geheimsten Wunsch erraten – mit wackelndem Kopf, was als Verneinung wie als Bejahung gelten konnte, und einem nachsichtigen Lächeln, das grenzenlose Ergebenheit Gilja gegenüber ausdrückte, auch wenn ihre eigene Meinung durch nichts zu erschüttern war, nahm Anna Dmitrijewna das leere Geschirr und verließ, nach wie vor die Papirossa im Mund, bedächtig das Zimmer – nach dem Frühstück saßen Gilja und ich auf Mosjas altem Sofa und führten eine lange Unterhaltung: Sie fragte nach meiner Arbeit, nach gemeinsamen Bekannten, erzählte von ihrem ehemaligen Chef, über das Verhältnis zwischen seiner Nichte und ihrem Neffen, der nach der Scheidung eine neue Familie gegründet hatte, obwohl sie, Gilja, nichts gegen seine neue Frau habe, werde sie keinen Fuß in ihr Haus setzen und wolle sie auch hier nicht haben, zumal diese Frau eine gute Freundin seiner ersten Frau, das heißt der Nichte ihres, Giljas, Chefs, gewesen sei und sich bei ihnen eingenistet, sich ihm buchstäblich an den Hals geworfen habe, ohne daß Ronja (so hieß die erste Frau von Giljas Neffen) etwas mitbekam, sehr erstaunlich, wie das möglich gewesen sei, wo doch alle, einfach alle gesehen hätten, daß diese Frau sich ihm an den Hals warf – in Giljas einst braunen und nun verblaßten gütigen Augen glommen unerwartet böse Funken auf, ihre Stimme wurde härter, Intonation und Lexik wandelten sich, sie schien drauf und dran, hochzugehen und auf jiddisch zu sprechen, wenn nicht gar loszuschreien, der Sprache, die seinerzeit ihre in der Gegend um Kiew, woher sie selbst stammte, wohnenden Eltern gesprochen hatten, doch am interessantesten erzählte sie über die Leningrader Blockade, davon, wie sie Katzen und Hunde gegessen hätten, wie sie zwei schöne Stoffstücke Mosjas gegen einen Brotlaib eingetauscht habe und Mosja, der vor Schwäche kaum noch habe aufstehen können, zusehends wieder zu Kräften gekommen sei, als sie ihm dieses Brot zu essen gab und dazu noch zwei Frikadellen aus Pferdefleisch, die sie in der Sonderzuteilungsstelle für Wissenschaftler ergattert hatte, einen ganzen Tag und eine ganze Nacht habe sie danach angestanden, wie über den Newski-Prospekt und die Kirow-Brücke, die sie zweimal täglich überquerte, weil das Institut, in dem sie arbeitete, auf der Petrograder Seite lag, auf Schlitten vereiste Leichen weggebracht wurden, wie man auf der Straße Leute umfallen sah, die sofort erfroren, und wie die Leichen dann aufgesammelt wurden, oder auch nicht, dann blieben sie, an den

Bürgersteig oder die Fahrbahn angefroren, bis zum Frühjahr liegen – die offenherzigsten Gespräche hatten wir abends, nach dem Essen, wenn es draußen leicht dämmrig wurde, als wollte es regnen, doch keine richtige Dunkelheit eintrat, denn es war die Zeit der weißen Nächte, und die Straßenlaternen brannten unnützerweise bis zum Morgen, die ganze Nacht hindurch, deren Anbruch lediglich daran zu erkennen war, daß der Straßenbahnlärm nachließ, besonders behaglich erschienen diese Gespräche indessen an langen Winterabenden, wenn mit keinem Morgengrauen zu rechnen war und der durch die Straßen fegende Schneesturm die Laternen fast unsichtbar machte, von irgendwo da unten, aus der Kurve, das gedämpfte Quietschen der Straßenbahnen zu hören war und unter der Zimmerdecke der Seidenschirm hin und her schwang, nur spärlich angeleuchtet von Giljas Tischlampe, die auf ihrem kleinen antiken Schreibtisch mit den von der Zeit gedunkelten Intarsien stand – ich machte es mir halb liegend auf Mosjas Sofa bequem, Gilja saß neben mir und erzählte, ausführlich und flüssig – sie besaß ein ausgezeichnetes Langzeitgedächtnis –, wie seinerzeit ihr erster Chef, ein namhafter Chemiker, verhaftet und in ein Sonderlager verbannt worden war, in dem Wissenschaftler arbeiteten, die für das Land von größter Bedeutung waren, wie er dann, schon kurz vor dem Krieg, mit Hilfe Romain Rollands, der sich womöglich bei Stalin höchstpersönlich für ihn verwendet hatte, freigekommen war und wie dieser Chef, der namhafte Chemiker, wenige Monate später erneut festgenommen wurde und spurlos verschwand, dann ging sie dazu über, wie Mosja inhaftiert und von einem Untersuchungsführer mit einem markanten jüdischen Familiennamen verhört worden war, dessen Grausamkeit ihm weit über Leningrad hinaus traurige Bekanntheit verschafft hatte, wie Mosja eines späten Abends heimgekehrt war und sie bei seinem Anblick entgeistert dagestanden hatte, und mit ihr ihre Freundin Elsa, die in der ganzen schweren Zeit von Mosjas Inhaftierung bei ihr wohnte – jetzt brach auch die Dämmerung an, der kurze Wintertag ging zu Ende, später aßen wir zu Mittag, und ins Zimmer kam wieder Anna Dmitrijewna, eine Papirossa im Mund, brachte mit zitternden Händen die Suppenterrine, Pfannen, Teller herein und trug sie wieder hinaus, Gilja faßte selbst mit an, so daß sie kaum zum Essen kam, dabei war ihre Hilfe gar nicht nötig – »Gilda Jakowlewna, aber warum lassen Sie sich denn ablenken, Sie haben doch so auf Ihren Gast gewartet«, sagte Anna Dmitrijewna in gutmütig ironischem Ton und schüttelte tadelnd den Kopf, warf Gilja dabei jedoch einen ergebenen Blick zu, und gegen Ende des Essens schwebte Chaja oder Zilja Markowna ins Zimmer, um feierlich auf einer Schale einen ganz ungewöhnlichen Kuchen mit einer ganz ungewöhnlichen Füllung hereinzutragen und sich, nachdem sie ihn auf der weißen Marmorplatte der antiken Anrichte abgestellt hatte, verlegen zurückzuziehen – abends dann, als Gilja, ermüdet von den Aufregungen der Gastfreundschaft, sich auf Mosjas kleines Sofa legte, sagte ich zu ihr, ich wolle jetzt einen kleinen Spaziergang machen – »Was möchtest du zu Abend essen?« fuhr sie auf, doch schon wenige Minuten später war ihr leichtes Schnaufen mit den ebenso leichten Schnarchern zu hören. Draußen war es frostig, unter den Füßen knirschte der Schnee, vor den

Verkehrsampeln bildeten sich Straßenbahnschlangen, von den Laternen und dem Schnee angeleuchtete menschliche Gestalten drängten sich an den Straßenbahn- und Bushaltestellen und bewegten sich die Bürgersteige entlang, Männer standen in Grüppchen vor dem Lebensmittelgeschäft an der Ecke, taten sich zusammen, um zu dritt eine Flasche zu leeren, etwas weiter weg von dem Laden sah man bereits einige mit bleichen ausgezehrten Gesichtern, die, gegen Hauswände gelehnt, mit weißen Kalkspuren auf dem Rücken, langsam und unaufhaltsam auf den Gehsteig rutschten, wo sie liegenblieben, bis sie von Spezialfahrzeugen mit rotem Kreuz aufgesammelt wurden – ich ging in Richtung Newski-Prospekt, der schon von weitem leuchtete wie ein Fluß zur Karnevalszeit, im Grunde war er auch ein Fluß, dieser Newski-Prospekt, der irgendwo in der Ferne in die Newa mündete – er war ihr Nebenfluß, gerade und breit, teilte er den ganzen Newski-Bezirk in zwei Teile – den vormals aristokratischen mit Straßen, die Sergijewskaja, Nadeshdinskaja, Bassejnaja, Kirotschnaja und Woskressenski-Prospekt geheißen hatten, mit Gebäuden von makelloser Geradlinigkeit und Strenge, mit seinem Platz der Künste, der unnatürlich erscheint angesichts der unfaßbaren Proportionen der ihn umgrenzenden architektonischen Ensembles, mit seinem vom Geist der Trauer und Solennität umwehten Marsfeld, gleich daneben das Ingenieurschloß mit seinen Spitztürmen und unzugänglichen Innenhöfen und Nebengebäuden, die irgendein schreckliches Geheimnis bergen, mit seinen im leichten Bogen an der Fontanka und Moika entlangführenden Uferstraßen, gesäumt von größtenteils mit Gedenktafeln versehenen Häusern, mit seiner Erlöserkirche Auf dem Blute, deren rotgoldene Kuppel sich dem Blick von den überraschendsten Stellen her darbietet, mit seiner ehemaligen Millionnaja-Straße und deren mehrgeschossigen Villen mit stuckverzierten Simsen und spiegelnden Fenstern, dieser Vorläuferin des Englischen Ufers, das statt mit Villen mit Palais bebaut ist, die sich in der leicht gewölbten, die beängstigende Breite einer Meerenge erreichenden Newa betrachten, und in das Schloßufer mit dem Winterpalais übergeht, dem in ein Museumsexponat verwandelten ehemaligen Herzen Rußlands – und den anderen, dereinst vom einfachen Volk bewohnten Teil mit Straßen, die nicht immer dem Anspruch der Geradlinigkeit genügen und sich mitunter in Gassen, ja in Sackgassen verlieren, die der schmale, bizarr sich schlängelnde Katherinenkanal durchschneidet – Gassen wie etwa die Große, Mittlere und Kleine Meschtschanski- oder die Stoljarny-Gasse, allesamt bebaut mit drei- und vierstöckigen Mietshäusern – ein ganzes Labyrinth von Nebenstraßen, die unvermutet auf den Katherinenkanal stoßen, zu dem Labyrinth, das sie bildeten, kam meine Sorge hinzu, die Straße oder die Hausnummer zu verwechseln, die ich vor das Objektiv meiner Kamera bekommen wollte, als ich, getrieben von Zeitmangel, der Wechselhaftigkeit des Leningrader Wetters und der Gefahr, wegen des Fotografierens unansehnlicher Gebäude zur Rede gestellt zu werden, durch dieses Viertel schlenderte und »das Haus Raskolnikows« aufnahm oder »das Haus der alten Wucherin« oder »das Haus Sonetschkas« oder die Häuser, in denen der Autor gewohnt hatte, denn hier war es gewesen, wo er die finsterste Zeit seines Lebens verbracht hatte, sein Untergrunddasein in den ersten Jahren nach der Rückkehr aus der Verbannung (hier, in dem Eckhaus am Katherinenkanal, hatte ihn die Frau mit dem tief übers Gesicht gezogenen Schleier aufgesucht, mit der er dann in einer Kajüte gereist war, ohne zu wagen, sie anzurühren), bevor Anna Grigorjewna in sein Leben trat, als sie, ihrer Rivalin, einer Mitkursistin, zuvorkommend, in einem der Häuser dieses vom Kanal durchschnittenen Straßenlabyrinths bei ihm erschien – die schmale düstere Treppe zum ersten Stock hinaufstieg und mit bescheiden gesenkten Augen an dem runden Tischchen in seinem Arbeitszimmer Platz nahm, um den von ihm diktierten *Spieler* zu stenographieren, dabei fühlte sie seine Blicke auf sich ruhen, hörte seine Schritte, wie er sie umkreiste, spürte mit stockendem Herzen sein Näherkommen, bis er ihr einen süßen Stich versetzte – der vor mir liegende Newski-Prospekt bot den Anblick eines winterlichen Karnevals auf dem Fluß: den gesamten Newski entlang glitten im frostigen Nebel, vielfach reflektiert von seiner vereisten, silbrigen Oberfläche, Hunderte von roten, grünen und orangefarbenen Lichtern, und zu seinen beiden Seiten ergoß sich auf den breiten, ufergleichen Bürgersteigen der Menschenstrom, angeleuchtet vom grellen Licht der Schaufenster, fortwährend in Dampfwolken gehüllt, die aus den sich öffnenden Türen der Läden und Restaurants quollen, und über allem flammten und tanzten die verschiedenfarbigen Reklamen, auch sie hin und wieder in frostige Dampfschwaden gehüllt, die bis zu ihnen hinaufwallten – das Signal der Ampeln stoppte kurz die über den eisglänzenden Prospekt gleitenden Lichter, und dann flutete der Menschenstrom über die »Brücken« zur anderen Seite hinüber – dort angekommen, bog ich in eine Seitenstraße ein, die mir nach dem Lichtermeer auf dem Newski dunkel und still erschien – nur zwei Laternenketten tauchten zusammenfließend in die Finsternis – ich sah auf die Tafel an einem der Häuser – wie sich herausstellte, war ich in der Marat-Straße, der ehemaligen Nikolajewskaja – irgendwo hier, unweit des Newski, möglicherweise genau hier, wo ich mich jetzt befand, hatte ihn ein angetrunkener Kerl im Schafpelz von hinten angefallen und ihm einen Fausthieb ins Genick versetzt – knapp zwei Jahre vor seinem Tod war das passiert, auf dem Rückweg von seinem gewohnten vorabendlichen Spaziergang – er fiel zu Boden, seine Pelzmütze rollte über die verschneite Fahrbahn – es war Ende März, auf den Straßen lag noch Schnee – um ihn bildete sich eine Menschenansammlung, man half ihm auf, er blutete im Gesicht, ein herbeigeeilter Polizist führte den Angetrunkenen mit ein paar Zeugen ab zum Revier – ein paar Tage später wurde dem Angreifer der Prozeß gemacht und eine Strafe von sechzehn Rubel verhängt – der bei der Verhandlung anwesende Überfallene bat das Gericht, Gnade walten zu lassen und dem Täter die Strafe zu erlassen – nach der Urteilsverkündigung wartete er ihn an der Tür ab, und steckte ihm die sechzehn Rubel zu – zu dieser Zeit befaßte er sich besonders intensiv mit der slawischen Frage und betonte in seinen Schriften die göttliche Sendung der Russen, die dazu berufen seien, Europa zu befreien – diese gottgegebene Mission beruhe seiner Ansicht nach auf der Einzigartigkeit des russischen Nationalgeistes und Charakters, der sich unter anderem im Gebrauch obszöner Wörter niederschlage, welche, unterschiedlich und nuanciert ausgesprochen, dem einfachen Volk keineswegs dazu dienten, andere zu beleidigen oder zu beschimpfen, sondern ein in der Seele jedes echten Russen angelegtes subtiles, tiefes und sogar keusches Empfinden auszudrücken – den Bürgersteig, den ich entlangging, säumten Schneewehen, das Knirschen der Schritte vereinzelter Passanten wurde hin und wieder vom Lärm vorbeifahrender Autos übertönt, die hinter sich Schnee aufwirbelten – die Straße war zu Ende, aber geleitet von einem inneren Gefühl, ging ich aufs Geratewohl weiter, zunächst nach links, dann nach rechts und wieder geradeaus durch ebenso stille verschneite Straßen, vorbei an drei- und vierstöckigen Mietshäusern mit trübe leuchtenden Fenstern und brunnenartig tiefen schwarzen Toreinfahrten – die Hauptsache war, daß ich mich parallel zur Ligowka hielt, nicht von ihr abkam – unverhofft sah ich ein dunkles zweigeschossiges Gebäude mit geschlossenem Tor vor mir, und rechter Hand ragte der helle Koloß eines Kirchenbaus mit schwarzen in den Himmel tauchenden Kuppeln – etwas weiter lag der Kusnetschny-Markt, rechts dahinter erhob sich die Wladimirkirche – ich hatte mich völlig richtig orientiert, mein Herz schlug höher vor Freude und einem noch vagen anderen Gefühl – links vom Kusnetschny-Markt, genau vis-à-vis, stand ein graues Eckhaus – viergeschossig, mit Souterrain, so daß man es auch als fünfgeschossig bezeichnen konnte –, das in der Dunkelheit schwarz erschien – die Hausecke war nicht scharfkantig, sondern abgeflacht wie bei vielen Petersburger Eckhäusern, und auf dieser abgeflachten Eckseite lagen übereinander Fenster und Balkons und unten die Tür, zu der man über Stufen hinabstieg, um zu einem im Souterrain gelegenen Vestibül mit Garderobe zu gelangen – neben einer weiteren, zu einer Treppe führenden Tür saß hier an einem kleinen Tisch eine Frau, die die Eintrittskarten verkaufte, man konnte sie gleich einstecken, als Andenken, denn kontrolliert wurden sie nicht – außerdem bot sie einen schlichten Museumsprospekt an, der miserable Reproduktionen eines Porträts des Schriftstellers und des Interieurs seines Arbeitszimmers mit knappen Erläuterungen enthielt, dazu ein Zitat von Saltykow-Schtschedrin, auch ein rechteckiges Metallabzeichen konnte man haben, in das Dostojewskis Gesicht mit den auffallenden Stirnhöckern eingraviert war – die Treppe führte direkt in einen großen Raum, in dem Vorträge gehalten wurden und Filmvorführungen sowie Lesungen aus Dostojewskis Werken stattfanden, im ersten und zweiten Stock konnte man in den in Fluchten liegenden Zimmern mit tadellos gebohnertem Parkett, von dem wie in der Kirche ein schwacher Wachsgeruch ausging, die Exponate des Literaturmuseums besichtigen – auf kleinen Tischen unter Glas, an den Wänden und auf feststehenden oder drehbaren Ständern waren Kopien seiner Briefe ausgestellt und ausgehängt, Erstausgaben seiner Werke, Bilder und Fotos von ihm, seinen Familienangehörigen und Zeitgenossen, Zeitungsausschnitte mit Berichten über Petersburger Ereignisse jener Zeit, großformatige Fotokopien mit Ansichten von Petersburg und der Omsker Festung sowie von Florenz, Rom, Genf und anderen Orten seiner Auslandsreisen, Illustrationen zu seinen Romanen, fotografisch festgehaltene Szenen aus Aufführungen seiner Werke und zahlreiche weitere Dokumente – geradezu kirchliche Stille herrschte in den Museumsräumen, gestört lediglich durch das ehrfürchtige Flüstern von zwei, drei Besucherpärchen, das Rascheln der Blätter eines Notizbuchs, in das ein junger Bursche mit pickligem Gesicht eifrig etwas eintrug, oder das trockene Knistern der Tageslichtlampen, die die sich einen Augenblick von ihrer Strickarbeit losreißenden Aufseherinnen im vorgerückten Alter zuvorkommend einschalteten, wenn sich Besucher gerade an einer Stelle befanden, die der besseren Beleuchtung bedurfte – hin und wieder wurde die Stille des Museums allerdings unvermutet durch eine selbstsichere laute Stimme gestört, die etwas erklärte – da näherte sich eine geführte Schülergruppe – die Führung hielt sich strikt an das Besichtigungsreglement, bald glitt der Zeigestock rasch über Exponate hinweg, denen nur zweitrangige Bedeutung beigemessen wurde, bald verweilte er lange bei den Stücken, die nach Ansicht des Museumsführers von wesentlichem Erkenntniswert waren – die etwas weiter weg stehenden Schüler zupften einander am Ärmel, sahen sich um und kicherten – die Museumsführer kamen für gewöhnlich vom zweiten Stock herunter, wo sich die wissenschaftliche Abteilung und die Direktion befanden – die Direktorin, eine noch junge Frau mit klangvollem tatarischem Vornamen und dem Familiennamen eines bekannten Generals, den sie geheiratet hatte, hübsch, mit rundem Gesicht und schwarzen glänzenden Mandelaugen, war in ihrem Zimmer permanent mit irgendwelchen Vertretern bürokratischer Institutionen beschäftigt, die sie bisweilen mit metaphysischen Fragestellungen verblüffte oder damit überraschte, daß sie auf ihren Gesundheitszustand zu sprechen kam, während nebenan, in der wissenschaftlichen

Abteilung, die Mitarbeiter des Museums, junge Männer und Frauen mit intelligenten Gesichtern, die unwillkürlich jüdische Herkunft vermuten ließen, sich angeregt über den neuesten Literaturklatsch austauschten oder jemand, nachdem er lange am Telefon gehangen hatte, unter allgemeinem Gelächter berichtete, ein bekannter Schauspieler (übrigens ebenfalls mit jüdischem Familiennamen), der sich als Dostojewski-Vorleser betätigte und des öfteren Veranstaltungen im Vortragsraum des Museums bestritt, liege schon einen halben Tag in der Badewanne und lasse sich von seiner Frau verleugnen – man gab ihm den guten Rat, anzurufen und zu fragen, ob der Betreffende noch nicht ertrunken sei, und wieder brachen alle in herzhaftes Gelächter aus, bis unversehens die Direktorin ins Zimmer trat, sie bekam die Geschichte auch erzählt, doch obwohl deutlich erkennbar war, daß sie gern mitgelacht hätte, setzte sie eine strenge Miene auf und richtete an jemanden eine dienstliche Frage – die wurde beantwortet, aber irgendwie unernst, und sogleich schloß sich ein Gespräch zu ihren metaphysischen Lieblingsthemen an, mehr im Scherz, in Form einzelner Bemerkungen oder Sätze, die allen wohlvertraut waren als ihr Steckenpferd, sie wehrte sie mit gespielter Strenge ab, konnte jedoch schließlich nicht mehr an sich halten und fiel in das Gelächter ein – hier im dritten Geschoß, wenn man das Souterrain mitzählte, befand sich seine Wohnung, im Vorraum stand in einem speziellen Ständer sein Schirm mit einer großen Holzkrücke und leicht ausgeblichenem schwarzem Stoff – den soll er immer auf seine Spaziergänge mitgenommen haben –, und an der Garderobe hing ein sehr alter breitkrempiger Hut –

war es wirklich seiner? –, im ersten Zimmer, das wohl als Wohnzimmer gedient hatte, standen antike Bücherschränke und zwei oder drei Damentischchen mit nachgedunkelten Intarsien und Einfassungen – ähnlich Giljas Tischchen –, auf einem lag ein herausgerissenes Heftblatt mit ein paar Sätzen in ungelenker Kinderhandschrift und unterschrieben mit »Ljuba«, an den Wänden hingen Familienfotografien von Anna Grigorjewna – sie allein oder zusammen mit den Kindern, Ljuba und Fedja –, auf einem der bald nach des Vaters Tod gemachten Fotos wirkt die elfjährige Ljuba wie ein voll ausgebildetes, erwachsenes junges Mädchen, was besonders durch ihr offenes Haar und das ihre Stiefeletten verdeckende lange Kleid betont wird – einige Jahre nach dem Tod des Vaters trennte sie sich von der Mutter, machte aus ihrer Wohnung eine Art literarischen Salon und führte ein sehr eigenwilliges Leben, so daß Anna Grigorjewna, als sie eines Tages sah, wie aus einer Kirche ein kleiner Mädchensarg herausgetragen wurde, ausrief: »Ach, warum trägt man hier nicht meine Tochter heraus!« – noch ein paar Jahre später ging Ljubow Fjodorowna ins Ausland, wo sie sich ganz und gar der Boheme ergab, was partiell auf ihr stark gestörtes seelisches Gleichgewicht, womöglich sogar auf einen psychischen Defekt zurückzuführen war – gleichwohl schaffte sie es, zwischen ihren Schwermutsanfällen Erinnerungen an ihren Vater zu schreiben, die von der Dostojewski-Forschung kaum ernst genommen werden, viele ihrer Darstellungen gelten als fragwürdig, ihre Urteile als oberflächlich und wenig objektiv – und ihr Bestreben, Dostojewskis Abstammung von den Normannen glaubhaft zu machen, wird schlichtweg als fixe

Idee gewertet – eine besonders entschiedene Position bezieht hierbei Gornfeld, der das Vorwort zu Ljubow Fjodorownas Buch geschrieben hat: der geringste Zweifel an Dostojewskis Zugehörigkeit zur russischen Nation ist für ihn ein ungeheures Sakrileg, geradezu eine persönliche Beleidigung – was seinen Sohn Fedja betrifft, so macht er auf dem Foto den Eindruck eines eifrigen, aber unbedarften Gymnasiasten mit einer irgendwie degenerierten Schädelform, die wie eine bösartige Karikatur des Schädels seines Vaters anmutet – das nächste war möglicherweise Anna Grigorjewnas Zimmer – ebenfalls mit Fotos, sogar mit einigen Bildern an den Wänden und einem kleinen Schreibtisch –, weiter folgten ein wenig bemerkenswertes Durchgangszimmer und schließlich sein Arbeitszimmer mit dem Schreibtisch, darauf Bücher und Manuskripte sowie Papirossahülsen und eine Tabakschachtel, außerdem zwei Kerzen mit heruntergelaufenem Wachs, Schreibzeug und ein Kalender, der seinen Todestag festhielt, neben dem Schreibtisch stand ein kleines Bücherregal, das Anna Grigorjewnas *Erinnerungen* zufolge eine verhängnisvolle Rolle spielte bei dem Lungenblutsturz, zu dem es gekommen sei, als er nachts das Regal verrückte, um den dahintergerollten Federhalter[25] hervorzuholen – die Blutung hörte bald auf, setzte am nächsten Tag jedoch erneut ein, nachdem Fjodor Michailowitsch, wie Anna Grigorjewna berichtet, sich heftig über einen seiner zahlreichen Besucher erbost habe, der ein sehr guter Mensch, aber ein schrecklicher Streithahn gewesen

[25] In Leningrad werden auch Füller bis heute als Federhalter bezeichnet. (Anm. d. Autors.)

sei – in ihren *Erinnerungen* läßt Anna Grigorjewna indessen den auf diesen Tag fallenden Besuch von Fedjas Lieblingsschwester Vera Michailowna unerwähnt, die in einer Erbschaftsangelegenheit aus Moskau angereist war – Vera Michailowna war jene seinerzeit im Institut für Feldmeßkunde in der Staraja Basmannaja wohnende Schwester, deren Familie sie in der Fastnachtswoche bald nach ihrer Hochzeit besucht hatten, als sie nach Moskau gefahren und im Hotel Dusseau abgestiegen waren, in einem Zimmer mit Blick auf die schneebedeckten Kuppeln der Moskauer Kirchen und auf eine verschneite Straße mit dahinsausenden Troikas – sie nahmen eine dieser Troikas und fuhren, eingepackt in eine Pelzdecke, durch ganz Moskau, unterwegs machten sie an Kirchen Halt, die ihr Fedja, der sich als Moskaukenner hier wie zu Hause fühlte, gern zeigen wollte – er stieg vom Schlitten, nahm die Pelzmütze ab, verneigte und bekreuzigte sich vor der Kirche, und sie bekreuzigte und verneigte sich ebenfalls, später dann im Wohnzimmer Vera Michailownas ertrug sie stoisch die feindseligen Blicke der Hausfrau und ihrer Angehörigen, die Fedja mit einer Verwandten hatten verheiraten wollen, sie begegnete diesen Blicken und den spöttischen Bemerkungen mit düsterer Festigkeit und strich betont gleichmütig die Rüschen ihres Kleides glatt, doch dabei zitterten ihre Finger und knüllten den Stoff – sie fühlte, daß der rettende Mast, an den sie sich klammerte, um nicht ins Meer gespült zu werden, ihren Armen zu entgleiten drohte – sie hielt allen diesen Blicken und den böswilligen Anspielungen stand und preßte sich noch fester an den Mast, doch nie konnte sie diese erste Begegnung mit seiner Moskauer Verwandtschaft vergessen, die aus demselben Holz geschnitzt war wie die Petersburger Sippe – dieser Pascha mit seinem dreisten Grinsen und Emilia Fjodorowna, die Frau seines bereits gestorbenen Bruders Michail mit ihren kleinen stechenden kohlschwarzen Augen – beide waren Anna Grigorjewna von Anfang an mit Ablehnung begegnet, stand sie ihnen doch im Wege bei ihrem Anspruch, von Fedja lebenslang unterstützt zu werden, obwohl Emilia Fjodorowna erwachsene Kinder hatte, die ohne weiteres für sie sorgen konnten, und Pascha schlicht ein Faulpelz war, der keine Lust hatte zu arbeiten und Fedja bloß kompromittierte, ihn jedesmal in peinliche Situationen brachte, wenn er seinem Stiefsohn eine Anstellung verschaffte – und Fedja unterstützte sie – zunächst vor ihrer Ausreise, als Pascha und Emilia Fjodorowna regelrecht körperliche Gewalt anwandten, sie nicht aus dem Zimmer ließen, um ihnen Geld abzunötigen, und Fedja auf diese Weise zwangen, seinen einzigen Mantel zur Pfandleihe zu bringen, nur dank Anna Grigorjewnas engelgleicher Mutter, die Fedjas Stiefsohn und seiner Schwägerin Geld gab und sie beide mit Reisegeld ausstattete, gelang es ihnen, aus Petersburg fortzukommen und den Bestand ihrer Ehe zu sichern – und dann nach ihrer Rückkehr aus dem Ausland, als ihr ganzer Besitz gepfändet wurde wegen der Schulden, die der tote Bruder mit seiner Tabakfabrik angehäuft hatte – Fedja bezahlte Wechsel in Höhe von zehntausend Rubel, die sich dann zum Teil als gefälscht herausstellten, wodurch sein gemeinsam mit dem Bruder begründetes verlegerisches Unternehmen Bankrott machte und Fedja selbst um ein Haar im Schuldgefängnis gelandet wäre – Anna Grigorjewna nahm nun das

Heft in die Hand und sorgte dafür, daß sie diese Blutsauger von Gläubigern loswurden, allerdings ging es auch hier nicht ohne die finanzielle Unterstützung ihrer Mutter ab – neben den Zahlungen an Emilia Fjodorowna und Pascha mußte Fedja jeden Monat noch fünfzig Rubel seinem kranken und dem Trunk verfallenen Bruder Nikolai zukommen lassen – überhaupt sagte Fedja keinem, der um Geld bat, nein, er gab jedem Bettler etwas, mitunter ein und demselben mehrmals täglich, so daß Anna Grigorjewna einmal in Staraja Russa auf die Idee kam, sich und den Kindern Tücher umzubinden, und so ausstaffiert stellten sie sich an den Weg, den Fedja für gewöhnlich bei seinen Spaziergängen nahm – »Lieber Herr«, sprach sie den herangekommenen Fedja an, »ich habe einen kranken Mann und zwei Kinder« – und Fedja zögerte nicht, seiner eigenen Frau ein Almosen zu geben – sie lachte fröhlich auf, während er in Harnisch geriet, da er fand, sie habe frevelhaft gehandelt – »Das ist dasselbe«, rief er, als sie sich zusammen auf den Heimweg machten, »dasselbe wie einem Bettler in die ausgestreckte Hand einen Stein zu legen, bloß daß es sich hier umgekehrt verhält, aber nicht darum geht es, so zu handeln bedeutet, die besten menschlichen Gefühle zu verhöhnen, verstehst du?« – man wandte sich schon nach ihnen um, aber Anna Grigorjewna war sich keiner Schuld bewußt, verteilte Fedja in den letzten Jahren doch gar zu verschwenderisch Almosen, drängte sich geradezu auf damit, so daß selbst die davon Profitierenden sich über ihn lustig machten – seine Großzügigkeit wirkte unnatürlich, überzogen, als suche er damit frühere Sünden zu sühnen oder ein entgegengesetztes Gefühl in sich zu unterdrücken, womöglich sogar einen Instinkt – das Ganze grenzte schon an Narretei – vor allem gab er das Geld ja völlig unbekümmert weg, ohne sich im geringsten darum zu scheren, daß seiner Frau kaum das Nötigste für den Unterhalt der Familie zur Verfügung stand und noch Schulden ungetilgt blieben, Anna Grigorjewna hatte den Vertrieb seiner Bücher übernommen und war bis spätnachts damit beschäftigt, die Kuverts versandfertig zu machen und Rechnungen zu prüfen, dazu kam die Führung des Haushalts, außerdem hatten sie ja auch Kinder, denen sie etwas hinterlassen mußten – der einzige Hoffnungsschimmer bei alldem, Licht am Ende eines langen Tunnels, war das Erbe seiner Moskauer Tante Kumanina, Grundbesitz im Gouvernement Rjasan, von dem Fedja ein Anteil von fünfhundert Desjatinen[26] mit herrlichem Nutzwaldbestand zugefallen war, und obwohl ihn das wenig zu kümmern schien, führte ihm Anna Grigorjewna vor Augen, daß dies die einzige verläßliche Sicherheit für ihre und vor allem ihrer Kinder Zukunft darstelle, und zu seiner eigenen Überraschung ging ihm plötzlich auf, daß dem tatsächlich so war, und manchmal sah er sich schon fast als Gutsbesitzer, der Freunden und Bekannten sein Erbgut zeigte, und malte sich sogar aus, im Semstwo[27] oder im Wirtschaftsleben tätig zu werden, wenngleich solche Gedanken eitel waren und er dieser Versuchung zu widerstehen trachtete – da erreichte sie die Kunde, daß seine in Moskau lebende Lieblingsschwester Vera

[26] Eine Desjatine entspricht 1,09 ha. (Anm. d. Übers.)

[27] Organ der begrenzten örtlichen Selbstverwaltung nach der Gouvernementsreform von 1864. (Anm. d. Übers.)

Michailowna mit einem Anliegen besonderer Art nach Petersburg zu kommen beabsichtige: um Fedja zu bitten, auf seinen Anteil an der Erbschaft Tante Kumaninas zugunsten der Schwestern zu verzichten, als Anna Grigorjewna das hörte, verlosch das Licht am Ende des langen Tunnels, und als Fedja sich über seine lieben Schwestern zu verbreiten begann, insonderheit über Vera Michailowna, für die er von klein auf die zärtlichste Liebe hegte, wurde sie blaß, sah ihn mit einem fremden, kalten, düsteren Blick an und sagte, jedes Wort scharf akzentuierend: »Hat sich ein Wohltäter der Menschheit gefunden! Ewig tanzt du nach der Pfeife deiner Sippe!« – er wurde gleichfalls blaß und behandelte Anna Grigorjewna tagelang sehr reserviert, redete kaum mit ihr, und als die in Petersburg eingetroffene Vera Michailowna in der anbrechenden Dämmerung eines Wintertages bei ihnen zum Mittagessen erschien, wandte er sich demonstrativ nur an sie, als existierte Anna Grigorjewna überhaupt nicht, erkundigte sich angelegentlich nach der Moskauer Verwandtschaft und gemeinsamen Bekannten, doch Vera Michailowna war zerstreut und antwortete einsilbig, als dann die Suppe aufgetragen wurde, kam sie sofort zur Sache und setzte ihrem Bruder auseinander, das sei doch für ihn selbst von Vorteil, denn wenn er auf seinen Anteil an dem Gut verzichte, bekomme er ihn ausgezahlt, ins Gouvernement Rjasan zu fahren werde ihm bei seiner Belastung ja nicht so leicht fallen, überdies koste die Reise viel Geld und Zeit – da er Anna Grigorjewnas abwartenden Blick auf sich fühlte, starrte er, ohne etwas zu erwidern, vor sich hin, rollte ein Brotkügelchen zwischen den Fingern und rührte seine Suppe kaum an – als der

Hauptgang kam, legte Vera Michailowna plötzlich Gabel und Messer hin, langte nach ihrem Batisttüchlein und schneuzte sich angestrengt, bevor sie losweinte und, sich die Tränen aus den Augen tupfend, davon sprach, daß er gegenüber seinen Schwestern unmenschlich handle, wenn er nicht einwillige – ohne Anna Grigorjewna anzusehen, spürte er ihren Blick, forschend und spöttisch, der ihn einem unerträglichen Druck aussetzte – »Laßt mich doch um Gottes willen alle in Ruhe!« schrie er, schob den Teller mit dem dampfenden Essen weg, sprang, die Serviette noch hinter dem Kragen, auf und stürmte hinüber in sein Arbeitszimmer – nachdem er die Tür hinter sich zugeschlagen hatte, setzte er sich, den Kopf in die Hände gestützt, an den Schreibtisch – sein Herz pochte, dröhnte wie Hammerschläge in seinen Ohren – von irgendwoher, vom Eß- oder vom Wohnzimmer, waren gedämpfte Stimmen zu hören, die sich allmählich entfernten – wahrscheinlich brachte Anna Grigorjewna seine Schwester hinaus – das Wiedersehen mit ihr, das Familienessen, auf das er sich so sorgfältig vorbereitet, für das er alle möglichen Leckereien besorgt hatte, die Vera Michailowna von Kindesbeinen an mochte – alles war verdorben – das geschah ihnen recht! –, am liebsten hätte er etwas zerschlagen, zu Boden geschmettert, um alles noch schlimmer zu machen – plötzlich spürte er an den Händen klebrige Feuchtigkeit – im Zimmer war es fast dunkel – mit zitternden Händen zündete er eine der beiden Kerzen auf dem Schreibtisch an und sprang entsetzt hoch – beide Hände waren blutig, als hätte er soeben einen Mord begangen – mechanisch fuhr er sich über den Bart, wohl um die Hand abzuwischen, doch davon wurde sie nur noch blutiger – er faßte nach der gestärkten Serviette, die er sich beim Essen hinter den Kragen gesteckt hatte – sie war naß und rot wie die Signalflagge eines Weichenwärters – noch wollte er nicht glauben, was ihm da geschah, begriff jedoch, daß es etwas Unabänderliches war, als er zur Tür des Arbeitszimmers stürzte, sie aufriß und aus Leibeskräften »Anja!« schrie – und trotz des schwachen Klangs seiner Stimme vernahm sie sie am anderen Ende der Wohnung, wo sie Vera Michailowna gerade zur Tür gebracht und sie noch gebeten hatte, alles Vorgefallene zu entschuldigen – sie rannte durch die Zimmer, ohne die Kinder wahrzunehmen, ohne auf die Möbel zu achten, an denen sie sich stieß, denn sie fühlte, daß etwas Schreckliches passiert war – die zwei Tage, die ihm zu leben blieben, verließ er kaum noch den schwarzen Lederdiwan, den jetzt ein Band vom restlichen Teil des Arbeitszimmers abtrennte, da es zwar kein Originalstück, aber ein aus dem Besitz eines Dostojewskischen Familienmitglieds stammendes Möbel war – unter dem Foto der Sixtinischen Madonna, das ihm einer seiner Freunde geschenkt und Anna Grigorjewna an seinem Geburtstag im Arbeitszimmer aufgehängt hatte – der herbeigerufene Arzt untersuchte ihn und sagte, akute Lebensgefahr bestehe nicht, bald nach seinem Weggang aber setzte die Blutung von neuem ein, und für kurze Zeit verlor der Kranke das Bewußtsein – als er wieder zu sich kam, bat er die neben ihm kniende Anna Grigorjewna, einen Geistlichen zu holen, damit er beichten und das Abendmahl empfangen könne – der Geistliche erschien sofort, da die jetzt mit ihren Kuppeln in den winterlichen Nachthimmel tauchende Wladimirkirche gleich nebenan war – die ganze Nacht verbrachte Anna Grigorjewna, mit zwei Sesseln als Lager vorliebnehmend, im Arbeitszimmer ihres Mannes, sie tat kaum ein Auge zu, trat immer wieder zu dem Schlafenden, um seine Decke zurechtzuziehen oder ihm die Hand auf die Stirn zu legen – am Morgen sagte er, er fühle sich gut, woraufhin der anwesende Arzt der Hoffnung Ausdruck verlieh, in einer Woche werde der Patient wieder auf den Beinen sein, so daß der es schon bedauerte, sich mit dem Abendmahl übereilt zu haben – es war ein klarer Wintermorgen, doch lag bereits ein leichtes Frühlingsahnen in der Luft: vielleicht rührte es von dem geradezu sommerlich blauen Himmel her, von dem im Fenster des Arbeitszimmers ein Eckchen zu sehen war, oder von den Stimmen der Straßenhändler, die in der Gasse vor dem Haus ihre Ware anpriesen, oder von dem besonders wohltönenden Glockenklang der Wladimirkirche – dann aß er etwas Weißbrot mit Kaviar, trank Milch und das Moosbeergetränk, das Anna Grigorjewnas Mutter für ihn zubereitet hatte – sie selbst lief rasch in den Laden, um für ihn ganz vorzügliche Weintrauben zu besorgen, die zu dieser Jahreszeit nicht immer leicht zu bekommen waren – als sie die Treppe hinaufeilte, fiel ihr plötzlich ein, wie er in Baden-Baden für sie Weintrauben gekauft hatte, vor allem jene roten, die sie bei der Abreise im Zug gegessen hatten, und aus irgendeinem Grund fiel ihr noch ein, wie er mit belegten Broten den Bahnsteig entlanggerannt war und um ein Haar die Abfahrt des Zuges verpaßt hätte – sie breitete eine gestärkte Serviette über die Brust des Kranken und gab ihm, mit dem Teller in der Hand auf der Diwankante sitzend, die Trauben zu essen, und dabei hatte sie das Gefühl, daß jede Beere, die er zu sich nahm, ihm neue Kraft verleihe, ihn ins Leben zurückhole – im Laufe des Tages kamen zahlreiche Besucher: aus der Redaktion, aus der Zensurbehörde, wegen des geplanten Puschkinabends, bei dem er lesen sollte, oder einfach Leute, die sich nach seinem Befinden erkundigen wollten – er diktierte ihr sogar mehrere Geschäftsbriefe – ein paarmal reagierte er ärgerlich, ganz wie der alte Fedja, und sie beeilte sich, seine launischen Wünsche zu erfüllen – als dieser trügerische Tag dann endete, schickte sie alle Hausgenossen zeitig schlafen, ging ein Stockwerk höher, um den dort wohnenden Herrn zu bitten, nicht so viel im Zimmer umherzulaufen, weil das Fedja sehr störe, und machte noch ein paar stenographische Notizen in ihrem Tagebuch, bevor sie für sich eine Matratze neben den Diwan legte, auf dem der Kranke ruhte – nachdem sie all das erledigt hatte, brach die Nacht an, seine letzte Nacht in diesem Haus und auf dieser Welt – ein paarmal wachte sie auf, zündete eine Kerze an und betrachtete prüfend sein Gesicht – es war bleich, aber er atmete ruhig und gleichmäßig, und so schlief sie erleichtert wieder ein, am Morgen jedoch, als sie die Augen aufschlug, schlief er nicht mehr, hatte den Kopf ihr zugewandt und sah sie an – unter dem, was dieser Blick ausdrückte, krampfte sich ihr das Herz zusammen – »Ich werde heute sterben, Anja«, sagte er leise mit unverändertem Blick – sie trat zu ihm, ergriff seine Hände und versuchte ihn aufzumuntern, alles werde gut werden, die Ärzte meinten, es bestehe keine Gefahr, doch er entzog ihr seine Hände und bat sie, wieder flüsternd, denn laut sprechen konnte er nicht, ihm das

Evangelienbuch zu bringen, ein Geschenk der Dekabristenfrauen aus der Katorga, von dem er sich nie getrennt und dessen Ränder er mit zahlreichen Bleistiftbemerkungen versehen hatte – er schlug es wahllos auf und bat sie, ohne hineinzusehen, ihm den dritten Vers von oben vorzulesen, und sie las: »Jesus aber antwortete und sprach zu ihm: Laß es jetzt also geschehen, denn so gebührt es uns, alle Gerechtigkeit zu erfüllen«[28] – »Siehst du, laß es jetzt also geschehen«, sagte er, »das heißt, ich werde sterben« – er klappte das Buch zu, während Anna Grigorjewna neben ihm niederkniete und wieder seine Hand ergriff, und er zog ihre Hand an seine Lippen, um sie zu küssen, gleich darauf schlief er ein und atmete ruhig und gleichmäßig, während sie weiterhin neben ihm knien blieb, sich nicht zu rühren wagte, um ihn nicht zu wecken, als er wieder aufwachte, war es schon später Morgen, er zog selbst seine Uhr auf, dann bat er sie, ihm beim Zähneputzen und beim Anziehen zu helfen, als er sich die Haare zu bürsten begann und die kahle Stelle zu verdecken suchte, nahm ihm Anna Grigorjewna, damit er sich nicht unnötig anstrengte, die Bürste ab, um es für ihn zu machen, doch das verärgerte ihn so, daß er sie fast schreiend zurechtwies, warum sie nach der falschen Seite bürste, und obwohl sie befürchtete, die Aufregung und das laute Sprechen könnten ihm schaden, freute sie sich doch über diese Reizbarkeit, denn sie gehörte zu Fedja und weckte Hoffnung auf seine Genesung, als er aber mit ihrer Hilfe schon fast angezogen war und sich die Socken über die Füße zog, trat ihm wieder Blut auf

[28] Matthäus 3,15. (Anm. d. Übers.)

Lippen und Kinn – sie ließ ihn sich sofort hinlegen und wischte ihm mit einem Handtuch das Blut von Lippen und Bart – er lag angekleidet auf seinem schwarzen Lederdiwan und versuchte nicht mehr aufzustehen – den ganzen Tag riß der Besucherstrom nicht ab, doch Anna Grigorjewna hielt alle von seinem Zimmer fern, die Ärzte kamen und gingen, nachdem sie dem Kranken den Puls gefühlt, ihn abgehört und die fragenden Blicke der sie geleitenden Anna Grigorjewna mit unbestimmtem Achselzucken beantwortet hatten – seit dem Morgen war es trübe, den ganzen Tag brannten auf dem Schreibtisch in seinem Arbeitszimmer die beiden Kerzen, als säße er da und arbeitete, als hätte er ihn nur kurz verlassen oder sich hingelegt, um ein wenig auszuruhen – Anna Grigorjewna blieb fast pausenlos an der Seite des Kranken, kniete neben ihm und hielt seine Hand – er konnte kaum noch den Kopf heben – gegen Mitte dieses Tages, der praktisch nicht von der Nacht zu unterscheiden war, erschien Pascha, und Anna Grigorjewna hörte ihn hinter der Tür im Gespräch mit jemandem nach einem Notar verlangen – der Kranke hatte offenbar seine Stimme ebenfalls erkannt, denn er wies mit einer Kopfbewegung auf das Schlüsselloch, um zu verstehen zu geben, daß Pascha ihn beobachte, trotzdem gestattete er, ihn hereinzulassen – Pascha trat lautlos ins Zimmer und beugte sich über die Hand seines kranken Stiefvaters, doch der zog sie zurück und schüttelte den Kopf zum Zeichen, daß er Pascha nicht länger zu sehen wünsche, gleich danach bat er mit kaum hörbarer Stimme, seine Kinder zu holen, damit er sich von ihnen verabschieden könne, Anna Grigorjewna brachte sie herein, und möglicherweise prägte sich ihnen für das ganze Leben die kitzlige Berührung des Bartes ihres Vaters ein, als sie, von Anna Grigorjewna vorwärts geschoben, dicht an den Diwan herantraten, um, verstört und verängstigt, dem Beispiel der Mutter folgend, neben dem Kopfende niederzuknien, und er den Kopf herumdrehte, um sie auf die Stirn zu küssen, zunächst Ljuba, dann Fedja, die Hand hob und sie bekreuzigte – als die Kinder gegangen waren, schloß er die Augen und lag reglos, so daß Anna Grigorjewna plötzlich den Eindruck hatte, er atme nicht – »Schläfst du?« fragte sie leise, tief über ihn geneigt – er öffnete die Augen, und sie erblickte in ihnen den gleichen Ausdruck wie am Morgen und begriff auf einmal, daß dieser Ausdruck tiefe Schwermut war und sein Tod schon nahe – ein bitterer Kloß stieg ihr in die Kehle, und um nicht vor ihm loszuweinen, ging sie hinaus, legte den Kopf auf den kleinen Arbeitstisch in ihrem Zimmer, so daß ihr stets sorgfältig frisiertes Haar darüberfloß und auch ihre Hände verdeckte, und ließ den Tränen für eine kurze Weile freien Lauf – da sie im Weinen nicht geübt war, klang ihr Schluchzen mehr wie Lachen oder ein beginnender hysterischer Anfall – die Kinder betrachteten sie mit Entsetzen, und die Köchin Marja, eine ältere pockennarbige Frau mit Kopftuch, stand verwirrt in der Tür – vom Vorraum und dem Wohnzimmer her waren verhaltene Stimmen und Hüsteln zu hören – Freunde, Bekannte, Besucher füllten allmählich die Wohnung, einige öffneten vorsichtig die Tür zu Anna Grigorjewnas Zimmer, traten leise ein, blieben in einigem Abstand zu der Weinenden stehen und flüsterten sich etwas zu – sie wischte sich die Tränen ab, richtete ihr Haar und ging rasch, ja rannte fast in das Zimmer des Sterbenden – wie hatte sie ihn auch nur für eine Sekunde allein lassen können?! – er lag noch genauso da, auf dem Rücken, mit geöffneten, zur Decke gerichteten Augen, als bemühe er sich, zu entziffern, was dort geschrieben stand – hin und wieder flüsterte er etwas, doch was er sagte, erschien ihr verworren: »Wie ungerecht sie sind! (möglicherweise auf seine Schwestern bezogen) ... Es zieht! (das galt vielleicht Anna Grigorjewna) ... Hat Marja den Ofen zugemacht? ... Reichen die Weintrauben? ... Wie ich euch ruiniere ...« – all das und ebenso das Erscheinen Grigorowitschs[29] und andere Ereignisse vermochte Anna Grigorjewna, wenn auch bruchstückhaft, in ihrem Tagebuch festzuhalten, als er schon gestorben war, noch am selben Abend – überhaupt verlor sie nicht den Kopf und, wie man sich jetzt auszudrücken pflegt, die Kontrolle über das Geschehen – sie ließ die Ärzte holen, bezahlte die Kutscher, schickte Marja Eis besorgen, das der Kranke nach ärztlicher Verordnung zu schlucken bekam, wies Paschas beharrliches Verlangen nach einem Notar ab, gab den Besuchern Auskunft über den Zustand ihres Mannes und unterschrieb sogar zwei, drei geschäftliche Papiere – es war gegen sieben Uhr abends, und sie hatte die bereits niedergebrannten Kerzen auf seinem Schreibtisch ausgewechselt, als ihm erneut Blut die Lippen und das Kinn färbte – sie wischte es mit dem über einer Stuhllehne hängenden Handtuch ab und packte ihm mit Marjas Hilfe noch ein Kissen unter den Kopf, damit er

[29] Dmitri Wassiljewitsch Grigorowitsch (1822–1899/1900), Schriftsteller. (Anm. d. Übers.)

höher zu liegen kam, wie es die Ärzte Koschlakow und von Bretzel empfahlen – sie standen an Fedjas Krankenlager, fühlten ihm abwechselnd den Puls, setzten ihm ab und zu das Stethoskop auf die Brust und tauschten vielsagende Blicke – wieder rann ihm Blut aus dem Mundwinkel, als hätte er innere Verletzungen erlitten – Anna Grigorjewna versuchte es abzuwischen, doch wenn sie das Handtuch wegnahm, rann das Blut wie zuvor – die Lungenblutung, die von neuem eingesetzt hatte, ließ sich nicht zum Stehen bringen, etwas Blut floß sogar aufs Kopfkissen – sie kniete wieder neben seinem Diwan und hielt, leicht über ihn gebeugt, seine Hand, glich dabei der häufig auf Grabsteinen dargestellten Gestalt der Trauernden – er lag da mit geschlossenen Augen, öffnete sie selbst dann nicht, wenn sie ihn ansprach, leise, aber klar artikuliert seinen Namen wiederholte – anscheinend hatte er das Bewußtsein verloren – in den Nebenzimmern waren unterdessen die gedämpften Stimmen der Besucher zu hören, und von der Wohnungstür kam fortwährend behutsames Klingeln – sie streichelte zärtlich seine Hand, und hin und wieder war sie geneigt zu glauben, es handle sich nur um einen seiner so oft erlebten epileptischen Anfälle, er sei einfach noch nicht zu sich gekommen, gleich werde er die Augen öffnen, sie erkennen und bitten, ihm beim Aufstehen behilflich zu sein, dann wieder war ihr, als träume sie, als werde sie gleich aufwachen und hören, wie er im Arbeitszimmer hin und her ging und mit dem Löffelchen sein Glas mit dem starken Tee zum Klingen brachte, doch die Stimmen aus den Nebenzimmern wurden immer lauter und deutlicher, Schritte waren zu hören, klarer, immer näher, wahrscheinlich betraten die Besucher bereits sein Arbeitszimmer, und sie erkannte mit Entsetzen, daß all das wirklich geschah und daß sie vor ihrem sterbenden Mann kniete – ihrem Fedja, der jeden Abend zu ihr gekommen war, um sich zu verabschieden, der ihr aus Bad Ems geschrieben hatte, wohin er jeden Sommer zur Kur fuhr, lange, leidenschaftliche und wirre Briefe, oder ihr bei seinen Lesungen Eifersuchtsszenen machte, wenn sie mit jemandem ein paar Worte wechselte oder er meinte, daß sie einen anderen zu aufmerksam ansah, wonach sie getrennt den Heimweg antraten, er das jedoch nicht aushielt, sie einholte und um Verzeihung bat, ihr sagte, wenn sie ihm nicht verzeihe, werde er hier auf der Straße vor ihr auf die Knie fallen – sie verzieh ihm, und sie gingen zusammen weiter – er faßte sie behutsam unter und sah ihr in die Augen, und dann ließ er sie einen Augenblick allein, um rasch in einen Laden zu laufen und Naschwerk zu kaufen – Nüsse, Rosinen, Konfekt –, zu Hause angekommen, tranken sie Tee, und er schob ihr und den Kindern die Leckereien hin, wenn sie aber Schnupfen hatte, zeigte er sich gereizt und bat sie, mit dem Niesen aufzuhören, was sie zum Lachen brachte, und zu guter Letzt lachte er mit – die Besucher waren bereits in das Zimmer des Sterbenden vorgedrungen, drängten sich in der gegenüberliegenden Ecke in ehrfurchtsvollem Halbkreis, trauten sich noch nicht heran an den Diwan, auf dem er lag, aber die davor kniende Frau, personifizierte Trauer, spürte den Atem der Eindringlinge, die jetzt nach einem ungeschriebenen, doch unerbittlichen Gesetz Anspruch auf ihren Mann erhoben – in ihrer Gegenwart konnte sie sich nicht einmal erlauben zu weinen, und kraftlos ließ sie den Kopf auf die Hand des Sterbenden sinken – jemand versuchte sie zu bewegen, aufzustehen und sich wenigstens eine kleine Ruhepause zu gönnen, jemand war so gefällig, einen Stuhl heranzurücken, und half ihr behutsam auf – in den Fenstern des Arbeitszimmers spiegelten sich die flackernden Flammen der beiden auf dem Schreibtisch stehenden Kerzen und das Bild der mit dem Kind in Wolken schwebenden Sixtinischen Madonna, das über dem Diwan mit dem Sterbenden hing, und hinter dem Fenster lag die Petersburger Winternacht, wahrscheinlich genauso eine wie jetzt, mit ebenso verschneiten Straßen und einem ebensolchen Nachthimmel, in den die Kuppeln der Wladimirkirche tauchten – als Anna Grigorjewna jedoch leichte Schritte hörte, die sich ihr näherten, und ihre Mutter vor sich sah, konnte sie nicht an sich halten und schluchzte los, den Kopf an ihren Busen geschmiegt, und ihre Mutter brach ebenfalls in Tränen aus – neben dem Sterbenden stand der Arzt Koschlakow, leicht über ihn gebeugt, die Hand am schwächer werdenden Puls, und warf hin und wieder einen Blick auf seine große silberne Uhr, als ob das irgend etwas ändern könnte – der Kerzenschein fiel auf das Gesicht des Sterbenden, das so bleich war, daß es sich kaum vom Kissen abgehoben hätte, wären nicht die dunklen Augenschatten und der schwarz wirkende Bart gewesen – er lag da in seinem Anzug, den anzuziehen ihm am Morgen Anna Grigorjewna geholfen hatte, wie jemand, der soeben eine tödliche Verletzung erlitten hat – seine Brust hob und senkte sich krampfhaft, und da drinnen war ein unaufhörliches Brodeln zu hören, das ihm in die Kehle stieg und aus Mund und Nase in Form von blutigem Schaum quoll, und Anna Grigorjewna, die sich wieder neben den Diwan gekniet hatte, war einige Augenblicke lang wieder geneigt zu glauben, es könnte ein epileptischer Anfall gewesen sein, denn nach solchen Anfällen war ihm fast immer Schaum auf die Lippen getreten, und in seiner Brust hatte etwas gegluckert, all das würde also vorbeigehen und er würde gleich die Augen öffnen und nach ihr rufen, doch die Menge der einen Halbkreis bildenden Besucher, die jetzt schon fast das halbe Zimmer einnahmen, rückte unerbittlich näher, und an der Spitze dieser Zuschauer schritt der hochgewachsene und grauhaarige Grigorowitsch, dieses »Französlein«, wie ihn der Sterbende erst kürzlich getauft hatte, als er bei einer seiner Lesungen gewahr wurde, wie Grigorowitsch Anna Grigorjewna die Hand küßte – eine der Eifersuchtsszenen, die er ihr in den letzten Jahren seines Lebens zu machen pflegte – Grigorowitsch hatte er nie sonderlich gemocht, nach diesem Erlebnis aber äußerte er sich boshaft und gehässig über ihn, bezeichnete ihn als Lügenbold und entledigte sich brüsk seiner Gesellschaft – ebenso denkbar war im übrigen eine ihm spät gekommene Erleuchtung, vielleicht war es auch nur eine vage Vermutung – in jenen lange zurückliegenden Jahren, als die Panajew-Clique gegen ihn gehetzt hatte, war es Grigorowitsch gewesen, der mit ihm unter einem Dach wohnte und als sein vermeintlicher Förderer, ja geradezu sein Wohltäter die *Armen Leute* zu Nekrassow brachte, kein anderer als der gesellige Grigorowitsch, daran ließen die Erinnerungen Awdotja Panajewas keinen Zweifel, hinterbrachte dem Panajew-Kreis – Turgenjew, Nekrassow und Belinski – die hitzigen und unvorsichtigen Äußerungen, die der Verfasser der *Armen Leute* in impulsiver Offenheit gegenüber seinem Gönner und Quasinachbarn tat, um ihm im Gegenzug die spöttischen und bisweilen giftigen Bemerkungen dieser Leute über ihn zuzutragen und damit Zwietracht zu säen und zu schüren – Grigorowitschs Mutter war eine echte Französin und wohl sogar Schauspielerin oder Tänzerin, und der junge Grigorowitsch, groß, langbeinig und ein wenig Lebemann, tat sich als Arrangeur von Bällen hervor, vollführte als Vortänzer mit ungewöhnlicher Leichtigkeit die effektvollsten und schwierigsten Tanzschritte, führte bei der Quadrille die Paare an, beugte das Knie vor seiner Dame mit besonders schneidiger Eleganz – auch jetzt spielte er eine Art Dirigenten, rückte bald ein Stückchen nach rechts und zog die Menge der Besucher mit, stellte sich bald auf die Zehenspitzen, wie zum Spitzentanz, machte ein paar federleichte Schritte zum Diwan hin, die Besucher befolgten sein Zeichen und bewegten sich ebenfalls vorwärts – allerdings mochte das alles reine Einbildung Anna Grigorjewnas sein, denn sie kniete neben dem Diwan, den Kopf tief über das Gesicht des Sterbenden geneigt, und konnte nicht sehen, was sich hinter ihr im Zimmer tat – sie konnte es nur spüren und erahnen, und außerdem war Grigorowitsch, ihren lückenhaften Tagebuchaufzeichnungen zufolge, tagsüber vorbeigekommen, andererseits, warum hätte er als Mann von Welt und bei seiner Geselligkeit, zudem als ehemaliger Freund des Sterbenden, nicht dableiben sollen, um alles bis zum Schluß mitzuerleben? – Anna Grigorjewnas Mutter saß jetzt auf einem Stuhl, die Hände auf die Schultern der Tochter gelegt, die am Kopfende des Diwans kniete – hin und wieder verließ sie freilich die Tochter für ein paar Minuten, um nach den Kindern zu sehen, die schon den dritten Tag ohne Aufsicht waren, dann trat die im Zimmer sich drängende Menge ehrerbietig auseinander, um sie durchzulassen – jetzt spiegelten sich im Fenster, hinter dem die schwarze Petersburger Nacht lag, lediglich die Madonna und das mit ihr in den Wolken schwebende Kind, ihre traditionellen heiligen Huldiger hatten sie verloren, denn die näher rückende Menge verdeckte die auf dem Schreibtisch brennenden Kerzen, ihre Flammen konnten sich nicht mehr im Fenster spiegeln – Koschlakow beugte sich von Zeit zu Zeit leicht über den Diwan und fühlte dem Sterbenden den bereits schwachen und ungleichmäßigen Puls, offenbar mehr anstandshalber, als sich dann der Arzt Tscherepnin zu seinem Kollegen gesellte, eine genauso große silberne Uhr mit Silberkettchen, wie Koschlakow sie besaß, aus der Westentasche zog und seine Hand an das Handgelenk des Sterbenden legte, war der Puls kaum mehr fühlbar – es blieb nur ein hauchdünner Faden, der ihn noch mit dieser Welt verband, und er wurde von Minute zu Minute schwächer – der Sterbende versank unaufhaltsam in einem bodenlos tiefen Abgrund, der einem Vulkankrater glich – er selbst hatte indessen das Gefühl, jetzt den höchsten Berg der Welt zu ersteigen – er war weitaus höher als die, die er jemals bezwungen oder zu bezwingen versucht hatte, und er vermeinte, einen geraden, hellen, kristallenen Weg so mühelos zu gehen, als steige er nicht bergan, sondern bergab, zum Teil war ihm sogar, als flöge er mit unsichtbaren Flügeln, und am Ende dieses Weges, auf dem Gipfel des Berges, strahlte eine grelle Sonne, die sich in dem Kristall spiegelte, auf dem er dahinglitt, als er den Gipfel erreichte und die Sonne ihn einen Moment lang blendete, erkannte er, wie niedrig, wie kümmerlich die Berge waren, die er bisher erklommen hatte – nichts als mickrige Hügel –, und vom Gipfel dieses gigantischen Berges tat sich vor ihm nicht nur die ganze Erde mit dem geschäftigen Treiben ihrer Bewohner auf, sondern das ganze Universum mit helleuchtenden riesigen Sternen, und einen Moment lang gewann er Einblick in die schrecklichen Geheimnisse dieser fernen Planeten, doch schon im nächsten Augenblick verlosch die Sonne, und er versank in einer furchtbaren, bodenlosen Finsternis – der Kreis der Zuschauer hatte sich fast vollständig geschlossen, und ein kaum wahrnehmbarer Seufzer der Erleichterung und verhaltenes Flüstern gingen durch die Reihen der Anwesenden wie im Theater, wenn der Kulmination der Handlung die Auflösung folgt – den letzten Herzschlag stellte Tscherepnin mit seinem Stethoskop fest, das er danach als Familienreliquie aufbewahrte – Anna Grigorjewnas Aufzeichnungen zufolge war es um acht Uhr achtunddreißig abends – der Schriftsteller Markewitsch, der in der Zeitung darüber berichtete, wie er Dostojewskis letzte Stunden erlebte, gibt den Eintritt des Todes mit acht Uhr sechsunddreißig an – die Versammelten gingen langsam mit trauervollen Gesichtern auseinander, wie es der Situation angemessen war, je näher man jedoch dem Vorraum kam, desto mehr wandelte, ja belebte sich ihr Ausdruck, und auch das Flüstern ging allmählich teils in profanes Gerede, teils in geschäftliche Gespräche über, allen voran schritt natürlich Grigorowitsch, der auf der Treppe seine extravaganten Tanzschritte vollführte und die mit ihm das Haus verlassenden Besucher aufforderte, seinem Beispiel zu folgen – nachdem die Gäste gegangen waren, wurde in allen Zimmern Licht gemacht, als schickte man sich an, ein Fest zu feiern, die Türen standen mehr oder weniger weit offen, und als die Leichenwaschung beginnen sollte, erschien unverhofft Anna Grigorjewnas Bruder, der am Morgen aus Moskau angekommen war und vom Tod seines Schwagers nichts wußte, erst die im Treppenhaus herumstehenden Männer in langen Tuchröcken, die ihn baten, ihnen die Sargbestellung für irgendeinen gestorbenen Bücherschreiber zu vermitteln, brachten ihn auf den schrecklichen Gedanken, und wenige Augenblicke später schluchzte Anna Grigorjewna bereits an der Schulter ihres Bruders, und als der Leichnam dann gewaschen wurde, fand sich Suworin ein, direkt aus dem Theater kommend, wo er sich ein Drama von Hugo angesehen hatte, in dem Madame Strepetowa mitspielte, und registrierte betroffen die Blässe des toten Körpers und wie man diesen Körper, der nur noch eine Hülle war, herumwälzte und auf Stroh bettete, das in der Katorga dem ehemaligen Besitzer dieses Körpers sicherlich oft genug als Unterlage gedient hatte – gegen zwölf Uhr nachts war alles Notwendige getan, der Entschlafene lag auf einem diagonal aufgestellten Tisch, mit strengem und befriedetem Gesicht, wie bei allen Toten und wie ihn Kramskoi gemalt hat, der am nächsten Morgen mit Staffelei und Farben in die Wohnung kam, über des Toten Kopf war das Lämpchen unter der Ikone angezündet, in seinen auf der Brust gefalteten Händen steckten Kerzen, und bis vier oder fünf Uhr früh brannte in allen Zimmern Licht –

jetzt, da ich diesem Haus gegenüberstand, waren alle Fenster dunkel, als wohnte niemand mehr darin, nur an der Eckseite, die offenbar, wie alle Hausecken, die er sich zum Wohnen ausgesucht hatte, den Gipfel verkörperte, zu dem er ständig hingestrebt hatte, nur in diesen Fenstern spielten Lichtreflexe – wahrscheinlich ferner Widerschein der Lichter des nächtlichen Karnevals auf dem Newski – und genauso dunkel waren die riesigen spiegelnden Fenster des in Schlaf gesunkenen Kusnetschny-Marktes und die kleinen vergitterten Fenster der Wladimirkirche, aus der man ein Lagerhaus gemacht hatte – der Wind wehte an der Kreuzung von allen vier Seiten, wirbelte Schnee auf, wurde fast zum Schneesturm – ich trat dicht an das Haus heran – auf dem an der Ecke angebrachten Schild stand »Dostojewski-Straße«, aber ich hätte lieber »Jamskaja« darauf gelesen, wie sie vor der Umbenennung geheißen hatte – ich ging an diesem Haus vorbei die durch eine Kette in der Ferne sich verlierender spärlicher und trüber Laternen markierte Jamskaja entlang, vorbei an anderen ebensolchen oder fast ebensolchen drei- oder vierstöckigen Häusern mit tiefen schwarzen Toreinfahrten, die in brunnenartige Höfe führten, wie sie für Petersburg typisch sind – einen dieser Höfe betrat ich sogar, um einen besseren Eindruck von ihrem Kolorit zu gewinnen – von dem zwischen vier Innenhauswänden eingeschlossenen öden Hof gelangte man durch ein tiefes schwarzes Tor in den nächsten Hof, genauso öde und viereckig und ebenfalls mit einem Tor, das in den nächsten Hof führte – ich ging durch die fast menschenleere verschneite Jamskaja, deren Bürgersteig sturmumspielte Schneewehen säumten, und meine vom Schnee erhellten

Schuhe reflektierten Lichtflecken, als trüge ich weiße Filzstiefel – ich ging vorbei an dickwandigen Gebäuden mit schweigsamen dunklen oder trübe leuchtenden Fenstern, als brenne der Strom nur mit halber Kraft oder als gebe es dort überhaupt bloß Petroleumfunzeln wie während des Krieges, am Eingang eines der Häuser hing ein sorgfältig angehefteter Zettel mit der Aufforderung: »Tür fest zumachen, Wärme sparen!«, und in Gedanken sah ich das belagerte Leningrad vor mir, wie ich es mir anhand der Darstellungen in Zeitungen und Büchern und der Berichte von Augenzeugen, besonders von Gilja, vorstellte – wahrscheinlich mangelte es dieser Stadt bis jetzt an Wärme, oder die Erinnerung an jenen schrecklichen Winter war einfach unauslöschbar – die Jamskaja mündete, ohne abzubiegen, in eine genauso gerade verschneite Straße mit einer genauso in der Ferne sich verlierenden Laternenkette – was wollte ich eigentlich hier? – warum übte das Leben dieses Menschen, der mich und meinesgleichen verachtet hatte, eine so merkwürdige, verführerische Anziehungskraft auf mich aus? – und war ich nicht deshalb im Schutze der Nacht hierhergekommen, um wie ein Dieb durch diese öden, menschenleeren verschneiten Straßen zu streifen? – hielt ich mich beim Besuch seiner Museumswohnung am Kusnetschny und anderer mit ihm verbundener Orte nicht deshalb abseits oder im Hintergrund, als hätte es mich zufällig hierherverschlagen und als interessierte mich das alles nicht sonderlich? – und waren meine nächtlichen Visionen bei Gilja, in denen er letzten Endes zu Issai Fomitsch mutierte, nicht bloß ein kläglicher Versuch meines Unbewußten, meine Leidenschaft zu »legitimieren«? – die Straße, die ich, mit meinen »Filzstiefeln« weiter Licht reflektierend, entlangging, konnte mich in einen mir unbekannten Stadtteil verschlagen, aus dem ich schwer zurückfinden würde – ich bog in eine Seitengasse ab und machte nicht weit weg die rettende Ligowka mit ihren Straßenbahnen aus – die Swetschnoi-Gasse, so hieß sie wohl, stieß bald auf die Borowaja-Straße – die Gasse und die Straße trugen noch ihre alten Namen von vor hundert Jahren, und sicherlich war er hier des öfteren entlanggekommen, überlegte ich mir – an der Straßengabelung stand, von weißem glitzerndem Schnee umgeben, eine alte Kapelle, möglicherweise auch eine ihrer Kuppeln beraubte Kirche – hier war es fast ganz hell, was an der Nähe der Ligowka liegen oder von dem glitzernden Schnee kommen mußte, und eine Familie – die Eltern, schlecht und ärmlich gekleidet, dazu ein sieben- oder achtjähriges Mädchen, das Mäntelchen ebenfalls schäbig – ging an dieser ehemaligen Kapelle oder Kirche vorbei – sie hatten blasse Finnengesichter, der Vater, der mit unsicherem Gang in einem gewissen Abstand hinterherlief, holte Frau und Tochter ein, und plötzlich stürzten alle drei in eine Schneewehe – das Mädchen sprang als erstes auf und redete, während es sich den Schnee abklopfte, heftig und vorwurfsvoll auf seine Eltern ein, die einfach nicht hochkamen, als sie dann endlich wieder auf den Beinen standen und weitergingen, stellte ich fest, daß auch die Mutter einen unsicheren Gang hatte – das Mädchen ging voraus, als müsse es seinen Eltern den Weg weisen, aber vielleicht schämte es sich einfach für sie – im Lichtschein der Laternen in der Swetschnoi-Gasse kreisten langsam Schneeflocken – ich ging auf die Ligowka zu, und irgendwo hinter mir blieb die halbdunkle, endlos gerade Straße zurück, völlig zugeschneit, mit dem durch sie hindurchfegenden, den Schnee zu Wehen aufhäufenden Wind, mit schweigsamen Gebäuden und jenem allerschweigsamsten und allerdunkelsten Eckhaus.

Wenige Minuten später schon fuhr ich mit der Straßenbahn zu Giljas Haus, und es verging nur noch eine halbe Stunde, bis wir, auf Mosjas Sofa sitzend, wieder plauderten und sie mir von der Blockade, von Mosja, vom Jahr siebenunddreißig erzählte, hinter den Fenstern lag die winterliche Petersburger Nacht, und wenn unten Straßenbahnen vorbeirumpelten, erzitterte das ganze Haus zusammen mit Mosjas Lampe wie ein am Kai liegendes Schiff.